I0708909

También por Tina Folsom

La Mortal Amada de Samson (Vampiros de Scanguards #1)
La Revoltosa de Amaury (Vampiros de Scanguards #2)
La Compañera de Gabriel (Vampiros de Scanguards #3)
El Refugio de Yvette (Vampiros de Scanguards #4)
La Redención de Zane (Vampiros de Scanguards #5)

Un Toque Griego (Fuera del Olimpo #1)
Un Aroma a Griego (Fuera del Olimpo #2)

Amante al Descubierto (Guardianes Invisibles #1)

La Mortal Amada de Samson

(Vampiros de Scanguards - Libro 1)

Tina Folsom

1

—Déjame chupártela.

La mujer vampiro jaló los pantalones de Samson. Liberó a su flácido miembro de la prisión de sus jeans y lo succionó en su preciosa boca. Él observó cómo sus labios rojos se cerraban fuertemente alrededor de su miembro, mientras se lo succionaba frenéticamente. Arriba y abajo se movía, la cálida humedad de su boca le lubricaba.

Con la mano, masajeó sus bolas y las apretó en ritmo perfecto con su succión. Era talentosa, sin duda. Él enterró sus manos en su pelo y movía las caderas hacia atrás y hacia delante, tratando de aumentar la fricción.

—Más fuerte—, él exclamó. Su petición fue acogida con entusiasmo y la habitación con poca luz se inundó con los sonidos provenientes de su boca.

Samson dejó que su mirada contemplara todo su cuerpo con poca ropa: sus curvas calientes, trasero grandioso, incluso una cara bonita. Todo lo que él pudiese desear en su pareja sexual. Ansiosa por seguir chupándosela, ella estaría probablemente dispuesta a tragar su semen, algo que él particularmente apreciaba. Pero a pesar de sentir su lengua tentadora moviéndose arriba y abajo sobre su pene y a pesar del intenso movimiento, no hubo erección. Su paciencia había sido inútil. Ella no consiguió nada.

Ella balanceaba su cabeza atrás y adelante; su largo cabello castaño, rozaba sobre su piel desnuda llegando a su vello púbico, pero su cuerpo estaba distraído, casi como si ella se la estuviese lamiendo a alguien más.

Finalmente, Samson la rechazó, humillado y frustrado. Si los vampiros pudieran sonrojarse de vergüenza, su rostro se hubiera tornado tan rojo como los labios pintados de ella. Por suerte, el sonrojarse está reservado sólo para los humanos.

A la velocidad del rayo, él metió su miembro inútil nuevamente en su pantalón y se subió la cremallera. Aún más rápido, él huyó de su compañía. Su única esperanza era que ella nunca sabría quién era. Menos mal que estaba en una ciudad extraña y no de vuelta en San Francisco, donde él era tan bien conocido como un semental.

Una semana después del vergonzoso incidente, su amigo Amaury le hizo una sugerencia.

—Sólo haz un intento, Samson—, insistió. —El hombre es de confianza. No dirá una palabra a nadie acerca de esto.

¡Su viejo amigo no podía hablar en serio!

—¿Un psiquiatra? ¿Quieres que vaya a ver a un *psiquiatra*?

—Me ha ayudado mucho antes. ¿Qué tienes que perder?

Su dignidad, su orgullo.

—Supongo que, si me lo recomiendas, puedo darle una oportunidad.

Y así, Samson accedió. ¿Fue la desesperación?

—Y no lo juzgues por como se ve.

El lugar era un fiasco. Cuando Samson entró en el sótano oscuro, donde el psiquiatra practicaba, quiso salir corriendo. Pero la recepcionista ya le había visto. Con una sonrisa dulce ella se irguió mostrando sus grandes pechos.

¡Grandioso, un psiquiatra trabajando desde un calabozo y una muñeca Barbie de portero!

—Sr. Woodford, por favor entre, el Dr. Drake lo espera—, su armoniosa voz le invitó.

Una vez que entró a la oficina de Drake, él supo que había sido un error. En vez de un sofá había un ataúd. Uno de los paneles laterales de madera había sido retirado, por lo que una persona viva podía acostarse en ella cómodamente, como si se acostara en un sillón reclinable.

El tipo tenía que ser un loco. ¡Ningún vampiro moderno que se respete, querría que lo hallasen muerto en un ataúd! Los vampiros en San Francisco se estaban modernizando, adaptándose a la forma de vida humana. Los ataúdes estaban fuera de moda, la nueva onda eran los colchones Tempur Pedic.

El hombre larguirucho, rodeó su escritorio y le tendió la mano para saludarlo.

—Si cree que me voy a acostar en el ataúd, mejor es que lo piense—, se quejó Samson.

—Ya veo que tendremos mucho trabajo— contestó el doctor, pareciendo no inmutarse por el comentario rudo.

Señaló el cómodo sillón y a regañadientes, Samson se sentó.

El Dr. Drake se sentó en la silla de enfrente. A medida que el médico lo estudiaba en los primeros minutos, Samson apoyó sus manos sobre la silla y se sintió nervioso.

—¿Podemos empezar? Entiendo que estoy pagando por hora.

A temprana edad, había aprendido que la ofensiva era mejor que la defensiva.

—Empezamos desde el momento en que entró aquí, pero estoy seguro que ya lo sabía—. Su sonrisa era evasiva e incluso su voz.

—Lo sé—, dijo Samson, entrecerrando los ojos tratando de ocultar su inconformidad.

—¿Desde cuándo ha tenido estos problemas de ira?

Las palabras no eran lo que él esperaba. Quizás una pregunta más en línea, como: Entonces, ¿qué le trae por aquí?, pero no este asalto directo a su mente ya maltratada. Él debió haberle preguntado a Amaury más sobre los métodos del doctor, antes de acceder a una cita.

—¿Problemas de ira? Yo no tengo problemas de ira. Estoy aquí para..., la cuestión es..., eh, mi problema tiene que ver con—... Dios, ¿desde cuándo él no podía decir la palabra sexo, sin estar frustrado? Nunca había tenido ningún problema al expresarse cuando se trataba de sexo. Su vocabulario incluía muchas opciones de palabras de cuatro letras, que, por lo general, no tendrían ningún problema en salir por montones de sus labios cuando era necesario.

—Ajá— Asintió el médico como si supiera algo que Samson ignoraba — ¿Cree que es un problema sexual? Interesante.

¿El hombre era adivino? Samson era consciente de que algunos vampiros tenían dones especiales. Él mismo tenía una excelente memoria fotográfica. Sabía que otros de su especie podían ver el futuro o leer la mente, pero no estaba seguro de cuán extensos eran esos dones.

Lo que necesitaba saber era si él estaba en desventaja con este hombre. No quería trabajar con alguien que lo pudiese leer como a un libro, cuando él no quería ser leído.

—¿Usted lee las mentes?

Drake negó con la cabeza.

—No. Pero su problema no es poco común. Es bastante fácil de deducir. Usted presenta signos de ira y frustración extrema— Aclarando su garganta se inclinó hacia adelante enfatizando: —Sr. Woodford, estoy muy consciente de quién es usted. Tiene una de las compañías más exitosas en el mundo de los vampiros, si es que no es la más exitosa. Usted es increíblemente rico, pero le aseguro que esto no influirá en lo que le cobraré.

—Por supuesto que no—, interrumpió Samson.

El curandero le cobraría lo que pensaba que él estaba dispuesto a pagar. No sería la primera vez. Estaba acostumbrado a que la gente tratara de incrementar sus precios, porque sabían que él lo podía pagar. Pero por lo general trataban de hacerlo una sola vez. Nadie lo engañaba y se salía con la suya.

—Y a la vez, no se le ha visto en sociedad desde hace bastante tiempo, cuando debería estar allí cortejando a las mujeres hermosas. Supongo que su ruptura con Ilona Hampstead tuvo algo que ver con esto.

—No estoy aquí para hablar de ella—, dijo Samson y dejó salir un rápido suspiro.

Se negó incluso a decir su nombre. Ella no era parte de su vida; ya no, y la sola mención de su nombre, hacía que sus colmillos le picasen por una viciosa mordida. Se hizo crujir los nudillos, y se preguntó si ese fuese el mismo sonido que escucharía si el cuello de ella se rompiera. Sería música para sus oídos.

—Quizás no de ella, pero tal vez de lo que hizo. Sólo puede haber una razón para esto y ambos sabemos cuál es. Así que ahora pregunto: ¿va a confiar en mí para ayudarle?

Sus ojos azules acentuaron su pregunta.

Samson decidió seguir negándolo, pues le había funcionado hasta ahora.

—¿Ayudarme a hacer qué?

—A superar la ira—. El doctor era tan insistente como la terquedad de Samson.

—Ya le dije, no es un problema de ira.

Una sonrisa conocedora curvó los labios del doctor.

—Yo creo que sí es. Lo que sea que ella hizo, lo enfureció tanto que está bloqueando su deseo sexual, como si no quisiera ser vulnerable nuevamente.

—Yo no soy vulnerable. Nunca lo fui; no desde que he sido un vampiro.

Lo último que él quería sentir, era vulnerabilidad. Para él era sinónimo de ser débil. Si el doctor no era cuidadoso con sus acusaciones, él pronto podría encontrarse con la consecuencia del disgusto de Samson. Tal vez una pelea física aliviaría su frustración.

Drake se dirige a él nuevamente:

—No, en el sentido físico de la palabra, todos somos conscientes de su fuerza y su poder. Yo estoy hablando acerca de sus emociones. Todos las tenemos y todos nos enfrentamos a ellas. Algunos más que otros. Créame, mi calendario está completamente lleno con nuestros compañeros vampiros, que necesitan ayuda para lidiar con sus emociones.

El psiquiatra lo miró, pero él no podía permitirse que se le acercara tanto. Las emociones son algo peligroso. Ellas pueden destruir a un hombre. Samson saltó de la silla.

—Yo no creo que esto vaya a funcionar.

La opresión en su pecho, fue testigo de los efectos que las palabras de Drake tenían en él. Aun así, él no estaba dispuesto a admitirlo. Ni siquiera a sí mismo.

El doctor se levantó.

—Desde que hemos empezado a integrarnos—, continuó Drake, sin inmutarse —mi trabajo se ha cuadruplicado. Adaptarse a la forma en que los humanos viven sus vidas, ha causado estragos en muchos de nosotros. Ahora tenemos que lidiar con los problemas emocionales que mantuvimos enterrados durante siglos. Literalmente, no está solo. Yo lo puedo ayudar.

Samson negó con la cabeza. Nadie podía ayudarlo. El tenía que salir de esto por su cuenta. —Envíeme la factura. Adiós, Doc.

Salió furioso, sabiendo que el doctor le había dado en el clavo.

Bueno, el sexo estaba sobrevalorado de todos modos. Por lo menos, de eso trataba de convencerse a sí mismo. Había noches en las que se creía sus propias mentiras, pero nunca le duraba mucho tiempo. La verdad era que le gustaba tener sexo; *mucho*. Pero ninguna de las sexys mujeres vampiro, le bastaban. No importa lo mucho que lo intentara, no podía tener una erección.

Nunca había oído hablar de que tal cosa le sucediese a un vampiro. La virilidad caracteriza a un vampiro y ser impotente, era un concepto desconocido en su mundo. Sólo los humanos podían ser impotentes. Si la noticia se extendía, perdería todo el respeto de sus iguales. Era inaceptable.

Finalmente lo aceptó. Y un mes más tarde, hizo otra cita con la esperanza que hubiese algo que el doctor pudiese hacer por él.

Samson parpadeó y borró los recuerdos de los últimos nueve meses. Esta noche era su cumpleaños. Trataría de divertirse.

Mientras caminaba desde su sillón hacia el bar, en el extremo opuesto de su elegante sala, sus movimientos eran fluidos, su cuerpo alto y musculoso, pero esbelto.

Samson se sirvió un vaso de su tipo de sangre favorito y se lo bebió como un ser humano se bebería un trago de tequila, sin sal y limón. El líquido espeso cubrió su garganta y calmó su sed, aliviando su hambre de otros placeres en el proceso. Bueno, ningún otro placer sería satisfecho esa noche, igual que en las últimas doscientas setenta y seis noches anteriores.

No es que las hubiera estado contando.

Sólo su sed de sangre había sido calmada, el resto de las necesidades de su cuerpo, temporalmente controladas, quedarían insatisfechas. A veces, le gustaría poder emborracharse y olvidarse de todo, pero por desgracia, ser un vampiro significaba que no podía emborracharse como los humanos lo hacían. El alcohol no tenía efecto en su cuerpo. Lo que daría en este momento por un pequeño adormecimiento.

Había enfatizado a sus amigos, que no le trajeran ningún regalo o que le hicieran una fiesta. Por supuesto, él sabía que era inútil y sólo era cuestión de tiempo hasta que ellos estuvieran en su puerta. Como bárbaros ellos invadirían su casa, asaltarían su escondite secreto de bebidas de calidad (las cuales consistían mayormente en la muy preciada O RH), y desperdiciarían sus horas despierto, con viejas historias que había oído cientos de veces.

Ellos le habían hecho una fiesta sorpresa de cumpleaños cuando llegó a los doscientos años, y no sería diferente ahora, en sus doscientos treinta y siete años, con casi el mismo elenco de personajes.

En anticipación a la inevitable invasión de su privacidad, él se había vestido con sus impecables pantalones negros y un suéter de cuello alto color gris oscuro. A excepción de su anillo grabado, no llevaba más joyas.

El sonido del teléfono rompió la quietud de su casa. Miró el reloj de la pared y vio que era poco antes de las nueve. Tal como lo había pensado, los chicos estaban en camino.

—¿Sí?

—Ey, cumpleañero. ¿Cómo te cuelga?

No fue una buena elección de palabras, definitivamente no.

—¿Qué pasa, Ricky? — contestó.

A pesar de la herencia irlandesa de Ricky, él había adoptado muchas expresiones de California y ahora sonaba más como un surfista, que como el joven irlandés que era en el fondo.

—Sólo quiero desearte un feliz cumpleaños y saber qué harás esta noche.

¿Acaso Ricky no estaba enterado que él ya sabía lo de su fiesta sorpresa? Samson no sabía por qué seguía ocultándolo.

Así que fue directo al grano.

—¿Cuándo vienen todos? — le preguntó.

—¿Qué quieres decir? — le dijo su amigo.

—¿A qué hora vendrán ustedes a sorprenderme con la fiesta de cumpleaños?

—¿Cómo lo sabes? No importa. Los chicos querían asegurarse de que estabas allí. Así que no salgas de la casa. Y si nuestra otra sorpresa llega antes que nosotros, mantenla allí.

Otra vez, no. Él debería haberlo sabido. Se tragó su rabia, y le dijo:

—¿Cuándo van a aprender ustedes que no me gustan las strippers?

Nunca le habían gustado, ni lo harán.

Ricky se echó a reír, y le dijo:

—Sí, sí, pero ésta es especial. Ella no es sólo una stripper, hace algunos extras.

¿Estaría él dispuesto para algo extra? Muy poco probable.

—Creo que hará algo por ti, ya sabes a qué me refiero. Ella es buena, según dijo Holly, así que dale una oportunidad, ¿lo harías? Es por tu propio bien. No puedes seguir así—, insistió Ricky.

Samson lo interrumpió. La diversión de la noche se acababa.

—¿Le dijiste a Holly? ¿Estás loco? ¡Ella es la más chismosa del inframundo! Te lo dije en confidencia. ¿Cómo pudiste?

Entrecerró los ojos y sus fosas nasales se abrían y cerraban. Con sus colmillos sobresaliendo de su boca, podría haber asustado a un campeón de lucha libre desde aquí hasta el martes. Pero Ricky no era un luchador y no se asustaba fácilmente, ni siquiera hasta el lunes.

—Ten cuidado de cómo hablas de mi novia, Samson. No es ninguna chismosa, y, además, sugirió esta stripper. Ella es una amiga de Holly.

¡Perfecto! Una amiga de Holly. ¡Claro, esto estaba garantizado que funcionaría!

Estaba todavía furioso, pero reconoció que era demasiado tarde para cancelar todo.

—Bien—, dijo Samson y colgó de golpe el teléfono, sin darle a Ricky la oportunidad de seguir hablando.

¡Genial! Ahora que Holly sabía acerca de su pequeño problema, pronto todo el inframundo de San Francisco lo sabría. Él sería el hazmerreír de todas las fiestas, el tema de cada broma.

¿Cuánto le tomaría a ella difundir la noticia, un día, una hora, cinco minutos? ¿Cuánto tiempo, hasta que las risas a sus espaldas empezaran? ¿Por qué no sacar él mismo un anuncio en una página en el periódico "Crónicas de Vampiros de San Francisco", para ahorrarle a ella el trabajo?

Samson Woodford, el elegante vampiro soltero, ¡no puede hacer que se le pare!

~ ~ ~

Los ojos le dolían a Delilah Sheridan, pero ella continuó revisando las columnas de transacciones, buscando algo que estuviera fuera de lugar. Frotando su cuello rígido con los dedos, ella anhelaba un masaje o por lo menos un baño de quince minutos en una tina de agua caliente, ninguno de los cuales pasaría esta noche.

—¿Café? — dijo la voz de John detrás de ella.

Empujó un mechón de su pelo largo y oscuro detrás de la oreja.

—No, gracias, quiero poder dormir esta noche. He tenido insomnio las últimas noches. Probablemente estoy todavía con la hora de Nueva York.

Su mirada permanecía fija en la pantalla de su computadora.

La noche anterior, ella casi no durmió a pesar del colchón cómodo. Las pocas horas que había sido capaz de dormir, había sido atormentada por sueños que no tenían una pizca de sentido.

La oficina grande, espaciosa, estaba prácticamente desierta. Los únicos que quedaban eran ellos dos. John Reardon era el jefe de contabilidad de la sucursal de San Francisco de la empresa privada que Delilah había venido a auditar.

—Sí, ya sé lo que quieres decir—, dijo John con comprensión. —No hay nada como dormir en tu propia cama, ¿verdad?

—Por lo menos me pusieron en un apartamento corporativo en lugar de en un hotel. No me preocupo por ser molestada por el personal de limpieza.

Era verdad, ella estaba alojándose en un apartamento cómodo que pertenecía a la empresa, pero ¿qué importaba eso cuando no podía dormir de todas maneras? Antes de su viaje a San Francisco nunca había tenido problemas con el insomnio. Por el contrario, era conocida por ser capaz de dormir, cuando fuese y donde quiera que pusiera su cabeza sobre una almohada. Ni siquiera tenía que ser una almohada.

Delilah se frotó los ojos y miró su reloj. Eran pasadas las nueve de la noche. Se sentía casi culpable de haberse quedado tan tarde. John había insistido en estar allí todo el tiempo que fuese necesario. Él no quería dejarla sola en la oficina. Ella supuso que él se quedaba ahí, sólo para que no pudiese fisgonear más de la cuenta. Si fuese así, él hubiera acertado en eso. No es que ella lo llamara fisgonear, es que tenía todas las autorizaciones que necesitaba. De hecho, ella tenía instrucciones muy específicas.

No estaba ahí sólo para auditar la sucursal de la empresa, sino también para investigar algunas irregularidades. Delilah estaba segura de que John no tenía idea de esto. Se le había dicho que era simplemente una de las Auditorías habituales que la sede principal realizaba regularmente.

—Lo siento, John. Estoy segura de que estás listo para irte a casa.

Se volvió hacia él. Él apoyándose en el borde de uno de los escritorios, levantó su taza de café hacia sus labios. Su traje gris parecía mal ajustado, y el cuello de su camisa parecía desgastado. Era bastante alto y se veía bastante decente para ser un contador. Aburrido, soso, pero no feo.

Es probable que a él no le gustara tener que permanecer en la oficina hasta tarde. Bueno, ella estaba cansada de todas formas, así que probablemente debería terminar por hoy, a pesar de que sabía que de seguro daría vueltas en la cama toda la noche sin importar lo cansada que estuviese.

—¿Listo? — preguntó ella.

Un destello de alivio apareció en los ojos de John. Le tomó a él dos segundos para ponerse su chaqueta y agarrar su maletín. Sí que tenía prisa para salir de allí. Ella no podía culparlo. Tenía una familia que lo esperaba. ¿Y quién le esperaba a ella en su casa? Bueno, ni siquiera era la suya.

No es que su casa hubiera sido más acogedora que el apartamento corporativo. Nadie la esperaba. Ningún hombre, ni muchos amigos. Ni siquiera un gato o un perro. Después de que terminara la asignación y ella regresara a Nueva York, saldría más y tendría más citas. Ese era el plan. Era un excelente plan, el mismo que había hecho durante cada uno de sus viajes de trabajo, algo que al llegar a casa olvidaba. Sin embargo, esta vez si pensaba realmente hacerlo.

Pero por ahora, lo único que quería era comprar algo de comida para llevar, e irse a dormir. John tuvo la amabilidad de darle direcciones hacia Chinatown, donde podía comprar algo en su camino de regreso al apartamento. A pesar de que había estado en Chinatown antes, su sentido de la orientación era mucho menos agudo que su cabeza para los números. Durante el día ella normalmente se las arreglaba, pero en la oscuridad se convertía en una causa perdida, cuando se trataba de encontrar su camino.

Había empezado a llover y ella no quería tardarse tanto. Se metió en el primer restaurante chino que encontró. El lugar estaba prácticamente vacío.

La mujer en la entrada trató de mostrarle una mesa, pero Delilah le indicó que no.

—Sólo comida para llevar, por favor—, le dijo.

La anfitriona le entregó el menú. Delilah buscó rápidamente, tratando de no dejar que sus dedos permanecieran demasiado tiempo sobre la cubierta de plástico, que estaba pegajosa. El menú presentaba demasiadas opciones. ¿De cuántas maneras se podía cocinar la carne? Carne con brotes de bambú, carne con champiñones, carne picante. Ya es suficiente. Ella iría a lo seguro.

—Voy a llevar la carne de Mongolia con arroz integral, por favor.

—El arroz integral toma diez minutos—. La mujer china fue tan amable y bonita como una víbora.

Si ella pensaba que, con su mirada, Delilah cambiaría de opinión al arroz blanco, estaba en un error.

—Está bien. Voy a esperar—, dijo Delilah y se sentó en una de las sillas rojas de plástico, cerca de la puerta.

Este era su primer viaje de negocios en San Francisco. Como contratista independiente, ella hacía auditorías especiales por toda la costa este, y rara vez viajaba fuera de ella.

Cuando los chequeos estadísticos regulares de la oficina central habían revelado que ciertas proporciones en la sucursal de San Francisco estaban mal, ellos decidieron utilizar a alguien que no hubiese tenido ningún contacto previo con el personal de La Costa Oeste y contrataron a un extraño. Era inteligente. Los auditores podían llegar a ser muy sentimentales con el personal que ellos auditaban. Un cambio regular de los auditores, era generalmente una buena idea.

Si alguien podía encontrar el origen del problema, era Delilah. Su especialidad era la contabilidad forense. No era tan emocionante como el trabajo policial, pero era probablemente, el campo más emocionante en el mundo de la contabilidad, si existiese tal cosa. Una contradicción para algunos, pero no para ella. Y, además, se estaba ganando la vida muy decentemente como consultor independiente.

Esta investigación no debería presentar muchas dificultades. Ciertas relaciones entre los activos y la depreciación estaban fuera de lo normal, y sugería que alguien era totalmente incompetente o estaba tratando de engañar a la compañía. ¿Cómo?, ella no lo sabía todavía, pero lo iba a encontrar pronto.

Delilah estaba cansada y sabía que necesitaba un buen descanso, pero también tenía miedo de ir a la cama. Algunas de sus antiguas pesadillas habían regresado y se mezclaban con otras nuevas. Ella no había tenido ninguna en unos pocos meses, pero cuando llegó a San Francisco hacía unos días, sus pesadillas comenzaron a reaparecer.

Eran normalmente siempre las mismas. La vieja granja francesa en la que había vivido hace más de veinte años, cuando su padre había tomado una misión de dos años en el extranjero como profesor visitante. Los campos de lavanda rodeaban la propiedad. La cuna, el silencio y luego los rostros de sus padres. Las lágrimas en el rostro de su madre. El dolor.

Pero esta vez los sueños se habían mezclado con otros aún más incomprensibles.

La casa de estilo victoriano parecía embrujada en la fuerte lluvia. La luz provenía de una de las ventanas, aparte de eso, todo estaba a oscuras. Ella corría más y más rápido hacia la casa, a la seguridad. No se atrevía a mirar detrás de ella. Él todavía estaba allí, todavía la seguía. Unas manos la sujetaron en su hombro. De repente sus puños golpearon en una pesada puerta de madera. Algo cedió. Ella tropezó y cayó en el calor, la suavidad y la seguridad. Su casa.

—Carne de Mongolia, arroz integral—, dijo la mujer de voz chillona, atravesando el recuerdo de su sueño.

Delilah le pagó la cuenta y tomó la comida. Se detuvo en seco en la puerta.

¡Maldita sea!

Había empezado a llover en serio. Había dejado el paraguas en el apartamento, pensando que no lo necesitaría hoy, en lugar de optar por la gabardina, sólo se había puesto una chaqueta ligera. Bueno, resultó ser una mala elección.

Todo el mundo le había dicho cuán impredecible era el clima en San Francisco, y ahora se daría cuenta por sí misma. El informe del tiempo había indicado que no habría lluvia hasta el fin de semana. ¿Podría ella demandar al hombre del tiempo? Probablemente no.

No tenía más remedio que ser valiente. Delilah sabía que no estaba muy lejos del apartamento, sólo a unas tres cuadras. Quedándose cerca de los edificios, empezó a correr por la acera, luego hizo un giro en la siguiente calle y otro una cuadra después. El apartamento no podía estar lejos ahora. Miró a su alrededor, pero con la fuerte lluvia no podía reconocer nada. ¿Era una cuadra más adelante?

Su ropa estaba empapada, y tendría que darse una ducha para entrar en calor nuevamente. ¿Dónde demonios estaba? Dio la vuelta en otra esquina y se encontró en una pequeña calle lateral. No era familiar en absoluto, pero ese no era su más grande problema, tampoco lo era la lluvia incesante. El problema era el hombre que se dirigía hacia ella. A pesar de que ella no podía verlo con claridad, apostaba su pensión a que él no estaba allí para prestarle un paraguas.

La silueta de su imponente figura, se proyectaba contra la tenue luz de un poste que había detrás de él. La frialdad de su mirada se filtró en el cuerpo de ella, mientras un débil rayo de luz procedente de una ventana, apareció al lado izquierdo de su cara. La cicatriz que fruncía su piel, no inspiraba confianza.

Delilah regresó por donde venía. Antes de poder dar dos pasos, una mano agarró su hombro, y sacudió su espalda. La súbita sacudida le hizo perder el equilibrio. Se deslizó sobre la acera mojada, y sus piernas se doblaron debajo de ella. Su comida se cayó al suelo mientras trataba de equilibrarse y salvarse de la caída.

La mano en su hombro la apretó con más fuerza a medida que ella gritaba y trataba de quitársela de encima, cayéndose a la acera en el proceso. Él se agachó para levantarla. Ella estiró su cabeza alrededor. Por primera vez podía ver su rostro con claridad, lo suficientemente claro para hacer una identificación en caso de que fuese necesario. Él era blanco y de unos cuarenta años. La intención de desatar la violencia contra ella, estaba claramente escrita en su rostro.

Delilah no podía permitir que él la arrastrara a una calle oscura. El primer punto en el entrenamiento de supervivencia, era no permitir que el atacante moviera a la víctima a un lugar secundario. Ella tenía que pelear con él ahí mismo, donde tenía la oportunidad de conseguir la atención de un transeúnte.

¡Menuda suerte!

Con esta lluvia, nadie estaría fuera. Ni siquiera un perro.

Él la levantó, ahora agarrándola por el cuello de su chaqueta, habiendo soltado el agarre doloroso en su hombro. Rápidamente, ella estiró los brazos hacia atrás y se deslizó fuera de la chaqueta, dejándolo con la chaqueta en la mano. Ahora tenía una oportunidad de luchar.

Él se sorprendió, y ella tuvo un par de segundos de ventaja. Había sido una corredora de velocidad en la universidad, y eso le fue muy útil, a pesar de que el suelo resbaladizo no le ayudaba, ni tampoco los tacones altos de sus zapatos. La vanidad la mataría uno de estos días.

A grandes zancadas, ella corrió a la siguiente calle, sus delgadas pero fuertes piernas empujaban contra el piso con una vehemencia que era sorprendente para su pequeño cuerpo. Él estaba cerca de ella. Ella tuvo que correr más rápido con todo su esfuerzo. Su respiración se aceleró cuando sus pulmones exigieron más oxígeno.

Explorando el área delante de ella, tomó una decisión en una fracción de segundo y salió corriendo por una calle a su derecha. Una mirada desesperada por encima del hombro, confirmó que el animal seguía persiguiéndola.

Observando la calle, vio varias residencias victorianas del otro lado. Todas estaban a oscuras, a excepción de una. Parecía extrañamente familiar con la luz que brillaba a través de las ventanas de enfrente. Esta era su oportunidad, probablemente la única. Sin frenar ni por un segundo, cruzó la angosta calle, corrió sobre la pequeña escalera de la vieja casa victoriana y golpeó a la puerta.

—¡Ayuda! ¡Ayúdenme!

Frenéticamente, ella miró hacia atrás mientras sus puños continuaban golpeando la puerta. Su perseguidor estaba a menos de la mitad de una cuadra de distancia y acercándose, con su cara enojada. Si lograba alcanzarla, desataría su furia contra ella y ya no habría lugar alguno donde correr.

2

¿Quién diablos estaba golpeando a su puerta? Samson tendría que enseñar a sus amigos buenos modales. Se dio cuenta de que estaba lloviendo a cántaros, pero eso no les daba derecho a dañar su puerta. Ellos lo lamentarían en un segundo. Él ya se encontraba de mal humor, y el que llegaran tocando como bárbaros, no le hacía gracia.

Él abrió la puerta de un tirón, y dijo:

—¡Dejen de joder!

Una pequeña figura con el pelo mojado y con la ropa empapada cayó en sus brazos diciendo:

—¡Ayúdame, por favor!

La voz femenina tenía una aflicción que no podía ignorar. Instintivamente, la metió adentro y cerró la puerta de golpe.

—Gracias—. El suave murmullo era casi inaudible, pero mezclado con verdadero alivio.

Ella levantó la cabeza y lo miró. Grandes ojos verdes, pestañas espesas y largas, y suculentos labios rojos. Su blusa blanca estaba empapada, y podría haber ganado cualquier concurso de camisetas mojadas sin ningún problema. No es que él nunca haya visto uno, pero su sostén de encaje negro, mostraba sus prominentes pechos: *34C*, supuso.

¡La stripper!

Claro, ella tenía que ser la stripper. Así que los chicos le habían conseguido una stripper que se hiciera pasar como una damisela en apuros. Era diferente de la habitual mujer policía o la enfermera, pero aún así, no funcionaría.

La última vez que sus amigos lo habían sorprendido con una stripper, Oficial Indecente, la misma había tratado de hacerle un registro al desnudo, el cual no había causado efecto en él. Ni siquiera la tentación de un poco de sadomasoquismo, habían logrado hacer que su miembro se levantara de su sueño mortal. ¿Qué hizo pensar a Ricky que una damisela en apuros podría ser mejor?

Se veía suficientemente bonita, casi inocente. Por lo menos le podía seguir la corriente por unos minutos, para ver si algo ocurría. Claro, sin tener muchas esperanzas.

—¿Qué pasó? — le preguntó.

Ella olía como un perro mojado y algo más, pero no podía saber que era.

—Un tipo me atacó—, se detuvo para recobrar el aliento, y prosiguió: —Tengo que llamar a la policía.

Ella se estremeció y sonó creíble. Obviamente la mujer había tomado algunas clases de actuación.

Un bonito detalle.

—Bueno, ¿por qué no hacemos que entres en calor primero y nos deshacemos de tu ropa mojada? — Esa seguramente era la idea que la stripper tendría en mente. ¿Qué mejor razón para quitarse la ropa que el tenerla mojada? A él no le importaría calentarla con su cuerpo.

Ella inmediatamente frunció el ceño. —Sólo una llamada, por favor, yo me puedo cambiar en casa, gracias—. Su voz se entrecortó como si estuviese molesta.

Ah, así que quería jugar a la tímida. Para él estaba bien. La dirigió a la sala de estar, donde ardía un pequeño fuego en la chimenea. Ella se puso justo en frente de ella y estiró las manos hacia el calor. Su ropa mojada se aferró a su cuerpo, enfatizando sus curvas tentadoras. Las proporciones perfectas. No era demasiado delgada, suficiente carne para que él tuviera algo que agarrar. Por lo menos Ricky había escogido a alguien que físicamente le gustaba. Era un buen comienzo.

—Te dará un resfriado con esa ropa mojada—, le susurró atrás de ella.

Sus hombros se levantaron, con evidente tensión. Ella obviamente no lo había sentido acercarse. ¿Qué pasaba con sus sentidos? A medida que le tomó los hombros con sus manos, ella gritó y se dio la vuelta. Él reconoció que la mirada en sus ojos era una mezcla de ira y miedo.

—Me tengo que ir—, le dijo ella.

Ahora se estaba poniendo interesante. Ella se estaba haciendo la difícil. Ricky tenía razón, era buena. Tal vez podía moverle algo, sólo tal vez. Él disfrutaba de una buena casería tanto como cualquier vampiro. No había cazado desde hace tiempo. Todas las mujeres se le habían entregado prácticamente en bandeja de plata y aunque muchas de ellas habían sido muy tentadoras, ninguna lo había movido.

—No tan rápido, yo creo que te estás olvidando para qué estás aquí. Veamos que tienes para ofrecer—. Le hizo saber que él estaba dispuesto a seguir el juego. Sólo por el placer de hacerlo.

La damisela le lanzó otra mirada asustada y se dirigió hacia la puerta. Samson fue más rápido y cortó su ruta de escape. Ahora sí estaba disfrutándolo. De hecho, no había tenido tanta diversión en mucho tiempo. Lo que fuese que Ricky le estuviese pagando, ella valía cada dólar.

Ella respiraba con dificultad, pretendiendo estar asustada. Él podía casi oler su miedo. Era exactamente como le gustaban sus presas. Sus manos agarraron sus hombros para acercarla. No le importó que sus ropas mojadas arruinaran sus pantalones y suéter de lavado en seco.

—¡No, déjame ir! — Su súplica desesperada hizo eco en su casa inmensa.

—No te quieres ir—. Él se empapó de su olor. Sí, a perro mojado, pero también a algo más, algo diferente. ¿Estaba usando un perfume exótico esta pequeña zorra vampira? Olía delicioso y tentador. Un leve olor a lavanda llegó a su nariz.

Los ojos aterrorizados de la mujer lo miraban, mientras luchaba para escapar de su control.

—Estoy seguro de que Ricky te pagó lo suficiente, y si no, te daré una generosa propina—. El dinero no era un problema. De hecho, si podía hacer algo por él, sería más que generoso.

—¿Me pagó? — Su voz fue un chillido, su pánico acentuado por sus ojos bien abiertos. Hermosos ojos de color verde, brillando en cientos de diferentes facetas.

¿Será que el sinvergüenza no le había pagado aún? Bueno, él podría ocuparse de eso después, pero por ahora quería algo más. Una probada de esos labios carnosos y de su delicada lengua.

Había algo en ella que había despertado su interés. Samson bajó la cabeza y apretó sus labios contra los suyos. Ella trató de soltarse, pero en el mejor de los casos, su intento fue débil e inútil. Él sabía que las hembras vampiros, eran casi tan fuertes como los machos, pero el espécimen en sus brazos, obviamente, había decidido no usar su fuerza contra él.

Sus labios eran suaves, deliciosamente suaves. Samson deslizó su mano por detrás de su cuello para mantenerla en su lugar, mientras usaba su lengua para incitar su boca a abrirse. Quería saborearla, sentir su lengua, pero ella mantuvo sus labios firmemente apretados, aparentemente dispuesta a no rendirse tan pronto.

La mujer seguía luchando, tratando de escapar. A él no le importaba. De hecho, mientras más se resistía, más se daba cuenta que el cuerpo de ella se rozaba con el suyo y hacía que la deseara más. Él continuó asaltando sus labios, barriéndolos con su lengua húmeda. La apretó con más fuerza contra él, deslizando su otra mano por la espalda para apretar su pequeño y lindo trasero. En lugar de la ropa mojada, sintió el calor de su cuerpo.

Sus senos se aplastaban contra su pecho, y el rápido latido de su corazón se sentía a través de su cuerpo. Él disfrutaba de su inusual suavidad. Luego notó algo más. Sintió que reaccionaba a ella. La sangre repentinamente bombeó hacia su pene. Sus pantalones le apretaban. Pero no se iba a quejar.

Samson lanzó un gemido de placer, al sentir su pene endurecido y presionándola en su estómago. Seguramente ella lo sintió también. Él no había sentido una erección durante tanto tiempo, y el darse cuenta que su viejo cuerpo todavía funcionaba, fue un regalo de cumpleaños que no esperaba. Con la mano en su trasero, la acercó más a su cuerpo y encalló su pene contra ella, haciéndole saber que ella había logrado lo imposible.

Él la recompensaría abundantemente por ello. ¿Por qué su psiquiatra no pensó en esto? Todo lo que necesitaba era una mujer que fingiera que *no* lo quería, y sus instintos de caza aflorarían. Psicología a la inversa era todo lo que necesitaba. Tendría que despedir a Drake. En todos estos meses, el curandero no había tenido una sola idea que le fuera útil.

De repente, sus labios se abrieron, y él no dudó en introducir su lengua con avidez.

¡Oh Dios, sí!

Su boca, su sabor, todo era tan diferente a lo que había probado antes. Introdujo su lengua profundamente, buscando la de ella. No era lo que él había esperado. Su cuerpo se tensó mientras exploraba su deliciosa boca y jugaba con su lengua indecisa, provocándola a que le diera más. Él fue más profundo. Oh Dios, ella era deliciosa.

Con la mano en su cuello la acarició con entusiasmo, mientras que su otra mano en su redondo trasero, no podía dejar de acariciarlo, y la presionaba fuertemente hacia él. Su pene estaba duro como una piedra y listo para estallar. Samson no recordaba haber tenido una erección de este tipo, por lo menos no en los últimos ciento cincuenta años.

No había manera de que él la dejara ir, antes de que la cogiera fuertemente. Quería sumergirse en ella por el tiempo que pudiese, y encontrar en ella el placer que no había tenido en los últimos nueve meses.

Samson ingirió más de su sabor, aspiró más de su olor y de repente, se exaltó.

Maldita sea, ¿qué diablos estaba haciendo?

¡Mierda!

Él no estaba besando a un vampiro. ¡Ella sabía a humano! Sus amigos lo estaban matando. ¡Le habían mandado una stripper humana! Ellos por lo menos debieron haberle advertido. Él podría hacerle daño si no tenía cuidado. Si perdía el control, podía morderla y beber su sangre, ¡esos idiotas!

Y luego sintió un agudo, punzante e inesperado dolor en el pie. Inmediatamente la soltó y frunció su cara saltando en un pie, en un intento de aliviar el dolor. Con todas sus fuerzas, ella había arremetido con su tacón alto, los zapatos de diseño italiano de él.

¿Qué carajo?

¿Que se le metió a ella? Le había respondido y le devolvió el beso. No había ninguna razón para su arrebato repentino. Y, además, Ricky había dicho que hacía extras.

Mientras él la miraba con incredulidad, ella lo miraba con furia, y como si eso no fuera suficiente, ella le dio una bofetada en la mejilla.

¡Bam!

Risas ahogadas a sus espaldas le hicieron voltearse en un santiamén. Allí estaban todos sus amigos, viéndolo ser golpeado por una mujer. Esto quedaría escrito en los libros de historia. La noche en que una humana abofeteó a Samson. ¿Qué otra cosa estaba prevista para su humillación?

—¿Qué demonios estás haciendo, Samson? — preguntó Ricky.

—¿Qué te parece que estoy haciendo? Me estoy divirtiendo con la stripper que me conseguiste para mi cumpleaños.

¿Desde cuándo era Ricky correcto y formal? Después de todo, ésta era su estúpida idea.

—¿Stripper? — gritó la mujer—¡No soy una *stripper*!

Ricky negó con la cabeza, y los chicos detrás de él no pudieron reprimir las estúpidas sonrisas como si fueran un grupo de jóvenes universitarios y no unos vampiros adultos.

—¿Estás ciego, hombre? Ésta es la stripper.

Ricky volteó la cabeza hacia la mujer con el uniforme de enfermera corto y ligero, que estaba entre sus amigos. Los ojos de Samson comparaban entre la stripper y la damisela en peligro. Finalmente, se posaron sobre Ricky. La verdad estaba escrita en la cara sorprendida del vampiro pelirrojo.

—Esa—, dijo Ricky y señaló a la mujer furiosa junto a Samson, —es una mujer seriamente enojada, a la cual le debes una gran disculpa. Yo empezaría a rogarle en este momento.

Ese era un buen consejo. Samson se avergonzó.

—Feliz cumpleaños—, dijo Amaury, uno de sus más viejos amigos.

Si él estaba tratando de suavizar la situación, tendría que hacerlo mucho mejor, porque de seguro no estaba funcionando.

— Y felicitaciones—, añadió Thomas sonriendo, pero no estaba felicitándole por su cumpleaños. Sus ojos estaban fijos en la entrepierna de Samson. Nada podía escapar de los ojos penetrantes de Thomas, nunca, sobre todo cuando se trataba de un cuerpo masculino.

Samson entendió de inmediato, pero eso no hizo la situación más cómoda. Eventualmente él tendría que darle la cara a la mujer que había besado con tanta pasión, lo que era algo incómodo de hacer. Sobre todo, con la furiosa erección abultando sus pantalones. Una erección que no se le quería quitar, mientras tuviera el sabor de la mujer en su lengua.

Ella pasó junto a él para salir de la habitación. Él no podía dejarla ir. Le debía más que una disculpa, había curado lo que su psiquiatra no había sido capaz de resolver, incluso después de muchos meses de sesiones semanales. Él tenía que hacer algo, cualquier cosa.

—Señorita.

Ella siguió caminando como si no lo hubiese escuchado. Los chicos se apartaron para dejarla pasar.

—Por favor. Lo siento, no lo sabía. Pensé que eras la... lo siento. Debes pensar que soy un salvaje. Por favor, señorita, permítame ofrecerle un poco de ropa seca, algo para entrar en calor. Voy a hacer que mi chofer la lleve a su casa— , le dijo tratando de persuadirla.

Ella se detuvo y vaciló en la puerta.

—Por favor.

A él no le importaba que sus amigos estuvieran viéndolo rogar. Se encargaría de ellos más tarde. Curiosamente todo lo que quería ahora era que ella no estuviera enojada con él. No entendía por qué le importaba, después de todo, era sólo un humano. Finalmente, los hombros de ella parecieron caer, liberando la tensión.

~ ~ ~

Delilah se volvió y lo miró. Ella sabía que todavía estaba lloviendo afuera, y la idea de ropa seca y que alguien la llevase a casa era tentadora, sobre todo porque no estaba muy segura si podría encontrar el camino de regreso al apartamento. Además, el matón todavía podría estar en algún lugar ahí afuera, al acecho, y entonces no estaría mejor que antes.

Ahora que él la miraba con sus ojos de cachorro, parecía cálido y amable. No se veía así minutos antes. Se sentía como si hubiera sido su presa. Se veía como un cazador. Sus besos habían sido experimentados, hambrientos, calientes y por desgracia, exactamente como a ella le gustaban, por lo que no había sido capaz de resistirse y finalmente por eso había respondido a ellos.

Delilah había sentido su cuerpo presionado contra el suyo y sus manos tocándola íntimamente. Él la había estremecido. Supuso que era simplemente un reflejo que su cuerpo había producido, pero en el fondo sabía que ningún reflejo en el mundo podría hacer que se abriera a un hombre que la atacara, a menos que ella lo deseara.

Durante los besos, sintió llamas de fuego extendiéndose a través de ella como si su sangre comenzara a hervir. Nadie nunca la había besado así. Ninguno de los chicos con los que había salido había llegado siquiera cerca de hacer que su cuerpo se derritiera como lo hizo él con su tacto.

Pero esto no estaba bien. Acababa de atacarla como una fiera, porque pensaba que era una desnudista barata. No había duda en su mente en cuanto a las intenciones de él. Su erección fue una prueba positiva de que, si ella no lo hubiese detenido, él la hubiese poseído allí, en la sala de estar. No era su idea de romance, no importa por cuánto tiempo ella no hubiese tenido sexo.

Ella miró a la mujer en uniforme de enfermera. ¡Asqueroso! Sus pechos parecían falsos, al igual que casi todo lo demás en ella. Parecía barata, y Delilah estaba segura de que la mujer no sólo era una stripper, sino, probablemente también una prostituta. Sólo podía imaginarse para qué habían contratado a la prostituta.

Así que tenía unos amigos locos, que le dieron un regalo de cumpleaños más loco. Por desgracia, había tratado de desenvolver el regalo incorrecto. ¿Podría realmente ser confundida con una stripper tan fácilmente, o él necesitaba gafas? Delilah se miró y en ese momento se dio cuenta que su blusa blanca estaba completamente empapada haciéndola transparente, y su última adquisición de Victoria Secret, brilló. Ella secretamente maldijo su amor por la ropa interior negra. No es de extrañarse que él hubiese pensado que ella era una stripper. Tal vez todo esto era mucho más inocente de lo que ella inicialmente pensó.

—¿Ropa seca dijiste? — ella finalmente le preguntó.

A pesar del calor en la casa, sintió frío y sabía que sus pezones estaban incómodamente duros, casi con dolor.

Él mostró en su boca una suave sonrisa, y asintió.

—Puedo conseguirte un suéter y algún pantalón deportivo. Puedes secarte en el baño. Vuelvo en un momento.

Él parecía casi como un niño ahora.

Ella lo siguió con la mirada mientras él caminaba por las escaleras, fuertes piernas que subían las gradas de dos en dos, su trasero apretado moviéndose dentro de la tela. Todo músculo y nada de grasa.

—Soy Ricky—, le dijo uno de sus amigos, presentándose. —Lo siento, creo que todo esto fue por mi culpa. Le dije a Samson que esperara a una stripper. Él es normalmente un verdadero caballero. Por favor, no tomes eh... lo que sucedió en contra de él.

Era alto y bien parecido, con una cara de niño llena de pecas y una cabellera rojiza. Ella detectó un poco de acento al hablar. ¿Tal vez irlandés?

—Absolutamente—, el siguiente amigo interrumpió. —Soy Amaury.

¿Amore? ¿Como amor en italiano?

Un nombre algo extraño para un hombre. Él extendió su mano. Ella dudó, pero no se la negó, no obstante. Su apretón de manos era firme.

—Ha estado bajo mucho estrés últimamente. Por favor, perdónalo—, dijo Amaury.

Era un tipo grande y corpulento, con el pelo oscuro que le llegaba hasta los hombros. Pero no era un hippie. Parecía bien cuidado, y su largo cabello sugería que no era de esta época. Más bien parecía que pertenecía a una novela histórica, montando un caballo para salvar a su dama favorita. Sus ojos azules eran penetrantes. Su sonrisa cautivadora, se extendía desde sus labios dando luz a toda su cara.

Cada uno de sus amigos, trataban de poner excusas por él. Parecían ser unidos. Un hombre que tenía amigos decentes como ellos, no podía ser del todo malo. Por supuesto, Charles Manson probablemente también tenía amigos en algún momento, y eso no lo hacía ser un buen tipo. Lo mismo sucedía con Jack el Destripador. El Asesino del Zodiaco, vino a su mente. Y su imaginación galopaba de nuevo.

—Él es realmente un gran tipo—, le dijo otro. —Thomas. Encantado de conocerle, madame.

¿Madame?, ¡Vaya!, eso sí que era formal.

Su calurosa sonrisa estaba en absoluto contraste con su atuendo: Thomas andaba vestido completamente de cuero y su casco de motociclista bajo el brazo.

Un cuarto hombre estaba en el fondo. Parecía un poco tímido y se limitó a asentir. Iba vestido con el traje de motociclista igual que Thomas.

—Él es Milo—, Thomas lo presentó y puso su brazo posesivamente alrededor de sus hombros.

La presencia de un par de chicos gay, la hizo sentir un poco más segura. ¿Qué tan mal podrían estar las cosas, si había una pareja de homosexuales en la habitación? Por lo menos ella tuvo la sensación, de que habría dos tipos que no la seducirían y que potencialmente la protegerían.

—Encantada de conocerte. Soy Delilah.

Ella cambió de pie para acercársele, se sentía cohibida por el hecho de que los hombres pudieran ver su sostén. Buscó un lugar seguro para fijar su mirada.

—¿Delilah? ¿Al igual que en Sansón y Dalila? — preguntó Ricky con una sonrisa en su rostro.

Los chicos se rieron entre dientes. Ella vio cómo Amaury codeaba a Ricky en las costillas, aparentemente tratando de callarlo.

—Sí, es Delilah—. ¿Cómo había llamado uno de los chicos a su rescatador después de que ella le dio una bofetada? ¿Habría escuchado el nombre correctamente? ¿Podría ser realmente su nombre Samson?

—Ese es un nombre bonito—. El cumplido de Amaury sonó como si él quisiera llenar el silencio incómodo con algo, cualquier cosa.

—Samson, ahí estás—, Thomas dijo de pronto, mirando hacia las escaleras.

Delilah levantó la mirada y vio a Samson bajando. No podía quitarle los ojos de encima.

Ella no debería estar viéndolo idiotizadamente, pero no lo podía evitar, incluso si su vida dependiera de ello. Era alto, medía más de 1.90 mts., y hacía una figura muy impresionante en sus pantalones negros y el ceñido suéter gris, de cuello alto. Sus caderas eran delgadas, sus hombros anchos, y parecía que no era ajeno a un gimnasio. Su pelo negro era más largo que lo que estaba a la moda, le daba belleza intemporal. Sus ojos color avellana, demandaban su completa atención.

Se deslizó por las escaleras como si fuera el dueño del mundo, irradiando un sentimiento de confianza, con más fuerza que cualquier persona que ella hubiese conocido. Con cada uno de sus pasos, ella se sentía más atraída por él, mientras más se acercaba era menos capaz de resistirse a sus encantos. Sin embargo, él era silencioso, sin decir una sola palabra mientras se acercaba.

Samson. El nombre le venía bien. ¿Este hombre mortalmente sexy la había besado? ¿Qué había estado pensando ella al apartarlo? ¿Estaba perdiendo la cabeza? Obviamente. No había otra explicación para ello. Sabía perfectamente lo que podían hacer sus labios en ella, lo que esas manos habían despertado.

Tan sólo recordar esas fuertes piernas presionadas en ella, hizo que la temperatura de su cuerpo subiera unos cuantos grados. Unos segundos más y tendría una fiebre que requeriría atención médica, o su atención. Preferiblemente su atención, ya que un médico probablemente no podría ayudarla con lo que tenía: un severo ataque de lujuria.

Se detuvo justo en frente de ella, sus miradas se encontraron. Delilah se dio cuenta de que había estado mirándolo todo el tiempo que le había tomado bajar por las escaleras. Estaba segura de que él había visto como lo examinaba. Incapaz de quitarle los ojos de encima, inhaló su aroma puramente masculino.

Él le entregó la ropa. Su mano accidentalmente tocó la de ella, y cuando lo hizo creó una chispa de electricidad.

—Hay un baño de visitas al final del pasillo. Las toallas limpias están en el armario de la ropa—, le dijo con voz suave y gentil.

—Gracias—. Delilah sintió su voz temblar. Probablemente haciéndola sonar como una adolescente enamorada.

Mientras caminaba por el pasillo hasta encontrar el cuarto de baño, escuchó a los hombres susurrar, pero no podía entender lo que decían. Miró hacia atrás antes de entrar en el cuarto de baño y vio a Samson mirándola. Esos ojos color avellana habían seguido cada uno de sus movimientos.

~ ~ ~

Samson se volvió hacia sus amigos cuando la vio cerrar la puerta.

—Ustedes son idiotas a veces, no sé por qué sigo saliendo con ustedes—, Samson los acusó. Luego tomó su teléfono celular de la mesa y usó el marcado rápido.

—Es porque no tienes otros amigos—. Como siempre mencionando lo obvio.

Su llamada fue respondida de inmediato.

—Carl, por favor traiga el coche en quince minutos.

—Por supuesto, señor.

—Gracias—. Terminó la llamada y regresó al grupo.

—Así que parece que las cosas están mejorando—, comentó Thomas deliberadamente, con una sonrisa de oreja a oreja.

—¡Ella es humana, idiotas! — Maldijo Samson entre dientes, pero suficientemente fuerte para que el grupo escuchara.

Lo más caliente que he tocado.

—Bueno, *nosotros* no la mandamos aquí—. Ricky alzó sus brazos en defensa. —Así que, ¿quién es ella?

—¿Cómo diablos voy a saberlo? Ella casi rompió mi puerta, pidiendo ayuda.

—Puedo jugar a eso, si eso es lo que te enciende—, dijo la stripper.

Samson dudó su afirmación y la ignoró.

—Bueno, todo el mundo a la cocina, y déjenme a solas con ella unos minutos.

—¿Conmigo? — ronroneó la stripper.

 De ninguna manera. Samson frunció el ceño.

—No, con la mujer humana, maldita sea.

—Ok, ok—, dijeron los demás.

Los miró mientras desaparecían a través del comedor hacia la cocina en la parte trasera de la casa. La mano de Amaury ya se encontraba sobre el trasero de la stripper. Samson negó con la cabeza. Su amigo no había conocido a una mujer que a él no le gustara.

Si dejaba a los chicos solos por mucho tiempo, probablemente se beberían todo lo que había en la casa. Podía ver sus reservas de sangre disminuyendo por minuto.

Samson fue a la barra del bar y sirvió dos copas de brandy. Se había acostumbrado al sabor del brandy y le gustaba la sensación de calidez que causaba en su pecho cuando se tomaba uno. Aparte de eso, pasaría a través de su sistema sin efecto alguno. Ser capaz de tomar las bebidas humanas era muy útil cuando él se reunía con humanos en fiestas sociales.

Los vampiros se mezclaban libremente con sus homólogos humanos, que no sabían que ellos eran diferentes. Algunas personas eran consideradas simplemente más excéntricas que otras. San Francisco era el lugar perfecto para su especie. Prácticamente todo el mundo era un poco raro, y a nadie le importaba un carajo.

La clase alta de los vampiros en San Francisco funcionaba de igual manera como la sociedad de clase alta de los humanos en la ciudad. Había bailes, temporadas de ópera, la sinfónica, inauguraciones de galerías, espectáculos de ballet, recitales y estrenos de obras de teatro. Todo el que decía ser alguien, quería ser visto.

Esta noche Samson tenía algo que celebrar. Su sistema hidráulico estaba trabajando de nuevo, de hecho, incluso mejor que antes. Su pene había estado tan duro como el granito cuando había presionado su cuerpo contra el de ella y la había besado. ¿Cómo había sucedido? Él no lo sabía y no le importaba, pero al menos sabía que estaba de vuelta. ¡Maldita sea, se sentía bien!

Samson se dio vuelta hacia la puerta, cuando oyó sus pasos. Ella vestía una de sus sudaderas y pantalones deportivos. Ambos eran demasiado grandes para ella, pero ella se había doblado varias veces las mangas para que le quedasen. Demonios, se veía linda. Había secado su pelo largo y oscuro con una toalla.

—Por favor, pasa, siéntate aquí. Caliéntate—, invitó Samson.

Ella entró a la habitación, sus movimientos eran vacilantes, sus ojos claramente observándolo, para determinar si era seguro acercarse.

—Gracias.

—¿Brandy? —, le preguntó él.

Le entregó una de las copas que había servido anteriormente. Ella estiró su mano. Samson rozó sus dedos con los suyos cuando tomó la copa. Con frío, ella se sentó en el sillón más cercano al fuego y tomó un sorbo.

—Le pido disculpas, yo no me he presentado aún. Soy Samson Woodford.

Ella lo miró y se dio cuenta de que estaba todavía en pie. Tomó asiento frente a ella para estar a la altura de sus ojos.

—Delilah, Delilah Sheridan.

¿Delilah? Un nombre bonito para una mujer hermosa. Una hermosa mujer *humana*.

Fuera de límite.

¿Sería su ruina al igual que la bíblica Delilah lo había sido en la caída de su tocayo? Sin embargo, era una buena razón para no tocarla de nuevo.

—Debo pedirte disculpas. He sido grosero, y es inexcusable.

Inexcusable, sí, pero, sin embargo, excitante. Quería volver a sentir: el calor, la excitación, su cuerpo. Incluso ahora, vestida con ropas sin forma, varias tallas más grandes para ella, parecía más tentadora que cualquier mujer vampiro en la cual hubiese puesto sus ojos. Su olor tentó sus sentidos, amenazando con dominar sus buenos modales, una vez más.

—Fue un malentendido. Tus amigos ya me lo explicaron.

Parecía que estaba entrando en calor. Sus mejillas parecían sonrojarse, probablemente por el calor del fuego y el brandy que estaba bebiendo. Si él solo pudiera lamer las gotas de brandy de sus labios, tal vez su cuerpo se apaciguaría.

—¿Cómo está tu pie? Lo siento mucho—, preguntó ella.

—Estará bien. No te preocupes.

Si lo besas estaría mejor.

—Gracias por ayudarme.

—No hay de qué. Una vez más, estoy verdaderamente arrepentido por haber actuado como un completo idiota.

Samson se pasó la mano por su pelo. Él reconoció su ademán como lo que era: indicaba su nerviosismo, cuando no tendría razón para sentir una emoción tan extraña.

—¿Dónde están tus amigos? — preguntó ella.

¿Tenía miedo de estar sola con él? Él obviamente, la había asustado. No podía culparla. Estar a solas con el hombre que la había atacado, besándola apasionadamente y habiéndole frotado su erección, no podía ser una situación que le inspirase confianza. ¿Podía ver que su pene se movía nuevamente alistándose para ella? Samson se movió en la silla y cruzó las piernas.

—Les he enviado a la cocina para empezar la fiesta. Yo te aseguro que te escucharán si sientes la necesidad de pedir ayuda. No hay ninguno entre ellos que no vendría corriendo a ayudar a una mujer que necesite protección.

—Oh.

Su cara de sorpresa le dio que pensar a él, al igual que el rubor repentino en sus mejillas. Tal vez ella no se sentía amenazada después de todo.

—Lo siento, por interrumpir tu fiesta de cumpleaños. Mejor me voy.

Haciendo un movimiento para levantarse, él la detuvo.

—He llamado a mi chofer. Estará aquí en unos minutos para llevarte a casa.

Delilah hizo un débil intento de rechazar su oferta. —Eso no es necesario. Yo puedo tomar un taxi.

—Por favor, permíteme. Es lo menos que puedo hacer después de todo lo que te he hecho pasar.

—Gracias—, dijo ella, dándole una bella sonrisa. —Eso es muy generoso de tu parte.

—Dime lo que pasó ahí afuera—. Girando su cabeza hacia la ventana, mirando la oscuridad.

Tragó saliva, y le contestó:

—Un tipo me siguió en un callejón. Corrí, me resbalé y él me agarró. Después corrí nuevamente y me volvió a seguir. Ya estaba muy cerca de mí cuando abriste la puerta.

Dio un suspiro, y volvió a vivir su calvario mientras hablaba.

—¿Estas segura de que no estaba ayudándote cuando te caíste?

Ella lo negó con la cabeza.

—Estoy segura. Vi su cara, él no era amigable. Estaba persiguiéndome.

¿Había reaccionado exageradamente? Tal vez todo el incidente fue totalmente inocente. Las mujeres a veces ven las cosas como no son.

—¿Puedes describírmelo? —, él preguntó.

—Sólo lo vi por un instante, pero era grande, blanco, tal vez de unos cuarenta años. Tenía una cicatriz en su mejilla.

—¿Crees que lo reconocerías si lo vieras nuevamente?

Ella asintió con confianza: —Definitivamente.

Un mechón de cabello húmedo quedó atrapado en su mejilla, y él tuvo que usar toda su voluntad para no acercársele y quitárselo de la cara. No permitiría cualquier otro avance físico de parte de él, ni siquiera la tierna caricia que ansiaba hacerle en ese momento.

La ternura no era algo por lo que los vampiros eran conocidos, mucho menos Samson. La lujuria, la pasión, sí, ¿pero ternura? Era mejor que saboreara este raro sentimiento.

Oyó que la puerta se abría. Carl tenía la llave de la casa, al igual que sus amigos, a excepción de Milo. Unos segundos más tarde Carl se dio a conocer en la puerta de la sala de estar.

—Señor, disculpe la interrupción, el coche está listo para cuando lo necesite.

Se levantaron de sus sillas y Samson lamentó no haberle dicho a Carl que se tomara su tiempo. Había disfrutado de la compañía de la mujer y le hubiera encantado disfrutarla por un poco más de tiempo. ¿Disfrutar de ella? ¿Qué demonios estaba pensando? Era mejor si se iba ahora, antes de que hiciera algo realmente estúpido. Tenía que terminar aquí y ahora.

—Voy a traer mi ropa. La dejé en el baño.

—No te preocupes, yo haré que te la entreguen mañana después de haber sido lavada y planchada.

Mantener su ropa por un poco más de tiempo le permitiría aspirar una vez más su aroma.

—Pero, eso no es….

—¿Necesario? — la interrumpió y sonrió. —Por favor, permíteme.

~ ~ ~

Sin duda no era necesario, pero su sonrisa era tan encantadora que Delilah no podía rechazarla. Parecía que él absolutamente quería recompensarla.

—Carl, por favor, lleve a la señorita Sheridan a su casa—, le indicó Samson a su conductor. —Ella le dará su dirección. Y asegúrese de escoltarla hasta la entrada y esperar hasta que ella esté segura adentro. No quiero que le pase nada.

—Sí, señor—, le dijo su chofer.

Ella se sintió halagada. Él quería asegurarse de que estuviese a salvo.

—Muchísimas gracias—. Extendió su mano. —Y feliz cumpleaños.

Samson le sonrió y le tomó la mano, pero en vez de estrechársela, poco a poco la guio hasta sus labios y la besó suavemente sin romper el contacto visual. —Gracias.

Ella sintió una ola de calor desde su mano hasta su torso. Dios, era guapo y un perfecto caballero, cuando no estaba asumiendo que era una stripper. Eso era algo que tal vez ella podría olvidar fácilmente.

Delilah vaciló al dar media vuelta y siguió al conductor que la llevó fuera, protegiéndola bajo un gran paraguas mientras la acompañaba a una limusina oscura. Dejándose caer en los cómodos asientos de cuero, suspiró, diciendo: ¡Qué noche! La idea del matón que había intentado atacarla todavía la hizo estremecerse, pero como resultado de eso, había conocido al hombre más sexy y atractivo de su vida, así que, ¿quién se preocuparía por la primera parte de la historia?

—¿A dónde, señorita Sheridan? — preguntó el chofer.

Ella le dio la dirección del apartamento corporativo. Por un segundo se preguntó si debía pedirle que la llevara a una estación de policía en su lugar, pero descartó la idea. No quería pasar la mitad de la noche en una comisaría de policía reportando el asalto, cuando lo más probable es que nunca atraparían al tipo.

—Ah, eso queda a tan sólo unas pocas cuadras de aquí. Estaremos allí en dos minutos, Señorita.

Delilah se acomodó en los asientos de cuero y cerró los ojos. Samson Woodford. Alto, moreno y apuesto. La estrella en el sueño húmedo de cualquier mujer. Ella tocó sus labios, los mismos labios que él había presionado contra los suyos. El brandy había borrado su gusto en la lengua, pero todavía podía sentir su cuerpo apretado contra el suyo y su erección instigándola a rendirse a él.

Entregarse. Cederle el control. La idea la asustó y la excitó al mismo tiempo. Por supuesto, nunca sucedería. Ella nunca lo volvería a ver.

3

La stripper no era tan sexy como Delilah, pero con ella tendría que bastar. Samson no había tenido sexo en meses, y no iba a esperar un minuto más. Oyó a sus amigos riéndose en la cocina. ¿Había ya empezado el espectáculo sin él?

Caminó a través de la puerta de la cocina y vio a Amaury lamer líquido rojo de los senos de la mujer. Sangre. Su uniforme de enfermera estaba abierto por el frente. Eran como niños pequeños, jugando con su comida. Los vampiros por lo general no se alimentan de otros vampiros, pero eso no significaba que no les gustase aparentar. Su amigo, obviamente, había dejado caer algunos de los suministros de sangre de Samson sobre la mujer y ahora disfrutaba lamiendo de ella.

—Deja de monopolizarla, que ahora es mi turno—, se quejó Ricky y empujó Amaury hacia un lado. Amaury sonrió diabólicamente, pero hizo un espacio para Ricky, concentrándose en sólo uno de sus pechos en lugar de los dos.

—¿Compartimos? — preguntó Amaury y su sugerencia fue aceptada.

Con un gruñido, Ricky deslizó la lengua sobre el pecho de la stripper que su amigo acababa de abandonar. Lamió las gotas restantes de la sangre, antes de cerrar los labios sobre el pezón. La mujer echó la cabeza hacia atrás y mientras los dos hombres la chupaban, gimió en voz alta:

—Sí, cariño.

No es que los dos chicos necesitaran el estímulo de la stripper.

Milo y Thomas observaban con poco interés.

—La última vez que lo comprobé, fue en mi cumpleaños—, interrumpió Samson.

Tanto Ricky como Amaury dejaron los pechos de la stripper. Todos los ojos estaban puestos en Samson.

—¿Y? — preguntó Ricky.

—¿Qué?

—Bueno, ¿todo vuelve a funcionar?

Ricky hizo hincapié en su pregunta con un movimiento inconfundible en sus caderas.

—Supongo que tendré que hacer una prueba—, dijo Samson señalando a la stripper.

—Aquí, cariño, lame un poco—, ofreció ella y se volvió hacia Samson.

Él negó con la cabeza. —Arriba, para una función privada.

Para su primer acto sexual después de nueve meses de abstinencia él preferiría un poco de privacidad. No le importaba normalmente que sus amigos lo vieran cogerla.

Samson miró a los chicos con severidad. —Ustedes se me quedan aquí y déjenme alguna de mis bebidas buenas, ¡por amor de Dios! Tengo una celebración.

Samson siguió a la stripper por las escaleras. Ni siquiera preguntó su nombre. No importaba. Todo lo que necesitaba era un cuerpo dispuesto en el cual sumergirse. Demonios, había extrañado el sexo. Por fin, podría satisfacer su deseo carnal y ser normal otra vez. Este fue el mejor regalo de cumpleaños que podía imaginar. Tal vez los cumpleaños no necesitaban ser deprimentes, después de todo. Esto podría ser muy divertido.

Maldita sea, la mujer humana lo había encendido. Ella podía resucitar a los muertos y así lo había hecho. Para todos los intentos y propósitos, su pene había estado muerto en los últimos nueve meses. Se había convertido en un cascarrabias total y absoluto, siempre irritado, siempre tenso. Ya no más. Después de esta noche, las cosas volverían a la normalidad. El sexo no podría controlar sus estados de ánimo nunca más. Se volvería a convertir en una parte normal en su vida.

La stripper era un vampiro, lo que significaba que no había necesidad de ser amable con ella. No tendría que contenerse. Mejor aún, dado a que estaba extremadamente deseoso. Cuando cerró la puerta del dormitorio, ella se volvió hacia él y comenzó su seductor striptease. Nada que no hubiese visto antes. Sus amigos lo habían arrastrado a clubes de nudistas con la suficiente frecuencia, y muy poco podría realmente sorprenderlo. En sus más de 200 años como vampiro, ya lo había visto todo.

Pieza por pieza se quitó su uniforme de enfermera. Primero la blusa cayó al suelo, luego la falda corta. Con movimientos elegantes soltó sus medias de las ligas y las enrolló hacia abajo, una por una.

Se llevó las manos a sus pechos, apretándolos para enfatizar su tamaño. Melones. A Samson realmente no le gustaban las mujeres con grandes pechos. Prefería un lindo trasero en su lugar, pero esta noche no le importaba. Uno por uno desnudó sus grandes atributos con tamaños de melones, fuera de las pequeñas medias copas de su sostén diminuto. El las noto colgar, sin el soporte.

Le abrió las piernas para darle una buena vista de su concha, a través de su bikini con abertura. Afeitada. No era del todo su gusto, pero serviría. Él le dijo que girara para darle un vistazo a su trasero. Su tanga de hilo no escondía nada.

Lentamente, se sacó los hilos que parecían una excusa de bragas y, finalmente, estaba de pie desnuda frente a él.

Ella no le interesaba, más que como una mujer que le proveería del desahogo que tanto necesitaba. Quería acabar de una vez.

Samson echó un vistazo a su cama de cuatro pilares, una antigüedad que había adquirido en la época en que se consideraba mobiliario contemporáneo. No, no iba a hacérselo en su cama. Hacerlo sobre el sofá reclinable bastaría. La voltearía, para tomarla por atrás y follarla hasta el cansancio. Por lo menos no tendría que mirar su cara y pretender que era otra persona.

Un bello rostro brilló en su mente. Delilah. Podía pretender que era Delilah.

Bien, ese era el plan.

El plan perfecto.

La stripper no se opondría. Después de todo, era por lo que se le estaba pagando. Haría lo que él quisiera.

Excelente.

Sólo había un problema con su brillante plan.

Su pene se había vuelto completamente flácido.

Muerto.

¡Malditamente muerto!

Ni una sola célula de sangre corriendo por él para despertarlo, ni una.

Arrugado como una ciruela pasa.

¿Qué demonios estaba pasando? Había estado funcionando muy bien unos minutos antes, y ahora, con una mujer desnuda a la espera de ser cogida, ¡no podía hacer que se levantase!

Ni una pulgada, ni siquiera la mitad de una pulgada.

No hay movimiento alguno.

—¿Qué estás esperando, muchachote? — se burló de él, mirándolo con sus pestañas llenas de rímel.

Samson la fulminó con la mirada. ¿Estaba ella burlándose de él?

Dio dos pasos hacia él y puso su mano sobre la cremallera de sus pantalones.

—Oh—. Ella dejó escapar un suspiro de decepción.

Con la velocidad del rayo, le agarró la muñeca y apartó su mano. La apartó de él con su próximo aliento.

—¡Demonios!

~ ~ ~

Los muchachos de abajo brindaron entre ellos cuando escucharon la voz de Samson proveniente del piso de arriba.

En las viejas casas victorianas, las voces hacían mucho eco.

—Ahora, eso ha sido un gran orgasmo o…—, comenzó a decir Ricky.

—¡Maldita sea! — dijo Samson desde arriba.

Una selección de palabrotas le siguieron. Los chicos se miraron entre sí.

—¿O ninguno en absoluto? — reflexionó Amaury.

Levantaron la cabeza hacia el techo para escuchar más, cuando oyeron fuertes pisadas en las escaleras.

—Ninguno en absoluto—, confirmó Thomas.

—¡Caramba! — dijo Milo. —¡Pobre cabrón!

Samson ya había irrumpido en la cocina y escuchó el comentario de Milo. Estaba furioso y dispuesto a matar a alguien. Thomas de modo protector se paró delante de Milo.

—¡Mierda! — Con el poder de una bola demoledora, Samson dio un puñetazo en el mostrador, quebrando el tope de granito. Se dividió en varios pedazos.

Sus ojos brillaban de color rojo, y sus colmillos se extendieron. Apenas pudo controlar su ira.

—Amaury, tráele algo de sangre, ahora—, ordenó Ricky con calma, aunque no le quitaba los ojos de encima a Samson.

—Ya estoy en eso—. Amaury entregó a Samson un vaso con el tibio líquido rojo.

—Aquí tienes, Samson, toma un trago. Lo necesitas.

Samson le arrebató la copa de la mano a Amaury y se lo bebió de una sola vez. Luego miró a Ricky.

—Mejor le aclaras a esa stripper que si susurra una palabra de esto a alguien, le voy a partir el cuello en dos. ¿Queda entendido?

La mirada salvaje en sus ojos, confirmaron que lo decía en serio.

Ricky asintió con la cabeza. —Será mejor que nos vayamos. ¡Muchachos! — Les hizo una seña para que salieran de la cocina.

~ ~ ~

Samson podía escucharlos en el pasillo, mientras la stripper bajaba las escaleras.

Thomas murmuro suficientemente alto como para que los sensibles oídos de Samson lo escucharan: —Pero él tenía una erección cuando la mujer estaba aquí. Yo lo vi. De hecho, era difícil pasarlo por alto.

—Supongo que hubiera funcionado con ella, lastimosamente es una mortal—, susurró Amaury.

Luego su tono cambió. —Cariño, ya que te hemos contratado durante toda la noche, ¿qué tal si vienes conmigo? Tengo algo que podrías apretar entre tus grandes tetas...

La stripper sonrió.

Segundos después ya no estaban. El lugar estaba nuevamente tranquilo. Demasiado tranquilo. Amaury estaba en lo cierto. Habría funcionado con ella. Samson también lo sabía. Así que ¿por qué no pudo hacer que se le levantara con la stripper? Ella tenía un buen cuerpo, estaba dispuesta.

Pero ella no era Delilah. No tenía su aroma o su belleza. Maldita sea, sus labios habían sido tan deliciosos, y esa tímida lengua que finalmente había hecho que le respondiera. Cielos. Qué beso, y ese flexible cuerpo pequeño con las curvas adecuadas. Él sabía que había sido recíproco. Había sentido su excitación. Y luego, cuando bajó las escaleras llevándole ropa seca, sus ojos lo habían examinado por cada centímetro de su cuerpo, y a ella le gustaba lo que había visto. De hecho, ella había humedecido sus labios a pesar de que él estaba seguro que no lo había hecho con intención. En sus ojos había visto el calor.

Diablos, la deseaba. Él tenía que poseerla, no importando qué.

Samson marcó un número. La llamada fue contestada de inmediato.

—Oficina del Dr. Drake. ¿En qué puedo ayudarle? — La muñeca Barbie ronroneó como un gatito.

—Habla Samson Woodford. Tengo que ver al Dr. Drake.

—No tenemos espacio esta noche. ¿Qué tal mañana a la 1:00 am? — ofreció ella, con una voz más calmada.

Él nunca le había mostrado ningún interés, las veces que había visitado el consultorio, y ella finalmente se había dado por vencida; había dejado de gastar sus encantos en él. Igualmente, Samson no podía soportarla, ni a su sonrisa melosa.

—Creo que puede hacer algo mejor. Teniendo en cuenta la exorbitante cuota que las consultas me cuestan, no me importa a quién tenga que cancelar—. Esto era una verdadera emergencia.

—Permítame un momento— Se oyó un chasquido en la línea y un breve silencio antes de que respondiera nuevamente: —Él puede verlo en media hora.

—Ya me parecía.

Samson colgó, cogió su abrigo del perchero y se dirigió a la puerta. Podía ir caminando a Pacific Heights. El aire de la noche aclararía su cabeza. Seguramente lo necesitaba.

Él acechó a través de la noche, con su cuello levantado y con las manos enterradas en los bolsillos del abrigo. La lluvia había parado. Las calles aún estaban transitadas por humanos. Él los ignoraba. Después de la medianoche por lo general las calles se volvían más desérticas y más vampiros estaban fuera. Pero aún era demasiado pronto para eso.

Samson no entendía por qué esta mujer humana lo había afectado de esa manera. Es cierto que tenía un buen cuerpo y era bonita, pero él ya estaba acostumbrado a las mujeres hermosas. Como uno de los solteros más codiciados de la ciudad, siempre escogió de la crema y nata de la sociedad.

Él había tenido citas con muchas mujeres hermosas. Tal vez, "citas" no era la palabra adecuada. Había tenido sexo con muchas mujeres hermosas cuando le daba la gana. Siempre había un suministro de mujeres deseosas, todas ellas vampiros, por supuesto, para satisfacer sus deseos carnales con la esperanza de que tal vez elegiría a una de ellas como su compañera.

Pero cuando él escogió una, todos sus problemas comenzaron.

Samson siempre apoyó a algunas de las organizaciones benéficas locales y asistía a dos o tres bailes de caridad al año. En uno de esos bailes él había visto a una mujer nueva en la ciudad. Había escuchado mencionar su nombre antes, pero aún no la había visto o sido presentado a ella. En el momento en el que vio a la alta pelirroja entre la multitud, cayó preso de la lujuria.

Había rumores de que Ilona Hampstead había venido de un antiguo linaje en Chicago y estaba muy bien conectada en el mundo de los vampiros. Ella era por excelencia, de la alta sociedad y había decidido hacer de San Francisco su hogar.

Ella jugó a hacerse la difícil, y los instintos de cazador de Samson se apoderaron de él inmediatamente. Le tomó más de un mes llevarla a la cama. Durante ese tiempo, él continuó haciéndolo con cada mujer vampiro disponible, para superar su frustración. Pero finalmente obtuvo su trofeo y no era tímido al mostrarla en cada evento social. Ella podía ser vista de su brazo cada vez que él salía a algún lugar.

Las páginas de sociedad se llenaban con fotografías, mostrándolos de evento tras evento. Contrariamente a la creencia común, los vampiros sí aparecían en las imágenes. De hecho, muchos eran bastante fotogénicos.

A pesar de su necesidad de privacidad, Samson disfrutaba de la atención y admiración de sus compañeros vampiros por haber atrapado a una belleza como ella. Mientras que ella era lo que él llamaría una mujer de alto mantenimiento, tenía sus encantos. Ella esperaba exclusividad y él no se oponía.

Durante los siguientes meses se enamoró de ella, y de alguna manera se convirtió en parte de su vida. Él había estado solo durante demasiado tiempo, y la idea de tener compañía constante en la que podría confiar, le gustaba. Todos sus amigos le afirmaban lo bien que se veían juntos, todos, excepto Amaury que mantuvo sus sentimientos para sí mismo.

Su vida sexual era excelente, tenían el mismo círculo de amigos, la misma posición en la sociedad. Eran la pareja perfecta.

Era sólo cuestión de tiempo hasta que los rumores de una inminente unión, empezaran a circular, y la idea de formar un vínculo permanente entre ellos, lo excitaba. Algo faltaba en su vida, y ella podría llenar ese vacío, por lo que había tomado una decisión.

Samson apartó los pensamientos de aquella fatídica noche cuando su mundo se había derrumbado de golpe. El pasado no tenía lugar en su nueva vida. Sólo el presente.

Se preguntó si el hecho de que Delilah era un ser humano, tenía algo que ver con la forma en que reaccionó a ella. Mientras que ciertamente había tenido relaciones sexuales con mujeres humanas, en aquellos días, cuando era un poco más salvaje e indomable, nada de eso le había interesado realmente, tanto así, que dejó de tener sexo con seres humanos.

El sexo con los humanos siempre le presentó más peligros que ganancia. Amaury no compartía su opinión sobre este tema. Pero Samson sentía que siempre tenía que contenerse, y nunca había sido capaz de dar rienda suelta a su verdadero poder y fuerza sobre ellas, sin que las lastimara. Al final, lo había sentido más como una carga, para continuar haciéndolo. Era más fácil hacerlo con las mujeres vampiro, cuando se trata de sexo. Ellas podían aguantar la fuerza y la ferocidad de sus parejas sexuales y no se lastimaban con facilidad.

Samson sabía que era una locura seguir a la mujer humana, pero estaba desesperado. Necesitaba el sexo, y lo necesitaba pronto, de lo contrario se convertiría en una bestia peligrosa cuyos estados de ánimo no podrían ser controlados. Se convertiría en una amenaza no sólo para sí mismo, sino también para los que le rodeaban. Había trabajado muy duro en los últimos dos siglos, para que todos sus logros se fueran a la basura por una frustración sexual.

Menos de media hora después de que él salió de su casa, llegó a la oficina de su psiquiatra y entró con apuro. El tiempo era esencial. Nunca había sentido este tipo de urgencia antes.

—Gracias por recibirme en tan poco tiempo.

El Dr. Drake levantó una ceja:

—¿Qué es tan importante que no podía esperar hasta mañana?

—Algo sucedió—, le respondió Samson.

Él lo miró y los ojos del psiquiatra parpadearon.

—Oh. Dime quién es ella y lo que hizo.

~ ~ ~

—De eso se trata—dijo Samson, dejándose caer en el ataúd y extendiendo su cuerpo sobre el suave cojín—. No tengo idea.

Su médico le miró con incredulidad. Samson, en ninguna de sus sesiones había usado el ataúd. Siempre insistió en sentarse en la silla, o se paseaba impaciente por la habitación.

Mientras Samson recordaba el incidente con Delilah, segundo a segundo, Drake escuchaba con atención, teniendo en cuenta cada palabra. Al mismo tiempo observaba la conducta, respiración y los movimientos de su paciente.

—¿Qué significa? — preguntó Samson con impaciencia.

—Interesante. ¿Y dices que con la stripper te quedaste frío después de que la otra mujer te había excitado?

—Como dije. Fue como si hubiera entrado en un congelador.

—Interesante—, volvió a decir Drake, y juntó los dedos delante de la cara con los codos apoyados en los brazos del sillón.

—En nuestra sesión de la semana pasada, mencionó que algo faltaba. ¿Puede explicarme eso?

—¿Ahora? — le preguntó Samson con una mirada exasperada.

—Creo que es importante en relación con este acontecimiento—, le contestó el médico.

—Está bien—, resopló Samson. —Yo sólo... no puedo realmente explicarlo. Había un vacío, no importando lo que hiciera, lo mucho que hubiese logrado. Siempre sentí como si no estaba completo, como si una parte importante de mí estaba perdida.

—¿En qué sentido? — preguntó el psiquiatra intrigado.

—Emocionalmente—, suspiró Samson. —Había un anhelo por algo que finalmente me completaría. Yo creí que esa unión habría llenado ese vacío. Tenía que ser eso.

—¿La unión con Ilona? Yo lo dudo.

—¿Qué le hace decir eso doctor?

—Una unión de sangre no es más que la culminación formal de lo que ya existe—explicó Drake a su paciente. —El vínculo ya está ahí. El ritual solo lo formaliza. No puede completarte si todavía no has encontrado éste complemento en tu pareja.

—No lo entiendo. El ritual crea el vínculo. Eso es lo que me han enseñado.

Drake negó con la cabeza. —Un error común entre nuestra especie.

—No sentía el vínculo con Ilona, no como usted lo describe. Pensé que sería evidente más tarde, después del ritual.

—Confía en mí, no eres el único que lo cree. Si no sentiste la conexión con ella antes, entonces no estaban destinados a unirse. No es algo que se puede forzar. En cualquier caso, ahora entiendo mejor por qué reaccionó de la manera que lo hizo cuando las cosas se vinieron abajo. Ahora todo tiene sentido.

Drake se levantó y caminó hacia el ataúd.

—¿Cómodo?

~ ~ ~

Samson sacudió su cabeza, y de repente se dio cuenta en dónde estaba. Al instante se levantó, poniendo distancia entre él y el ataúd.

—¿Qué mier...?

Estaba perdiendo la cabeza, sin duda que la estaba perdiendo. No sólo no entendía la confusa explicación de Drake, sino que, nada en su vida tenía sentido en ese momento.

—Ajá.

—¿Qué? Maldita sea, ¿qué? — Samson necesitaba una respuesta. ¿Para qué estaba pagándole al curandero?

—Creo que sé qué pudo haberte sucedido. Al verte enfrentado a un ser humano vulnerable, te permitiste ser nuevamente vulnerable y quitaste tu muro de protección. Y tan pronto como estuviste con la mujer vampiro, la pared se volvió a subir y tu pene se volvió a bajar.

—Gracias por la ilustración tan colorida. ¿Supongo que me estás cobrando por esta idea? — Como si necesitara una imagen mental de su pene flácido.

—Mm, un mortal. Quiero decir, tal vez podría funcionar. Es muy posible. Muchos de los nuestros, tienen relaciones sexuales con seres humanos. Por supuesto, sería peligroso para ella, pero si tuviera cuidado... Bueno, sí, podría funcionar.

Samson le miró atónito. ¿Sobre qué estaba hablando el curandero? ¿Estaba hablándose a sí mismo?

—¡Maldita sea, doctor, ¿qué diablos hago ahora?

—Escucha, y haz por una vez lo que te sugiero. Sólo una vez. Encuentra a esa mujer y ten sexo con ella. Sácalo de tu sistema. Te prometo que una vez que la hayas tenido, tu cuerpo recordará como era y volverás a la normalidad. Confía en lo que te digo.

—Pero ella es una mortal. ¿No lo entiende? — El buen doctor no podía haber olvidado este pequeño detalle tan fácilmente.

—Comprendo perfectamente las implicaciones, créeme. Entiendo el peligro que ella correrá.

—No estoy tan seguro que lo entienda. Si pierdo el control, en serio podría mutilarla seriamente, posiblemente hasta matarla. En el calor de la pasión, la cautela es mi menor preocupación. No se sabe lo que haré. ¿Morderla? ¿Chuparle toda la sangre? ¿Matarla? La sola idea era repugnante. Samson continuó:

—Después de tan larga abstinencia, ¿cómo puedo estar seguro de que puedo controlar mi cuerpo?

—¿Qué es ella para ti? Nada, sólo un mortal, un ser humano. Toma lo que necesitas de ella, y sigue adelante con tu vida. Es necesario que tengas sexo con ella tan pronto como sea posible, de lo contrario, esta oportunidad podría escaparse. ¿No ves? Es como si fuera enviada a ayudarte. Hazlo, y deja de preocuparte por las consecuencias. Quién sabe, incluso ella podría disfrutarlo, teniendo en cuenta tu reputación...

Drake tuvo la audacia de reírse.

Samson asintió con la cabeza. Tal vez podría hacerlo. Sabía lo que era capaz de hacer en la cama. Siempre había mantenido su reputación. Sería cuidadoso, trataría de ser amable para que ella pudiera disfrutarlo. Tendría que asegurarse de eso. Era lo menos que podía hacer, darle una noche de placer por excelencia, un bonito recuerdo. Y si su médico pensó que era así de sencillo, tal vez lo era. Por una vez estaba de acuerdo con su psiquiatra. Maldita sea, él solo quería tenerla sin remordimientos, y ahora tenía el permiso de su médico para hacerlo.

~ ~ ~

Delilah se hundió en la tina con agua tibia y deseó haber comprado un baño de burbujas. Estaba de humor para un largo y caluroso baño y las burbujas habrían sido perfectas. Le dolía el cuerpo de la tensión. Trató de no pensar en el matón que la había agarrado, y trató de concentrarse en su salvador.

No había sido capaz de disfrutar de sus besos ya que, estaba más preocupada en su lucha con él. Demasiado tarde. Ya lo había arruinado. Con su suerte, él encontraría una participante más dispuesta en la stripper, que había sido obviamente, contratada para tal fin. Los hombres pueden ser como cerdos.

Si ella no hubiese sido tan mojigata, tal vez él habría enviado a sus amigos y a la stripper de viaje... ¡Ah!, ¿qué estaba pensando?

Soñadora. Romántica empedernida.

Hombres magníficos como él, no caían con pequeñas y aburridas auditoras como ella. Y además, estaba demasiado hambrienta por un poco de cariño. Bueno, tal vez mucho. Probablemente no había salido mucho últimamente, bueno, tal vez ni siquiera un poco. Dios, ¿a quién quería engañar? No había estado con un hombre hacía más de un año e incluso antes que eso, apenas si había salido.

¿Por qué un hombre como él estaría interesado en ella? Probablemente tenía todo tipo de mujeres desmayándose por él. Tenía el aspecto de un soltero perfecto. Sí, ya se había percatado de que no llevaba anillo de casado. Y era obvio que así era. Viviendo en una vieja casa victoriana en Nob Hill con un chofer privado y limusina, sólo olía a dinero, dinero viejo. Incluso no siendo de San Francisco, ella sabía que Nob Hill era un área muy cara.

Se había dado cuenta de la elegancia de la casa con su rico mobiliario, las pinturas antiguas en las paredes, la cara cristalería en la que había servido el brandy. El cuarto de baño en el que se había cambiado de ropa, había mostrado el mismo estilo elegante. Parecía que había comprado ya sea la casa en excelentes condiciones o restaurado cuidadosamente cada detalle de la época de la misma.

Pero el dinero ni siquiera figuraba en su atracción por él. El hombre expulsaba atractivo sexual de cada poro de su cuerpo. Y a ella le encantaría lamerle cada gota.

¡Genial!

Ahora no sería capaz de dormir toda la noche. Estaría pensando en el Príncipe Azul. Príncipe azul que la había besado, porque pensaba que ella era una stripper. ¿Se habría atrevido a hacerlo, incluso si hubiera sabido que era una simple auditora?

El trabajo. Se había olvidado por completo de él. Quería mirar los archivos que había enviado a su servidor virtual, sin que John se diera cuenta. A regañadientes, Delilah salió de la bañera y se secó. Unas pocas horas de trabajo en la computadora probablemente la cansarían después de todo, para que ella pudiera dormir un poco antes de que regresara a la oficina por la mañana.

Mientras su computadora portátil arrancaba, se asomó al refrigerador. A excepción de las sobras de la cena de anoche, estaba vacío. Metió la caja en el microondas durante un par de minutos.

Delilah se conectó a su servidor virtual y descargó los archivos. Largas filas y columnas de las transacciones, quedaron a su vista. Esto podría tomar un tiempo. Comió de la pasta sobrante, directamente desde el envase.

Tres horas más tarde, ella estaba molida. Sus ojos le dolían e incluso frotándolos cada dos minutos, no los hacía permanecer abiertos por más tiempo. Es hora de acostarse.

Pero su merecido descanso no vendría.

Se tiró a la cama.

Se dio la vuelta.

Se acostó de un lado, boca arriba, boca abajo.

No servía de nada. El sueño no estaba destinado a venir. Un sonido la asustó. No podía ver nada en la oscuridad. Pero sentía un gran peso sobre su cuerpo, presionándola sobre el colchón. Unas manos la tocaban. Unos labios la besaban. Una lengua caliente le lamía el cuello. No era desagradable, pero era desconocido.

Un cuerpo manteniéndola abajo, muslos fuertes encerrándola. Una mano apartando su pelo del cuello. Una boca besando su cuello. Hasta que de pronto...

¡No!

Dientes afilados como hoja de afeitar, se aferraban a su cuello y le perforaban la piel. Líquido tibio le corría por el cuello. Pero la sensación no era dolorosa. ¡Era agradable...!

A continuación, un fuerte sonido repetitivo.

¡Bip! ¡Bip! ¡Bip! La alarma. La despertó bruscamente. Ella se levantó. Era de día. Se llevó la mano a su cuello, donde ella había sentido la mordida, pero su piel era suave, perfecta como siempre. Ninguna herida. No había sangre. Sólo otro mal sueño.

Por lo menos había dormido, aunque no mucho. Probablemente sólo tres o cuatro horas en total.

Una mirada al reloj le dijo que ella tenía que llegar a la oficina, y pronto. Finalmente, había encontrado varias operaciones en los archivos que había revisado toda la noche, que no tenían sentido. Quería confirmar su hipótesis accediendo a la documentación original en papel. Tenía el presentimiento de que estaba en lo cierto.

Después de una ducha apresurada, Delilah se vistió rápidamente y echó un vistazo a la ropa con la que había regresado, la de Samson. Por lo menos tendría una razón para volver a verlo. Bueno, era una excusa. Podía llevarle la ropa. Tal vez él la invitaría a entrar. Intentaría ir por la noche después del trabajo, esperando que estuviese en su casa. Solo, en su casa.

Un vistazo por la ventana le hizo saber que todavía estaba lloviznando. Sería mejor llevar su paraguas al trabajo hoy. Mientras buscaba en el armario del pasillo, escuchó un golpe en la puerta.

—¿Quién es? — preguntó.

—Gregory, del piso de abajo. Tengo una entrega para usted.

A ella le gustaba el hecho de que hubiese un servicio de conserjería en el edificio. Le hacía sentirse más segura, especialmente después del ataque de la noche anterior.

Delilah abrió la puerta y ni siquiera podía ver la cara de Gregory detrás de las dos docenas de rosas de color rojo que llevaba.

—Buenos días, señorita Sheridan.

El fuerte olor casi la abrumaba. Eran hermosas y tan rojas como la sangre.

—¡Guao! ¿Está usted seguro de que son para mí?

Sabía que nadie la conocía. Además, no era su cumpleaños o San Valentín o algún día especial por el estilo.

—Sí, el señor que las trajo me dio su nombre. Y esto.

Le entregó un perchero con ropa envuelta en plástico. Su ropa.

Samson. ¿Cómo había conseguido limpiar y secar la ropa tan rápido? ¿Samson estaba abajo? Su corazón se agitó con entusiasmo y sus manos le sudaron.

—Creo que hay una tarjeta con las flores—. Gregory dejó el jarrón con las flores en la mesita de noche en el vestíbulo, antes de irse.

—Gracias.

Después de haber cerrado la puerta y colgado su ropa en el armario, buscó la tarjeta. ¿Por qué él iba a enviarle dos docenas de rosas rojas?

La tarjeta estaba escrita a mano, en bonitas letras antiguas.

Mis más sinceras disculpas por lo de anoche. ¿Me harías el honor de ir conmigo al teatro esta noche? ¿Puedo recogerte a las 7:00? Samson Woodford. P.D. Mi asistente Oliver, está esperando abajo por su respuesta.

Las mariposas en su estómago empezaron a bailar. Tuvo que sentarse. Le estaba pidiendo salir.

En una cita.

¡Una cita!

¿Qué debería hacer primero? ¿Ir abajo y hablar con su asistente, o terminar de alistarse para el trabajo? Oh Dios, estaba nerviosa. Las mariposas en su estómago estaban revoloteando. Lo harían durante todo el día, estaba segura de eso.

Un joven estaba esperando pacientemente en el vestíbulo del edificio.

—¿Señorita Sheridan?

—¿Es usted el asistente del Señor Woodford? ¿Oliver? — Estaba vestido con un traje formal oscuro de negocios, así como el conductor de Samson de la noche anterior.

—Sí, señora. Me ha pedido que espere por su respuesta.

Su corazón se agitó. —Por favor dígale al Señor Woodford que estaría encantada de acompañarlo esta noche.

—Él estará feliz de escuchar eso.

Ella asintió con la cabeza y se fue a las puertas dobles para irse camino al trabajo.

—Ah, ¿señorita Sheridan?

Se volvió curiosa por ver qué más quería.

—¿Sí?

—El Sr. Woodford también me ha pedido, que le ofrezca llevarla a donde necesite ir.

—Ah, eso no es necesario. Sólo voy a trabajar. No está tan lejos. Gracias.

—Por favor, permítame. La limusina está afuera.

Galantemente abrió la puerta para ella y la llevó al coche. ¿Por qué Samson la malcriaba de esa manera? ¿O estaba soñando otra vez? Esto no podía ser real.

Delilah le dio a Oliver la dirección de la oficina y se acomodó para un suave viaje. El ruido de la ciudad no penetraba en el coche. Era casi como un pequeño refugio seguro. ¡Qué lujo! En algún lugar, en algún momento, tendría que pagar por este lujo, de alguna manera. Nada era gratis. No en su mundo.

~ ~ ~

A pesar de que ya había luz de día afuera, Samson estaba despierto. Estaba cansado, pero no quería dormir todavía. Tenía que saber si Delilah aceptaría su invitación al teatro.

Después de volver de la oficina del Dr. Drake, había pasado el resto de la noche revisando los informes de las distintas ramas de su empresa, Scanguards.

Cuando había sido convertido en vampiro en el inicio del siglo XIX, se había dado cuenta muy rápidamente, de que incluso un vampiro necesitaba dinero para vivir. En un capricho, había empezado prestando sus servicios, para proteger a los viajeros de la noche. Resultó que la seguridad, era una empresa rentable. También significó que siempre habría una gran cantidad de maleantes y delincuentes de la que podría alimentarse, mientras al mismo tiempo protegía a un rico viajero o a un cargamento valioso.

Más tarde, había convertido su empresa de un solo hombre en una compañía, y contrató a otros vampiros con ideas afines. Como un vampiro, finalmente alcanzó el éxito que no pudo alcanzar como ser humano. Era irónico que, como un vampiro, él fuese capaz de proteger las mismas vidas que muchos de sus colegas vampiros querían destruir. Fue la forma de Samson, de preservar su humanidad.

Ahora su empresa extendida por todo el país, proporcionaba los guardias de seguridad y guardaespaldas a corporaciones, celebridades, dignatarios extranjeros y otras personas. Mientras mantuvo la sede de la compañía en Nueva York, decidió retirarse a San Francisco para vivir una vida más tranquila y más normal. Tan normal como podría ser la vida de un vampiro.

Muchos de sus empleados eran vampiros, en su mayoría trabajaban como guardias de noche o guardaespaldas. Había preparado varios directivos humanos, que se convirtieron en la cara diurna de Scanguards y así poder tratar con el público. Muy pocos de sus empleados humanos lo conocían o lo habían visto, y Samson no reconocería a muchos de sus empleados humanos, si se topaban con él en la calle. A él le gustaba de esa manera.

Se mantuvo fuera del día a día del negocio, pero le gustaba estar al día mediante la revisión de todos los informes importantes de las diversas ramas. Sólo intervendría si las cosas empezaban a desviarse. Siempre había pequeños problemas en alguna parte, pero confiaba en sus directores para cuidar de las cosas pequeñas. No le gustaba manejar problemas pequeños.

Ricky, Amaury y Thomas trabajaban para él. Ricky estaba a cargo de la contratación de vampiros, Amaury trataba los bienes raíces y Thomas era el jefe de Informática. Su amistad no se interponía en el trabajo; bueno, la mayoría de las veces por lo menos. Milo había comenzado a juntarse con ellos, desde que él y Thomas se habían convertido en pareja casi nueve meses antes.

Las cortinas oscuras de la habitación de Samson, lujosamente decorada, estaban extendidas mientras él se sentó en su cama de cuatro pilares y ojeaba los informes, cada pocos segundos mirando su teléfono celular. Había enviado a su asistente Oliver, al apartamento de Delilah hace más de media hora y todavía no había recibido un mensaje de texto, en respuesta.

Oliver era humano. Era los ojos y oídos de Samson durante el día; uno de los muy pocos humanos que sabían que Samson era un vampiro. Samson había salvado a Oliver de una vida de crímenes, y su protegido le pagaba con lealtad y dedicación.

Carl, que era un vampiro, era su chofer, mayordomo y asistente personal en la noche. Los empleados personales de Samson, ganaban más que muchos directivos de grandes empresas. No es que fuese extraordinariamente generoso, pero conocía la naturaleza humana y de los vampiros muy bien. Si al personal se les pagaba muy bien y se trataban aún mejor, serían leales. Y la lealtad era primordial para él.

¿Qué detuvo a Oliver tanto tiempo? ¿Delilah no se había levantado aún? Miró el reloj antiguo sobre la repisa de la chimenea. Eran pasadas las ocho de la mañana, y él estaba muy cansado. Como un vampiro, podía quedarse despierto durante el día, pero con una capacidad reducida. Sus sentidos no eran tan agudos, y su energía era más baja que lo normal. Por supuesto que no podía salir a la calle, porque los rayos del sol lo reducirían a cenizas. Pero podía moverse dentro de la casa, siempre y cuando la luz directa del sol no lo tocara.

Un zumbido lo alertó de un mensaje en su celular. Lo vio.

Ella dijo que sí.

¡Sí! ¡Sí! ¡Sí!

Samson no podía recordar cuál había sido la última vez que había estado tan entusiasmado por ver a una mujer. O entusiasmado con lo que fuera. Se aseguraría que fuese perfecto. ¡Cuánto la deseaba! Ya podía imaginar las cosas que haría con ella, la forma en que la tocaría, cómo iba a sumergirse en ella hasta que estuviera completamente gastado. Este sería su real, pero tardío, regalo de cumpleaños.

4

Delilah negó con la cabeza, tratando de contener su irritación por la renuencia de John a cumplir con su petición.

—No, los registros electrónicos no son suficientes. Voy a necesitar los documentos de respaldo para estas operaciones—, ella insistió y miró a John que rondaba sobre su escritorio, un gesto que interpretó como una intimidación. No funcionaría en ella, además del hecho que ella odiaba cuando la gente que apenas conocía, se acercara tanto a ella.

El entrenamiento que había recibido acerca de cómo tratar con clientes difíciles, le enseñó a no mostrar sus emociones. Mientras ella miraba, el sudor se acumulaba en la frente de John. Su rostro se mantenía firme, tal y como había practicado a menudo frente al espejo. Ella no tenía necesidad de ver su reflejo, sabía exactamente cómo sus músculos faciales se sentían cuando lo hacía bien.

—No los tenemos aquí. Están en un depósito en Oyster Point.

No era una buena excusa. No cualquier excusa funcionaba con ella.

—¿Dónde está Oyster Point? — ella preguntó.

—Al sur de San Francisco.

—Bueno, eso no debería ser demasiado problema entonces. Tráelos esta tarde.

A pesar de que no estaba familiarizada con San Francisco y sus alrededores, sabía dónde quedaba el sur de San Francisco, ya que había pasado por ahí en el camino desde el aeropuerto. No podía tomar más de veinte minutos llegar a la instalación en Oyster Point.

—Voy a hacer la petición, pero no puedo garantizar que los van a enviar esta tarde. Es un proveedor externo que utilizamos para esto, y no tengo ninguna influencia sobre la rapidez con que trabajan—. Se encogió de hombros.

—Está bien. Sólo tráelos aquí. Si no están aquí esta tarde, los quiero mañana por la mañana a primera hora. Mañana ya es viernes, y la verdad es que no quiero pasar mi fin de semana en la oficina. Supongo que usted tampoco.

Ella le dio otra firme mirada, asegurándose de que su máscara inflexible todavía estaba en su lugar. Si ella tenía que amenazarlo con trabajar el fin de semana, así sería. No quería decir que tuviera la intención de trabajar este fin de semana. Ella tenía la esperanza de hacer algo de turismo el sábado y el domingo. El plan era concluir la auditoría el miércoles de la semana siguiente. Estaba segura de que para entonces ya habría resuelto el misterio oculto en los libros. Lo que había descubierto hasta ahora era prometedor. Parecía que alguien estaba manipulando las entradas de la depreciación en los libros. Ella confió en su instinto el cual le dijo que había algo sospechoso. Estaba hecho de forma muy metódica, y parecía que había estado sucediendo durante casi un año.

Sólo un año, extraño. Delilah miró las fechas en su pantalla de nuevo, y confirmó el período de tiempo. ¿Por qué los registros del año en curso y el anterior ya estarían en el depósito? La mayoría de las empresas, sólo enviarían al almacén, los registros de más de tres años. No le gustaba como sonaba, ni un poco.

La razón por la que le pidió los documentos originales a John, era porque necesitaba saber quien había iniciado y autorizado las transacciones. Las entradas en la computadora, no lo demostraban. Las entradas de los datos, eran hechas por empleados de bajo nivel y las aprobaciones eran otorgadas generalmente por los empleados de rangos superiores.

Delilah era plenamente consciente de que a pesar de que estaba totalmente en contra de la política de la empresa, muchos empleados compartían las claves de inicios de sesión, cuando se encontraban en una crisis y necesitaban que las cosas se hicieran. Por lo tanto, mientras ella sabía cuál usuario había aprobado la transacción en cuestión, sólo los documentos originales confirmarían quién realmente habría sido. Y quien sea que estuviese iniciando y aprobando estas transacciones, tendría problemas una vez que ella escribiera su informe.

—Me voy a comer *dim sum* en Chinatown—dijo John de repente. —¿Quieres acompañarme?

Delilah recordó que la noche anterior no había llegado a disfrutar de su comida china y ahora sentía un antojo por ella. Le dio una sonrisa de agradecimiento.

—En realidad, eso sería genial. Me muero de hambre.

—Vamos pues.

Tomó la chaqueta del perchero junto a la puerta y siguió a John. A pesar de que ella ya había estado en San Francisco durante casi una semana, esta fue la primera vez que John le había pedido que lo acompañara a almorzar. Todos los demás días, siempre le había parecido que tenía prisa a la hora de almuerzo, salía corriendo de la oficina tan pronto como ella salía para su descanso.

Dim sum sería una distracción bienvenida y esperaba que el día pasara más rápido. Ella estaba ansiosa a que llegaran las siete, y su cita con Samson. ¿Qué se pondría? No había traído nada realmente elegante. ¿Tal vez podría pasar por una tienda después del trabajo y comprar algo adecuado?

Caminó por las empinadas calles hacia Chinatown, al lado de John. Él parecía estar muy en forma, aunque no se veía así.

—¿Has probado dim sum antes? — preguntó él.

—Por supuesto. Lo como todo el tiempo en Nueva York. Pero creo que nuestro Chinatown no es tan grande como el de ustedes.

Pensaba que debía mantener una pequeña charla superficial con él.

—Leí en alguna parte que Chinatown de San Francisco era el más grande en los EE.UU. No estoy seguro si es cierto, pero podría ser—. John parecía sorprendentemente hablador. —Por aquí hay un montón de tiendas, y si vas a unas pocas cuadras hacia Stockton, hay algunas tiendas de comidas bastantes decentes. Aquí abajo, hay sobre todo baratijas, recuerdos y toneladas de turistas.

—Sí, me di cuenta. He pasado por aquí al mediodía, y las aceras estaban tan llenas que ni se podía caminar.

Ella miró a la Grant Street, la calle principal de Chinatown. El lugar estaba lleno de turistas y comerciantes.

—Estará aún más lleno este fin de semana. Es el Año Nuevo chino, y habrá un desfile el sábado por la noche. Es posible que quieras verlo. Normalmente voy con los niños. A ellos les encanta. Habrá un dragón y todo tipo de cosas divertidas.

—Tal vez le echaré un vistazo.

Ella siguió a John al restaurante chino de aspecto descuidado. Estaba lleno mayormente por clientes chinos, lo que siempre era una buena señal. La anfitriona les condujo a una mesa. El mantel rojo estaba cubierto con una placa de vidrio que limpió rápidamente.

—¿Para beber? — dijo la mesera a manera cortante casi hasta el punto de ser hostil.

—Té—, dijeron ambos al unísono.

—Apuesto a que estás ansiosa de regresar a casa y dormir en tu propia cama.

—Absolutamente— sonrió ella. *No.* Después de conocer a Samson, ella deseaba poder prolongar su estancia para ver a qué llevarían las cosas. Pero no estaba en las cartas.

—Debe ser duro tener que viajar constantemente por trabajo.

Delilah asintió distraídamente. Nunca había pensado en eso. En realidad, era una bendición estar fuera tanto tiempo. Al menos no tendría que admitir, lo sola que estaba realmente en su pequeño apartamento en Nueva York. Cuando ella estaba en la carretera y hospedándose en hoteles, podía pretender a otros que llevaba una vida interesante. Nadie podría llegar a conocerla lo suficiente como para ver a través de ella y darse cuenta que no tenía nada por qué volver.

No tenía hermanos o hermanas, bueno, de todos modos, ya no podría. Su madre había tenido problemas para concebir, y Delilah le había rogado tener un hermanito o hermanita por años cuando aún era una niña. Cuando su madre súbitamente había quedado de nuevo a la edad de casi treinta y cinco años, toda la familia había estado en éxtasis. Poco más de un año después, su mundo se había derrumbado, y su hermanito había muerto. Su madre nunca fue la misma después de eso.

Su padre era casi diez años mayor que su madre y ahora estaba en un hogar para enfermos de Alzheimer. Él ya no la reconocía, y mientras ella se ocupaba de él económicamente, había dejado de verlo. Ella era una extraña para él, y eso le dolía cada vez que lo veía.

Su madre había muerto dos años antes. Fue una bendición que su padre no lo supiera. El Alzheimer ya había reclamado mucho de su consciente para que él supiera que su amada esposa de más de cuarenta años había muerto de cáncer. Los médicos le mantenían al día de su condición, pero no había nada que pudiera hacer. Parecía cómodo, y la casa que ella había elegido para él fue una de las mejores. Ya no quedaba ningún miembro de su familia, con el que alguna vez fue feliz.

—Delilah, ¿quiere alguno de estos? — John la sacó de sus recuerdos deprimentes.

La camarera les mostró una bandeja con bolas de masa pequeña.

—Sí, claro.

Ella metió una bola de masa en la salsa de soya y se la comió.

—Esto está delicioso. ¿Vienes aquí a menudo?

—Por lo menos una o dos veces por semana. Es muy conveniente para la oficina. Mi esposa odia la comida china, por lo que normalmente recibo mi dosis durante la semana. Ah, lo que me recuerda que mi mujer me preguntó a qué hora estaría de regreso en casa, para la cena de esta noche. Porque iba a cocinar su plato especial.

Delilah notó la rara y curiosa mirada de John

—Bueno, yo estaba pensando en dejar la oficina a las cinco de la tarde.

Ella probablemente podría comprar alguna ropa en menos de media hora, y después...

—¿A las cinco? ¿Tan temprano? ¿Algún plan? — La pregunta de él fue tan casual, que ella casi no lo escuchó....

Y luego tomar una ducha, afeitarse las piernas, arreglarse las uñas de los pies...

—En realidad, yo voy a ir al teatro.

Tal vez rosa para las uñas de los pies. ¿El color rojo sería muy agresivo?

—Eso suena divertido. ¿Qué irás a ver?

A ella le encantaba el escenario y siempre se emocionó cuando supo que iba a ver una obra de teatro. Pero esta vez la razón de su entusiasmo tenía un nombre diferente.

—No lo sé realmente.

Delilah evitaba sus ojos, por miedo a que reflejaran su entusiasmo por la cita que se acercaba. No le importaba lo que iba a ver, siempre y cuando el hombre sentado a su lado fuera Samson Woodford.

—¿Qué quieres decir, con que no sabes? — John pareció confundido.

—Saldré con un conocido, y olvidé por completo preguntarle qué obra veríamos.

Un conocido. Ella quería que Samson fuese mucho más que eso, por lo menos un conocido con quien pudiera tener sexo. Mucho sexo. Cantidades de buen sexo. Si era tan bueno en la cama como su beso prometía, habría montones de buen sexo.

¿Se estaba poniendo caluroso en el restaurante?

—¿Demasiado picante?

—¿Qué? — Delilah levantó su vista para encontrarse con la mirada inquisitiva de John.

—El dumpling—, le contestó John señalando la bola de masa hervida en su plato.

—Sí, sí. Creo que le puse demasiada salsa picante.

Probablemente era mejor no pensar más en el sexo, mientras comía con John. O en la oficina durante el resto del día dado el caso, sobre todo porque no había aire acondicionado en el edificio.

~ ~ ~

Samson deseaba poder ver su reflejo en un espejo, pero dado a que los vampiros no podían reflejarse en los espejos, tuvo que conformarse con Carl.

—¿Cómo me veo?

—Apuesto—. Carl no era un vampiro de muchas palabras.

Samson jugaba con el cuello de su camisa. —¿Demasiado? ¿Debería cambiarme a algo menos llamativo?

Llevaba pantalones oscuros y una simple camisa blanca con los dos primeros botones abiertos, sin corbata. Quería verse casual, pero no demasiado. Él jugueteó con el cuello de su camisa nuevamente.

—Si no lo conociera mejor, señor, diría que está nervioso por lo de esta noche.

—¿Me has visto alguna vez nervioso, Carl? — desvió Samson.

—Nunca, señor. Ni una sola vez en los casi dieciocho años que he estado trabajando para usted. Usted es la confianza personificada, lo que hace extraña a esta ocasión, si me permite decirlo.

Buen punto.

—¿Tanto tiempo ha sido?

—Sí, de hecho.

Samson recordó muy bien la oscura noche de octubre, cuando tuvo que tomar la fatídica decisión. ¿Salvar a Carl o dejarlo morir?

—¿Te arrepientes de eso? — preguntó Samson.

En realidad, se arrepentía de haber sometido a Carl a la vida como vampiro, pero en aquel entonces, sólo había tenido unos segundos para tomar una decisión. Los atacantes de Carl lo habían dejado herido de muerte. Si no lo hubiera convertido, la vida de Carl se habría terminado.

Carl levantó las cejas. —¿Lamentar que trabajo para un caballero?

Sacudiendo la cabeza, Samson respondió: —No soy un santo. Ambos lo sabemos.

—Ninguno de nosotros lo somos. Pero usted es un caballero. Creo que su madre, que en paz descanse, estaría orgullosa de usted. Debió haber sido una mujer extraordinaria, habiendo criado a un hijo como usted.

—Te habría agradado—, sonrió Samson e hizo una pausa—.

—Carl, ¿alguna vez has pensado en hacer algo más? Quiero decir, ¿no deseas iniciar una carrera diferente?

—No hay nada que prefiera hacer más, que trabajar para usted.

—Me alegra oír eso. Sabes, estaría muy perdido sin ti. Mi casa y mi vida serían un desastre si no te tuviera.

—Gracias señor, ¿Nos vamos? — Carl señaló la puerta principal, como siempre, tratando de mantenerlo a la hora prevista.

—¿Estás seguro que me veo bien? — Samson sintió su frente arrugarse.

—Sí, señor—. Carl asintió con la cabeza y le ayudó con su abrigo, antes de abrirle la puerta principal. Había dejado de llover de nuevo, y parecía que iba a estar seco, por unas cuantas horas al menos.

Mientras Samson se acomodaba en el asiento trasero de la limusina, se preguntó cómo debería de actuar. ¿Casual y dulce? ¿Agresivo? ¿Sexy? Maldita sea, no tenía idea de lo que funcionaría para ella. Aparte de su nombre y dónde vivía, no sabía absolutamente nada acerca de ella. Bueno, Oliver también le informó donde trabajaba, pero no tenía idea de lo que realmente hacía. El edificio en el que Oliver la había dejado, albergaba a más de veinte empresas diferentes. Tal vez debería haber instruido a Oliver para investigarla un poco más, de esa forma estaría armado con un poco más, que solo su encanto para afrontar la velada, y meterla en la cama. Su cama.

Sabía que tenía que ser cuidadoso, dado a que había arruinado la noche anterior, actuando como un idiota. Tal vez un enfoque dulce y encantador, funcionaría mejor con ella. Trataría eso primero. Una conversación ligera, mucha risa, nada pesado. Era un buen plan. Podría hacer eso.

El viaje fue corto, demasiado corto para que él pudiera ordenar sus pensamientos. Detuvo a Carl para que no saliera del coche.

—Gracias Carl, la recogeré yo mismo.

Samson entró desde la oscura calle hacia el vestíbulo. Amaba los meses de invierno, ya que las puestas de sol llegaban temprano, y le daban noches más largas y más oportunidades para estar afuera.

El encargado del lobby lo anunció por teléfono.

Samson esperaba pacientemente, preparándose para una espera de por lo menos diez minutos. Él sabía cómo eran las mujeres. Ciertamente, las mujeres vampiro con las que había salido, lo dejaban siempre esperando, como si fuera una ley no escrita, nunca estar listas a tiempo. Las mujeres humanas sin duda no eran diferentes.

El vestíbulo estaba decorado con un gran mural, y admiró la obra de arte. No había estado ahí por mucho tiempo. Su empresa poseía un par de condominios en el edificio. Los usaban para asociados fuera de la ciudad, pero él nunca había visitado alguno de ellos por sí mismo. Amaury estaba a cargo de lidiar con todos sus bienes inmuebles.

—Samson.

La voz de Delilah lo hizo girar sobre sus talones. Le había tomado menos de dos minutos para bajar. ¿Era realmente ella? Se veía aún más hermosa de lo que recordaba. La noche anterior había estado empapada, pero ahora su largo pelo negro colgaba de su cabeza como la seda. Su rostro era claro, y si usaba algún tipo de maquillaje, no era visible. Sus ojos verdes brillaban. Vestía una falda negra con revuelos y una blusa violeta atada a un lado. Estaba deseoso de desatar ese nudo y desenvolverla.

—Delilah—. Tomó su mano hacia su boca, dándole un suave beso. —Gracias por aceptar mi invitación—. Su perfume lo atrapó de inmediato y se envolvió a su alrededor como un capullo.

Ella le mostró una sonrisa encantadora. —Me alegro de verte.

—¿Vamos? — preguntó él, ofreciéndole su brazo izquierdo.

Delilah enganchó su mano. Queriendo sentir más de ella, puso su mano derecha sobre sus dedos, presionándolos suavemente hacia abajo. Ella era suave y cálida. Esta noche esos dedos lo tocarían en todos los lugares correctos, al igual que sus manos memorizarían cada centímetro de su cuerpo.

—¿Qué vamos a ver?

Samson no tenía ni idea. Le había pedido a Oliver que le consiguiera las mejores entradas a cualquiera que fuese considerado el mejor espectáculo en la ciudad y había olvidado por completo preguntarle de qué se trataba. Había guardado las entradas en el bolsillo sin siquiera mirarlos.

—Es una sorpresa.

—Me encantan las sorpresas.

Tendría muchas sorpresas con él. Esperaba que todas buenas.

Él la ayudó a subir al coche y se dirigió a su conductor. —Estamos listos, Carl.

A medida que la limusina se alejaba de la acera, Samson abrió el bar en frente de él. Sacó un plato pequeño con sushi y canapés.

—Pensé que probablemente todavía no habías comido.

—Gracias, eso es muy amable de tu parte—. Delilah se sonrojó, y el color se veía bien en ella. Tal vez él podría encontrar otras maneras, para que la sangre llegara a sus mejillas.

—¿Champán? — le ofreció mientras abría la botella. Sirvió dos copas y le dio una. Hicieron un brindis y la miró.

—Puede ser que te cause una mejor impresión que la de anoche.

—Ya lo estás haciendo.

Eso fue inesperado. ¿Podría ahora pasar de dulce y encantador, a sexy y ardiente? Una parte de su anatomía sin duda ponía el voto de un "¡sí!", desde ese momento.

¡Tranquilo chico!

Samson se movió en su asiento y señaló los canapés. —¿De cuál quieres?

Ella estiró la mano hacia un trozo de sushi. Él asintió con la cabeza, tomó la pieza, y la guio hacia su boca.

—Abre—, le pidió en voz baja.

Ella obedeció al instante, y suavemente colocó la pequeña pieza de sushi en su boca. Brevemente su dedo rozó sus labios mientras lo hacía, y no fue accidental. Ella se lo comió.

—¿No vas a comer?

—No, tuve una cena de negocios temprano—, mintió, —y además, me gusta mucho más alimentarte.

No es que no le hubiera encantado la idea de que ella lo alimentara, pero el sushi no estaba exactamente en su menú. Los vampiros no comen alimentos sólidos. Se dio cuenta del creciente deseo en sus ojos, mientras miraba su boca. Él imaginó esos labios sobre su piel desnuda. ¿Cómo reaccionaría su piel al roce de su boca?

—¿Puedes darme otro? — Su voz era suave, sedosa, tentadora. ¿Acaso ella sabía que se trataba de juegos previos?

Samson colocó un canapé en su boca y provocativamente dejó su dedo en sus labios, hasta que ella le respondió cerrándolos sobre la punta de su dedo. En cámara lenta, retiró su dedo y dejó que se deslizaran sobre sus labios cerrados.

Ya podía sentir su cuerpo respondiendo a ella. Diez segundos más, y le daría otra furiosa erección.

—¿Te gusta mi elección de comida?

No era la elección de los alimentos sobre lo que quería discutir.

—Podría conseguirte cualquier cosa que quisieras.

La pregunta de - ¿qué más? - estaba implícita. Preferiblemente una parte de su cuerpo. De preferencia la que actualmente pedía más espacio en sus pantalones.

—No, esto es absolutamente perfecto—. Sus ojos le recorrieron su cuerpo, enviando un escalofrío de anticipación a sus entrañas.

—¿Más? — ¿Cuánto podría ella resistir antes de colapsar en sus brazos, desnuda, caliente, y exhausta?

—Hoy estoy hambrienta.

Delilah jugaba su juego, y a él le gustaba. No había nada tímido en ella. Le mostró lo que quería y no se avergonzaba de ello. Un signo de una mujer fuerte. Estaba ansioso de ver cómo iba a ser en la cama, si es que acaso llegaba alguna vez a una cama, y no le caía encima en algún otro lado. Lo que era una clara posibilidad.

—Creo que tendré que seguirte alimentando. No quiero que nadie empiece un rumor que no alimento a mis invitados. Nadie se va hambriento de nada después de estar conmigo.

Ella reaccionó a sus palabras lamiendo su labio inferior, y parecía que ni siquiera sabía que lo estaba haciendo. Él dirigió su mirada hacia sus pechos involuntariamente, mientras su visión periférica notaba un cambio en ellos, sus pezones se habían endurecido y se presionaban a través de la tela de su blusa. Su pene respondió de la misma manera inclinándose hacia ella.

Cuando le dio el canapé siguiente, ella tomó su mano, y tan pronto como se había tragado la comida, sus labios se abrieron nuevamente. Lenta y deliberadamente, jaló uno de sus dedos hacia su boca y lo lamió para limpiarlo. Él contuvo el aliento. Ella lo chupó con suavidad, y sus ojos se clavaron en los suyos.

Ella hizo lo mismo con el dedo siguiente. Samson sintió que su pene se tensionaba hacia ella, pidiendo ser el siguiente en su línea para sentir esos deliciosos labios. Cuando ella lo soltó, él acarició sus labios con el dedo húmedo.

—Delicioso—. Delilah se movió en su silla, cambiando la forma en que cruzaba las piernas, atrayendo sus ojos hacia sus pantorrillas. Él admiraba las suaves curvas de su piel perfecta.

Él no quería nada más que besarla, pero tenía que esperar. Por ahora quería llevar la temperatura del cuerpo al punto de ebullición y disfrutar de la vista de sus pezones endurecidos. Por desgracia, era su propia temperatura corporal la que iba en aumento. Tal vez debería pedir a Carl que encendiera el aire acondicionado.

El trayecto hasta el teatro era demasiado corto, sobre todo porque se estaba divirtiendo mucho. ¿Cómo iba a hacerlo a través de la actuación de dos horas, no tenía ni idea. Estaba en el estado de ánimo adecuado para regalarle las entradas a cualquier transeúnte que pasara y llevarla de vuelta a su casa inmediatamente. Pero estaba preocupado porque su incontrolable deseo por ella la asustara y la hiciera retroceder. No podía correr el riesgo.

—Señor, estamos aquí—le anunció Carl mientras el coche se detenía.

~ ~ ~

Delilah miró a Samson con atención mientras él la ayudaba a salir del coche como un perfecto caballero, como si los pocos minutos de juego erótico no hubiesen ocurrido. Él era mortalmente sexy, y el toque de los dedos en sus labios, la habían excitado más de lo que quisiera que alguien supiera. Si un simple toque le hizo eso, estaría dirigiéndose al abismo en breve.

Apenas podía creer lo audaz que había sido estando en el coche. Ella no era normalmente el tipo de mujeres que va tras un hombre, pero todas sus inhibiciones se habían ido por la ventana tan pronto como él, le dio la primera pieza de sushi. Potencialmente, toda la situación podría haber sido vergonzosa, sobre todo si él hubiese retirado sus dedos. Pero no lo hizo. Había participado.

En la marquesina del teatro, se dio cuenta de que la obra que había venido a ver era el musical *Wicked*. Había oído cosas buenas sobre el musical y había querido verlo cuando estaba en Nueva York.

Mientras Samson la guiaba a través de la multitud, puso su mano posesivamente en la parte baja de la espalda. Era un gesto comúnmente aceptado para una cita, pero después de lo que habían compartido en el coche, se sintió más sexual que cualquier otra cosa, y ella no quería cambiar nada al respecto.

Ellos estaban sentados en las filas de en medio de la orquesta con una grandiosa vista del escenario. Su hombro rozó contra el de ella mientras se sentaban uno junto al otro. Le acercó hacia su mano el programa. Sus manos se tocaron cuando ella lo tomó, y sintió una ola de fuego atravesándola hasta su vientre. Nunca había conocido a alguien, que pudiera enviar ese tipo de sensaciones a través de su cuerpo, con un simple toque. Ella no podía mirarlo por el temor a que él viese en su rostro lo excitada que estaba.

—Espero que disfrutes de esto—. Ella sintió el susurro al oído y no estaba segura que se haya referido a la obra. ¿O era la única con una sola idea en la mente? Se volvió hacia él para tratar de leerlo. No, no era la única. El brillo perverso en sus ojos lo confirmaba.

—Creo que lo haré—, respondió ella.

Su boca estaba a tan sólo un par de centímetros de la suya. ¿Qué tan fácil sería besarlo?

—Me aseguraré de ello.

El se aseguraría de cumplir su promesa.

Las luces se atenuaron, y poco a poco las voces en la audiencia, cesaron. Todo quedó en silencio, a la espera. Casi podía sentir el cosquilleo de la electricidad entre ellos, cuando ella de pronto sintió su mano sobre la suya. El hombre más sexy que había conocido, estaba tomando su mano en la oscuridad de un teatro. El toque evocaba imágenes de sexo caliente, y ella sintió la temperatura de su cuerpo aumentar como resultado.

Samson le tomo la mano durante todo el primer acto y sólo la soltaba en ocasiones para aplaudir. Ella notó que la miraba de lado varias veces, pero ella no le regresaba la mirada. Le preocupada mucho que sus buenos modales la abandonaran, como ratas que abandonan un barco que se hunde, y lo tomaría allí mismo, en el teatro. No necesitaba o quería ninguna audiencia para lo que quería hacerle.

Cuando se encendieron las luces para el intermedio, él soltó su mano.

—Se está poniendo caluroso aquí—. Ella se abanicó la cara con las manos.

—Muy caluroso. ¿Quieres algo de beber?

Lo que ella necesitaba, era salpicar un poco de agua en su cara antes de que espontáneamente se quemara. O tal vez una ducha de agua fría para apagar las llamas que sentía a través de su vientre.

—Eso sería genial.

Se levantaron y se abrieron paso entre la multitud hacia el bar. Samson estaba justo detrás de ella, con su mano en la cintura guiándola delante de él. Cuando llegó a un congestionamiento en la puerta, ella se detuvo bruscamente, incapaz de ir más lejos. El cuerpo de Samson de repente se amoldó hacia su espalda. Su pecho se sentía fuerte y duro, y su mano, que había descansado en su cintura, ahora se deslizaba alrededor de su estómago para mantenerla cerca de él.

—Creo que estaremos atrapados aquí por un tiempo.

A pesar de su comentario, él parecía despreocupado por la situación. Su mano estaba íntimamente puesta, bajo su estómago, sus dedos sentían los bordes de la ropa interior a través de su falda. Sutilmente, ella presionó su cuerpo hacia él y sintió la silueta rígida de su erección contra su espalda baja. Sus manos sobre el vientre, la mantenían en su lugar de manera que no pudiera rozarlo más. ¿Se había dado cuenta de lo que ella estaba haciendo?

—Delilah, tendremos que ser pacientes.

Ella sintió su cálido aliento en su cuello y sus labios casi rozarle la piel. Sus palabras le dijeron que había notado sus movimientos traviesos y que sabía exactamente lo que estaba haciendo. ¿Por qué no se sentía avergonzada de su comportamiento descarado?

—La paciencia es sobrevalorada, ¿no te parece?

Su réplica provocó una sonrisa en él, pero no la soltó de la íntima posición en la que la tenía atrapada. Por el contrario, se sentía como si la acercase más a él, ¿o estaba su erección creciendo? Sus dedos parecían deslizarse ligeramente más abajo, provocativamente presionando contra la parte superior de su pubis.

—Disculpa. ¿Te estás poniendo demasiado caliente?

Su voz sonaba casi inocente, cuando sus manos eran todo lo contrario.

—Me gusta el calor—, le dijo ella.

Ninguno de los otros espectadores podía ver la respuesta a su afirmación, pero Delilah podía sentirla.

~ ~ ~

Samson lentamente frotó su pulgar contra su sexo, la fina tela de su falda apenas proporcionaba alguna barrera. Su nariz sintió el aroma de ella: el dulce aroma de su excitación. Ella lo sorprendió con lo lejos que lo dejó ir, y si no hubieran muchos testigos a su alrededor, él la tomaría ahí mismo, de pie.

Todo lo que se necesitaba era levantar su falda, despojarla de su ropa interior, y ella sería suya para tomarla. Sin siquiera tocarla, sabía que ella ya estaba mojada, lo suficientemente húmeda para que él se deslizara sin resistencia. ¿Qué haría si la apartaba y encontraba un rincón oscuro en algún lugar del teatro? ¿Estaría dispuesta?

Antes de que pudiera formar un plan, el congestionamiento se disolvió, y tuvo que soltarla de su íntimo abrazo. Se movieron hacia el bar.

—¿Qué quieres? — Tenía problemas para hacer que su voz sonara normal. Sólo podía oír la lujuria y el deseo de su cuerpo, que tenía dificultad para controlar.

—Sólo un poco de agua, por favor.

Mientras ordenaba, Delilah se excusó para encontrar el baño de mujeres y lo dejó en el bar. Sus ojos la siguieron. Ella tenía curvas en todos los lugares correctos. ¿Cómo podría una mujer como ella estar sin ataduras? ¿Estaban todos esos tipos humanos allá afuera ciegos? Como fuera, al menos no tendría que luchar contra la competencia. Sería toda suya pronto. Muy pronto.

—Ilusiones—. La voz detrás de él era la que no quería escuchar nunca más. ¿Debería ignorarla e irse?

—Dije…— ella repitió.

Samson se dio la vuelta. —Te oí la primera vez, Ilona.

Su voz tenía un borde afilado como una navaja para afeitar, que siempre empleaba cuando trataba con enemigos. Echó un vistazo a la belleza de alta estatura frente a él. Estaba vestida extravagantemente, su largo cabello rojizo reposado artísticamente sobre sus hombros desnudos. El corsé de su vestido acentuaba sus pechos, y el verde oscuro de su vestido, complementaban el color de su cabello y su piel. Era impresionante, pero no, él no se dejó engañar, ya no.

—Un poco tenso, ¿no?

—Nada que te importe—, contestó él. —¿No deberías estar de camino hacia alguna fiesta de disfraces en alguna parte del infierno?

Samson tomó la botella de agua que el camarero le entregó y pagó.

—Definitivamente tenso. ¿Así que es verdad, entonces?

Él le dio una mirada penetrante, negándose a tan siquiera adivinar, a dónde se dirigía ella con su insinuación.

—Vete a jugar tus juegos con alguien más. Ya deberías haberte dado cuenta que no me importa tu compañía.

—Una vez lo hiciste. De hecho, la anhelabas. ¿No te acuerdas?

Oh, él recordó. —No recuerdo mucho de ese tiempo, dado a que yo estaba temporalmente loco en ese entonces. Así que ¿por qué no sigues adelante? Debe de haber un montón de chicos ricos en la ciudad con los que no te has acostado todavía. ¿O has hecho tu camino acostándote con ellos ya?

—Por lo menos a ellos se les levanta.

Su tono suave desmintió el veneno en sus palabras. Tomó un sorbo de su copa de vino, con indiferencia.

Samson murmuraba entre dientes. ¿Cómo le hubiera gustado romper su pequeño cuello. Casi podía oír el ruido que haría cuando se rompiera.

—Deberías ser cuidadosa con las mentiras que esparces—, le advirtió en voz baja. —Las mentiras pueden matar a la gente. Incluso a gente como tú.

—No se llaman mentiras si son ciertas. Así que, parece que te desarmé.

¡Maldita Holly! Ella realmente difundía rumores más rápido que nadie que él conociese.

—No te hagas ilusiones. No te sienta—. No quería volver a sentir el toque de Ilona de nuevo. La sola idea le repugnaba. ¿Cómo podría haber disfrutado sus malignas manos sobre él, era un misterio.

—Si vuelves a mí te puedo arreglar—, fanfarroneó ella, obviamente, convencida de su poder de seducción.

—No puedes arreglar lo que no está roto.

Verdad. Él había estado así sólo un día atrás, pero ahora, gracias a Delilah, todo estaba funcionando bien.

—Mentiroso.

—No te tocaría ni aunque fueras la última mujer sobre la tierra. Por lo tanto, déjame en paz.

Samson se dio la vuelta y ella agarró su brazo. Él se volteó y le lanzó una mirada venenosa, sacudiendo su brazo lejos de ella.

—Cariño, lo siento por tardarme tanto—, la voz de Delilah de repente sonó a su lado.

Él sintió su cálida mano sobre su brazo, instantáneamente relajando sus músculos tensos. Agradecido, se volvió hacia ella.

—Aquí está el agua, dulzura.

De reojo, podía ver a Ilona sorprendida. Ella se quedó congelada observándolos, mientras que él ponía su mano en la espalda de Delilah para alejarse.

—Gracias.

Él mantuvo su voz baja mientras caminaban por la zona del bar.

—Parecía que querías alejarte de ella—. Había una pregunta no formulada en su voz.

—Si, lo quería.

—¿Alguien que conoces?

¿Debería de decírselo? No haría ningún daño.

—Ex-Novia.

—Ah. Ella es hermosa—, Delilah le comentó con voz deprimida.

—Sólo en el exterior—. Samson supo lo que ella sintió. Las mujeres, ya sean humanas o vampiros, eran predecibles de una manera: siempre se comparaban con otras mujeres. Él tenía que hacer que ella dejase de preocuparse por eso. La llevó a una esquina, la miró fijamente a los ojos.

—Tú eres más hermosa que cualquier mujer que he conocido. Y si no hubiera tanta gente aquí, yo te demostraría lo deseable que creo que eres.

Sus dedos le acariciaron la mejilla con suavidad. La quería besar, pero no ahí, porque sabía que no sería capaz de detenerse una vez que comenzara. En su lugar, tomó su mano hasta su boca y le besó la punta de los dedos. Su piel era cálida y dulce. Le mordió su dedo índice y lo puso entre sus labios, cerrándolos a su alrededor, dejando que su lengua jugara con él.

—Samson...— Su voz no era más que un susurro.

La miró mientras ella cerró sus ojos y aspiró profundamente, hasta que soltó de su dedo. Estaba más que satisfecho con el efecto que tenía sobre ella. Ella respondió a cada uno de sus movimientos seductores, y ni siquiera estaba usando el control mental de los vampiros. Así era, ¡él no lo estaba haciendo! Ni siquiera se había dado cuenta. Cada interacción con ella había sido total y absolutamente carente de cualquier control mental de su parte.

Los vampiros utilizaban el control mental para poner pensamientos en la mente de sus víctimas, que les permitía acercarse y alimentarse de ellos, y luego, para borrar sus memorias, para que no tuvieran ningún recuerdo de los acontecimientos.

Puesto que Samson no se alimentaba de seres humanos a menos que fuera una emergencia, rara vez tenía la necesidad de utilizar el control mental. Bebía sangre adquirida a través de un banco de sangre y estaba contento con eso. No era exactamente lo mismo que la sangre caliente y palpitante que viene directamente de las venas de un ser humano, pero era suficiente para satisfacer su hambre y nutrir su cuerpo.

Por supuesto, cuando él había sido un vampiro nuevo, y no había tal cosa como un banco de sangre, había tomado la sangre directamente de los seres humanos. A veces, él había tomado demasiado y por eso había matado accidentalmente a los humanos. Con los años había aprendido a controlarse mejor a sí mismo. Cuando la sangre se hizo disponible en el mercado comercial, se había cambiado a ello.

No había utilizado el control mental desde hacía tiempo, y no se le había ocurrido usarlo en Delilah, aunque quería estar absolutamente seguro de tener relaciones sexuales con ella esta noche. Usar el control de la mente le habría asegurado eso.

Pero la respuesta a su toque, le había dado la certeza absoluta de que él no tenía necesidad de utilizar sus habilidades de vampiro en ella.

—Debemos volver a nuestros asientos. No creo que nos queramos perder el segundo acto.

—No, no querríamos perdernos nada—. El tono ronco de su voz, indicó a él, que no estaba hablando de la obra.

Samson sintió que su pantalón se ajustaba instantáneamente. Este no era el momento de tener otra erección, pero por desgracia, no tenía ningún control sobre él. Mejor era esconderse en la oscuridad del teatro.

Él la miró de un lado, mientras observaban el segundo acto en silencio. La deseaba tanto, que era doloroso esperar. En la oscuridad, le tomó la mano y la encontró con voluntad de aceptar su toque. Necesitaba más. Era una tontería sentirse como un niño, buscando a tientas en la oscuridad, pero no pudo evitarlo. Vacilante guio la mano de ella hacia su muslo donde la dejó. ¿La quitaría de ahí?

No podía seguir la acción en el escenario, cuando había un misterio mucho más excitante, al lado de él. Mientras le soltaba la mano, su cuerpo estaba tenso. Era el momento para que ella se sintiera libre de retirar su mano, o dejarla donde estaba, ardiendo a través de la tela de sus pantalones, enviando ondas de choque de calor a través de su cuerpo.

Delilah no hizo nada, su mano no se apartó, pero no se quedó donde la había dejado. En cambio, su mano se movió suavemente a lo largo de su muslo, arriba y abajo, acariciándolo, ahora moviéndose más arriba. Maldita sea, ¡ella lo estaba matando! Su erección luchaba contra sus pantalones, y no tenía manera de acomodar el espacio reducido para sentirse mucho más cómodo.

Su cálida mano subió a la cima de sus muslos. Él estaba a punto de acabar, y entonces, ¿cuándo se va a acabar esta maldita obra? Samson contuvo el aliento hasta que se dio cuenta que ella lo miraba. Ella se rio en silencio. ¿Qué era tan gracioso?

Delilah se apoyó en él, y sintió su boca cerca de su oído mientras le susurraba:

—No debes de jugar con fuego si no puedes soportar el calor.

Por todos los demonios, estaba tocándolo como a un violín, convirtiéndolo en puré con sus manos. Y ella lo sabía muy bien. Siempre había pensado de sí mismo como el depredador, pero ella dio un giro al juego, cambiándolo de su papel habitual. No veía la hora de cambiar los papeles más tarde. Él lo disfrutaría mucho.

—La venganza es una perra.

—¡Chh! — lo reprendió una voz detrás de él.

Samson tomó su mano de nuevo, deteniéndola de acariciarlo más, pero aún así, manteniéndola en su muslo. Él podía manejar eso, solo eso. No había tenido tanta diversión con una mujer desde que había sido un adolescente y humano. Como un vampiro, todo lo relacionado con el sexo, había sido caliente y pesado, sin verdadera diversión y juegos. Bueno, esto era demasiado caliente y pesado, pero al mismo tiempo podía sentir el humor en todo. Se preguntó si ella podía despertar su lado más tranquilo y hacerle sentir despreocupado y relajado de nuevo.

No podía recordar la última vez que había bromeado con una mujer, pero con Delilah, todo parecía tan fácil. Ella no se tomaba las cosas demasiado en serio, hacía casi fácil olvidarse de lo que él era. Lo trataba como un hombre normal. Por supuesto que lo haría. No tenía idea de lo que era. No importaba, no esta noche. Esta noche la llevaría a su cama, y él sería sólo un hombre, un hombre que la deseaba. Olvidaría que era un vampiro.

5

Ilona echó los hombros hacia atrás y salió de la sala. Había perdido el interés en quedarse para el segundo acto. ¿Podría alguien culparla? No había visto a Samson desde la ruptura. Y verlo después de tanto tiempo en compañía de una humana, la tomó desprevenida incluso a ella, en especial desde que había oído que él estaba sufriendo de disfunción eréctil. Así que ¿qué estaba haciendo con una mujer humana? Como si una simple mortal, pudiese satisfacer a un hombre como Samson. ¡Lo que es un concepto ridículo!

Ilona era amiga de la recepcionista del Dr. Drake y por lo tanto sabía sobre las sesiones de Samson con el psiquiatra. No es que a ella le importara si era capaz de levantársele o no, ciertamente ya no tenía ningún interés en él, sobre todo porque era evidente que nunca se uniría con ella.

Ella pasó junto a una pareja que había llamado a un taxi, y se lo robó casi arrancándole la puerta del pasajero, tratando de abrirla.

—Disculpe, pero— Ilona ignoró la protesta del hombre y le gruñó. Se sintió mejor cuando se acomodó.

Se dejó caer en el asiento trasero y, sin pensarlo, le dio una dirección al conductor del taxi, mientras cerraba la puerta de golpe.

Sólo cuando se terminó de acomodar en el asiento, se dio cuenta de que la dirección que le había dado, no era la suya. Ella suspiró. Tal vez era mejor no ir a casa, teniendo en cuenta el estado de ánimo en el que se encontraba. Su subconsciente parecía saber lo que ella necesitaba de todos modos.

Distracción.

Menos de diez minutos después, ella estaba en la puerta de un apartamento, después de haber tocado el timbre para ir al piso de arriba. Apenas tuvo tiempo para enderezar su vestido, cuando se abrió la puerta.

Amaury le dio una mirada rápida. Como siempre, él se veía sexy como el demonio, que era exactamente lo que ella necesitaba esa noche.

—Mira lo que ha traído el gato—, dijo él.

Ella pasó por su lado hacia la sala de estar con espacio abierto.

—No sabía que eras alguien de clichés.

Amaury se encogió de hombros y dejó que la puerta se cerrara.

—Las cosas cambian. Pero veo que tú no.

No. Ella estaba tan hermosa y tan insensible como siempre. Algunas cosas nunca cambian.

La miraba mientras ella se apoyaba contra la barra.

—¿Cómo has estado, Amaury?

Levantando la ceja, no se molestó en contestar a su pregunta.

—¿Qué quieres, Ilona? ¿Rompiste tu vibrador? ¿O por qué otra razón podrías estar aquí?

Ella frunció los labios.

—¿Eres siempre así de frío?

—Sólo contigo, querida, porque así es como te gusta, ¿no?

—¿Y? — Hizo una pausa. —¿Estás pensando en cumplir?

Amaury miró su reloj de pulsera.

—Tengo una hora para matar. Es una opción.

Él podría estar bien con un poco de sexo. *Siempre* podía con el sexo.

—Si sólo tienes una hora, será mejor no perder el tiempo charlando como si fuéramos viejos amigos.

Ella separó sus labios, permitiéndole a su lengua salir. Se lamió el labio inferior, y él siguió su mirada, mientras bajaba hacia su ingle.

Amaury sabía lo que ella había visto: un vampiro preparado para la acción entre las sábanas. Siempre estaba listo. Nada más que hablar de sexo podría conseguir despertarlo. Eran ambos, un don y una maldición.

No sería la primera vez que se acostara con Ilona y probablemente no la última. Ella tenía un gran cuerpo y le gustaba rudo. Y rudo funcionaba para él. Especialmente con una mujer como ella.

—¿Por qué esta noche?

Él no estaba dispuesto a dejarla salirse con la suya todavía. Mientras más tiempo la retrasara, más caliente se pondría. Y una Ilona caliente prometía una gran cogida.

—¿Qué te importa? Estoy aquí, ¿no?

Se podría decir que ella estaba ocultando algo, haciéndole creer que aquella era una noche cualquiera para ella, pero él percibía su frustración. En el fondo. Algo la había hecho enojar. Es por eso que lo necesitaba: ella necesitaba soltar la tensión. Él sabía exactamente cómo.

Amaury dio varios pasos hacia ella, deteniéndose a centímetros.

—¿Qué llevas puesto debajo de ese vestido?

—Nada.

Justo como se lo había pedido después que tuvieron el primer encuentro sexual. Dejó escapar un gruñido de agradecimiento. Prefería que sus mujeres vinieran preparadas. No tenía sentido perder el tiempo, tratando con la ropa interior molesta. Él nunca usaba ninguna tampoco.

—Dado que ambos sabemos que no te gusta chupar el pene, vamos a pasar al evento principal, ¿de acuerdo?

Amaury no le dio la oportunidad de responder. En su lugar, la cargó sobre su hombro y la llevó hasta el sofá. Ella no mostró ningún rechazo a su forma de tratarla, y él no lo esperaba tampoco. La dejó caer boca abajo sobre los cojines de color crema suave.

Amaury se dejó caer sobre ella después y la sujetó por debajo de él. Apretó su cadera en ella, presionando su erección en su entrepierna.

—Extrañabas mi verga, ¿verdad?

—Arrogante hijo de puta—, dijo entre dientes y trató de empujarlo.

Él la agarró por las muñecas dejándola pelear por un tiempo. —Sin embargo, sigues regresando. Supongo que hay algo que quieres de mí. Y ambos sabemos que seguro no es mi encanto, lo que deja sólo a mi verga.

Sabía que todo era un juego para ella, fingiendo que no quería eso. Pero el aroma de su excitación, la había traicionado. Él absorbió su olor, y sabía lo que ella quería.

—¿Qué tan fuerte lo quieres ésta vez? — él le decía sin permitirle evitar su mirada.

Tendría que decirle lo que quería, y luego él decidiría si se lo daba o no. Tal vez lo haría, tal vez no. Todo dependía de su estado de ánimo.

Ilona apretó los labios y él no pudo reprimir una sonrisa. Como siempre, ella no estaba dispuesta a pedir. De todas formas, no importaba.

—Creo que ya tengo mi respuesta entonces. Tal vez una nalgada en el culo aflojará tu lengua.

Un brillo de interés animó sus ojos.

Tal y como lo había sospechado.

—¡Salvaje!— La voz de Ilona no llevaba la ira suficiente para que lo considerara una protesta. Era más una invitación, en realidad. No es que la necesitara.

Un segundo más tarde, rodó hacia un lado y la volcó sobre su estómago. Tomando sus muñecas con una mano, él uso la otra, para levantar su vestido.

—Vamos a ver si me has mentido, o si realmente no llevas nada debajo. Ya sabes como me puedo poner cuando alguien me miente.

Muchas mentiras desatarían una bestia dentro de él.

Una respiración entre cortada fue la respuesta. Y luego un comentario. —Lo sé.

Provocador.

Amaury supo al instante lo que iba a encontrar por debajo de la seda verde de su vestido de noche. Así que se preparó a sí mismo para entregar su castigo.

Su mano empujó la tela hasta arriba de sus rodillas, sus muslos. Se detuvo por un segundo al llegar a sus nalgas redondas. Mientras le subía la tela sobre su culo y la dejaba arrugada a la altura de la cintura, echó un vistazo. Pálida, cremosa y delicada piel.

Casi desnuda, pero no del todo. Llevaba una tanga calificada como una mentira.

Lentamente una de sus manos se deslizaba sobre su culo. Su dedo se enganchó en la tanga y la estiró. Un momento después, la dejó caer nuevamente sobre su piel. Hizo un sonido de desaprobación con la lengua.

Un suspiro expectante vino de Ilona. —Uy, se me olvidó que la llevaba.

Otra mentira.

Ella lo necesitaba muy fuerte. Y él se lo entregaría. No era conocido por decepcionar a una mujer en la cama. Y, además, acababa de llegarle el humor para algo malo.

Su mano se levantó de la suave piel de sus nalgas.

—No más mentiras esta noche—. Su orden fue seguida por la palma conectándose con su nalga derecha de su culo, con un golpe breve pero punzante.

Ella gimió sobre el cojín, mientras él le dio un segundo de respiro antes de darle la próxima nalgada en la otra. La marca de la palma de su mano sólo se mostró por unos instantes y luego desapareció. En una mujer humana se habrían quedado más tiempo, no en la mujer vampiro bajo de él.

Él separó sus piernas con su rodilla. Al no cumplir con la suficiente rapidez, le dio otra nalgada. Izquierda y derecha. Una vez más. Al instante sus muslos se separaron, pero la tanga obstruía la visión clara de su concha. Tenía que quitársela. Después de todo, él era un tipo visual.

—No más tangas—. Él la arrancó, botándola en el suelo.

—Sí—, ella susurró, y su voz coloreada con excitación, despertó sus sentidos.

Él bajó la mano y la deslizó entre sus muslos, empapando los dedos con su crema. Ella se sacudió, cuando su mano encontró su clítoris y lo hizo rodar entre sus dedos pulgar e índice.

Pero sólo la dejó disfrutarlo por un segundo, antes de que su dedo se hundiera en su concha. El movimiento casi la levantó del sofá.

—Lo necesitas mucho—, él comentó.

—Sí, muchísimo—, decía ella sin aliento.

—Tengo justo lo que necesitas—. Una cosa muy grande.

La velocidad de los vampiros era una buena habilidad para cuando querían liberar el pene de forma rápida. Este era el momento cuando definitivamente se volvía muy útil. Su erección sobresalió con orgullo tan pronto como había bajado la cremallera. Ni siquiera se molestó en bajar sus pantalones por completo.

Sabía que era grande, más grande que el promedio de los vampiros. Muchas mujeres no serían capaces de adaptársele de inmediato, pero Ilona había sido cogida suficiente por innumerables hombres, estaba acostumbrada a una ración extra-grande de pene. Y él estaba dispuesto a repartir su ración. Pulgada a pulgada dura como el hierro.

Centrándose detrás de ella, agarró sus caderas con ambas manos y se hundió en su calor. Resbalosa, caliente y húmeda, le dio la bienvenida. Él se movió dentro y fuera de ella, tomando sus gemidos por lo que eran: estímulos.

—¡Más fuerte! — ella le gritó en un tono enojado.

—No me des órdenes—. Sacó el pene un poco y luego se la empujó más profundo, luego le siguió con una palmada en el culo. Y otro. Él estaba en el asiento del conductor, y le quedaría muy claro a ella.

—Oh Dios, ¡sí!

Amaury sonrió diabólicamente. Él sabía exactamente lo que ella necesitaba. Y lo que él quería.

—Creo que lo necesitas en tu culo, para que sepas quién está a cargo en mi cama.

Una advertencia que estaba dispuesto a hacer realidad.

Sintió que los músculos de su vagina apretaban. No, él no la dejaría acabar, todavía no. Se la sacó al instante y la mantuvo quieta.

—¡Maldita sea, hijo de puta! ¿Qué crees que estás haciendo? ¡Cógeme ahora! — gritó, sonando como el infierno en un tren fuera de control y arañándolo.

— Ah, te voy a coger a mi manera—. Pero su concha bien gastada, no era suficiente para él.

Él mojó su dedo en su abertura caliente y lo cubrió con su crema. Mientras lo deslizaba hacia fuera, lo corrió hasta la raja de su culo, hasta que encontró a su otro agujero. Ella se quedó completamente inmóvil. Con el dedo rodeó su agujero con bordes arrugados, humedeciéndolo con sus jugos.

En cuestión de segundos ella se relajó, y él sintió que se arqueaba hacia arriba y se empujaba a sí misma contra su dedo, tentándole para entrar. Él no necesitaba ninguna persuasión. Su dedo entró a su estrecha abertura y sus músculos lo aseguraron firmemente.

Soltando su cadera, él buscó por debajo del sofá el envase de lubricante que mantenía ahí para eventos como éste y hundió sus dedos en él. Esparciendo una generosa cantidad por encima de su agujero, entró en ella con sus dedos, era casi tan agradable como cogerla.

Pero no del todo.

Desde ya estaba jadeando, gimiendo cada vez que sus dedos entraban y salían. Dos dedos ahora, preparándola para su enorme verga, estirándola.

—Dímelo ahora, o te voy a dejar colgada. Dime lo que quieres.

Un momento de vacilación. Él no esperaba menos. Entonces, ella dijo:

—Yo he venido para que me cogieras por el culo. ¿Estás contento ahora?

¿Feliz? Amaury nunca estaba feliz. ¿Satisfecho? Sí. Satisfecho, podría ser. Y estaría muy satisfecho en pocos minutos.

—Entonces, has venido al lugar correcto.

Liberó a los dedos y puso su pene en su oscuro pasaje, empujando hacia adelante. El anillo apretado, resguardando su entrada, se relajó, y el lubricante le permitió deslizarse hacia adentro, solo una pulgada y luego otra.

Los gemidos de Ilona se convirtieron en un grito. —¡Sí!

Y luego lo empujó más allá de la entrada, hacia el fondo de ella, sintiendo los ajustados músculos alrededor de él apretarse con tanta seguridad, como si ella lo agarrase con el puño. Amaury sabía que ella no sentía ningún dolor, porque el percibía sólo su placer. Bien. En cualquier caso, no la sacaría. Ahora no. No cuando sus músculos le daban justamente la presión que anhelaba. Sería una corta cogida, pero una muy buena.

La sacó, luego la hundió profundamente. Y una vez más, encontrando el ritmo que lo ponía salvaje y prometía liberarlo.

—Sí, te gusta que te coja así, ¿no? —, le pidió rendirse. —Es por eso que sigues regresando, porque nadie te la puede dar así.

—¡Más!

—Tengo más. Mucho más—. Y empujaba más fuerte, llevando su verga más profundo, más rápido. Varios golpes más frenéticamente y sabría que iba a terminar. Su cuerpo estaba demasiado ajustado, demasiado caliente. Era demasiado.

—Tu tienes el culo más apretado que he cogido.

Su mano se deslizó hacia su concha, encontrando su clítoris inmediatamente. Un solo toque, y el cuerpo sobre excitado de ella, hizo erupción. En el momento en que él sintió su espasmo muscular, perdió el control y se unió a ella en su clímax.

Su semen disparó ráfagas cortas dentro de ella, imitando los espasmos de Ilona. Segundos después, se derrumbó sobre ella.

—Y no se te ocurra tratar de darme órdenes otra vez.

A decir verdad, daba la bienvenida a cualquier excusa para nalguearla, lo cual lo ponía más caliente que el infierno.

—Mientras me des lo que yo quiero...

—No nos engañemos, Ilona. Ninguno de nosotros podrá conseguir lo que quiere.

Ella resopló: —Como si tuvieras alguna idea de lo que quiero.

—No eres tan diferente a mí, aunque no quieras admitirlo. Pero si tú crees que puedes llenar tu corazón vacío con dinero, poder y sexo sin sentido, estás más delirante que yo. No va a calentar tu corazón frío. Puedes preguntarme. Soy un experto en eso.

Sí que lo era. Amaury cerró los ojos ante el dolor que recordaba, y luego se lo tragó inmediatamente. Condenado a sentir las emociones de otras personas, él carecía de sentir amor. Lealtad, amistad, ira, culpa, incluso dolor y lujuria; no tenía ningún problema de sentirlos. ¿Pero el amor? No había lugar en su corazón encogido para eso.

—Estás equivocado. El dinero y el poder me llevarán por un largo camino hacia donde yo quiero estar.

Amaury se apartó de ella y se encogió de hombros. —Si quieres engañarte a ti misma, por mi está bien. No cambia los hechos para nada.

Volvió la cara hacia él. —¿De verdad crees que me importa un comino lo que pienses?

Él soltó una carcajada. —Por supuesto que no. Lo único que te importa un comino es mi verga. Yo no soy el que está delirando.

Ella intentó abofetearlo, pero él la agarró del brazo sin esfuerzo.

—Parece que alguien necesita otra nalgueada—. Y otra cogida rápida.

Amaury miró su reloj. Podía prescindir de otros veinte minutos antes de que tuviera que hacer algo de trabajo.

~ ~ ~

Cuando el telón cayó por fin, y disminuyeron los aplausos, Samson miró a su magnífica cita.

—¿Estás tratando de causar un disturbio en la audiencia? — él le hizo una broma.

—¿Cómo iba yo a hacer eso? — preguntó inocentemente Delilah, mirándolo a través de sus grandes ojos.

—Mirándome de esa manera, es un comienzo—. Si seguía así la arrastraría detrás de una cortina y la tomaría allí mismo.

Ella negó con la cabeza. —No, mantengamos las cosas claras. Tú comenzaste.

—Tú no me detuviste.

—Sólo soy una mujer débil.

Se rio de buena gana, llamando la atención de varios espectadores en él. — Ah, eres una mujer. Débil, definitivamente no. Apuesto a que puedes poner a cualquier hombre de rodillas.

—¿Qué te hace pensar eso?

—Soy un ejemplo vivo del poder que tienes sobre los hombres—. Movió la cabeza mucho más cerca de ella.

—¿Vamos a salir de aquí antes de que *tú* causes algún tipo de disturbio? — Su risa era refrescante.

Se echó a reír y la levantó de su asiento. —¿Dónde quieres ir?

—¿Qué tal si solo seguimos con tus planes? Tenías algo planeado, ¿no?

Desnudarla en el siguiente rincón oscuro era el plan.

—¿Qué pasa si no te gusta lo que he planeado? — continuó él, disfrutando de tentarla.

—Pruébame.

¿Como que te deguste? En un santiamén.

Samson lamió su labio inferior. Había un mundo de cosas que quería probar, y saborearla era sólo el comienzo.

—Creo que lo haré. No. Borra eso, *sé* que lo haré.

Con su brazo alrededor de su cintura, la condujo a la escalera. El teatro se había casi vaciado, y fueron los últimos en caminar por la amplia escalera que conducía a una de las salidas laterales.

El sonido que sus tacones altos hacían en las escaleras, resonaban a través del aire.

Estaban solos. Él podía presionarla contra la pared y tomarla allí mismo en la escalera. Sus gemidos resonarían a través del espacio vacío, rebotarían en las paredes, el sonido se amplificaría. Pero todo terminaría muy pronto. No, tenía que distraerse y conseguir llevarla a su casa, donde podría mantenerla durante toda la noche.

—¿Por qué las mujeres se torturan de esa manera y usan tacones tan altos? — Samson estaba seguro de que su voz estaba coloreada con pura lujuria.

—Porque a las mujeres no les gusta ser pequeñas.

El se rio entre dientes.

—Se llama petite. Y a los hombres les gustan las mujeres petites. Saca a relucir el instinto de protección en ellos.

Ella le dio un puñetazo en broma. Sus abdominales eran duros como una roca. Él se echó a reír para ocultar sus verdaderos sentimientos, ¿Ella tenía alguna idea de lo que su toque le había hecho, y lo cerca que estaba de perder el control?

—Si quieres pelear, se puede arreglar. Pero tengo que advertirte, no me doy por vencido fácilmente.

Y contigo, lucharía desnudo.

—Yo tampoco.

—Esto debería hacerla una pelea interesante.

La mirada caliente que él le dio, era para decirle que tan interesante, un poco de lucha desnudos entre ellos, podría ser. Y lo que el ganador obtendría.

—Hagan sus apuestas—, le dijo ella.

—Mi dinero está en la chica.

—¿Por qué? — ella le preguntó completamente sorprendida por su elección.

—Sé cuál es la debilidad del hombre—. Le guiñó un ojo.

Salieron a la calle. Las escaleras los había conducido a una salida lateral hacia un pequeño callejón. Samson podía ver la calle principal a poca distancia, delante de ellos.

—Cuidado con los charcos—, advirtió y la guio alrededor de un gran charco de agua que había dejado la lluvia del día anterior.

—¿Qué? ¿Quieres decir que no tirarás tu abrigo y me dejarás pasar por encima de él?

Le encantaba la forma en que se relajaba con ella, con sus bromas alegres.

—Saville Row, dulzura. No creo que mi sastre lo vaya a apreciar si se entera.

Samson la volvió hacia él y la trajo hacia sus brazos. —¿Así que eso es lo que estás buscando, un príncipe azul pasado de moda?

Delilah no tenía idea que tan pasado de moda era realmente, o su edad en éste caso.

—No sé lo que estoy buscando.

Su voz temblaba. Su rostro estaba ruborizado, pero él dudaba que tuviera que ver con el calor que había en el teatro. Su sonrisa había desaparecido de su rostro y su mirada chocó con la suya.

—Pruébame—. Lentamente, él bajó su cabeza y se acercó a su boca. Sus labios se separaron, con la promesa de placeres que su cuerpo estaba deseando. Necesitaba ese beso, y lo necesitaba ya.

—¡Ustedes dos, contra la pared!— Una voz masculina amenazante interrumpió el silencio y destruyó el momento. Alguien tendría que pagar por esto.

Con la velocidad del rayo, Samson hizo un gesto con la cabeza con dirección hacia donde se había originado la voz y vio a un matón grande y el orificio de una pistola. Sintió a Delilah estremecerse en sus brazos y la acercó abrazándola con protección. El calor de su cuerpo se filtró en el suyo, y a pesar de la situación de peligro, se permitió disfrutar de su cercanía.

Samson sabía que tenía que actuar con rapidez, y no podía usar sus colmillos o velocidad de vampiro para derrotar al agresor. No permitiría que nada destruyera la velada que había planeado con la mujer en sus brazos. No podía arriesgarse a que ella se asustara o sospechara que había algo extraño en él. Su secreto tenía que ser guardado.

—¿No escucharon lo que dije? ¡Contra la pared! — repitió el matón. ¡Quiero a la mujer, ahora!

Samson al instante se dio cuenta de que su atacante era un ser humano y por lo tanto fácilmente controlable. Delilah gritó, y Samson agarró la cabeza de ella para proteger su cara contra su pecho.

Tú no apretarás el gatillo.

Él utilizó la única arma de la cual disponía, su control mental.

No dispararás.

—Delilah, por favor, haz lo que digo. Ponte detrás de mí.

Él la empujó detrás de su ancha espalda. Podía sentirla temblando.

—Ay, Dios, no—, gimió ella. —Él va a matarte.

Muy poco probable. No era precisamente fácil matar a un vampiro, sobre todo, no con una pistola. Incluso si el delincuente le disparaba y acertaba, su cuerpo expulsaría la bala, y la herida se cerraría rápidamente.

Sólo un par de cosas podrían matar a un vampiro: una estaca de madera en el pecho, la exposición a la luz del sol y algunas lesiones graves en su cuerpo como consecuencia de la pérdida severa de sangre. Si un vampiro quedaba atrapado en una explosión, lo más seguro es que muriera, como lo haría en un incendio. Pero el hombre sólo tenía un arma de fuego que no representaba ningún peligro para Samson.

Sin embargo, tenía que tener cuidado. Delilah estaba con él, y no podía arriesgarse a que saliese lastimada.

—Ey, idiota. Quiero a la mujer. Dámela, y te dejaré vivir. No hay necesidad de que juegues al héroe.

Samson llevó su brazo tras de él para calmarla.

—Cierra los ojos, dulzura, todo estará bien.

Mantuvo su voz tranquila y relajada. No había necesidad de preocuparla más de lo que ya estaba.

No nos dispararás. No nos atacarás.

Sabía que podía derrotarlo en un instante, pero ¿cómo se lo explicaría a ella? ¿Cómo podía explicar sus habilidades sobrehumanas, sin causarle sospechas? Estaba en un aprieto. Podía controlar al matón de no disparar durante bastante tiempo, pero incluso hasta eso podría causar sospechas finalmente.

El hombre lo miró fijamente y de pronto dio un par de pasos hacia adelante. Samson podía ver su rostro claramente, incluyendo la cicatriz en la mejilla y el pequeño tatuaje en su cuello. Muy raro, muy distintivo. Sabiendo que lo reconocería si lo volvía a ver, él pensó en su plan. No había necesidad de matarlo ahora. Era suficiente ahuyentarlo y que sus hombres se encargaran de él más tarde.

—¿Qué quieres? — Samson preguntó con calma.

—¿Eres sordo? La mujer—, gruñó el hombre.

—No es una opción—, dijo Samson.

—Entonces te voy a matar.

Parecía como si quisiera apretar el gatillo, pero no lo hizo. Samson uso su estado de confusión para arremeter contra él. De una patada con su pierna derecha, golpeó el arma que el matón llevaba en la mano. El hombre lo miró, asombrado y en shock.

¡Corre! ¡Corre y no regreses!

Y como un conejo asustado salió corriendo del callejón. Todo había terminado.

Samson se volteó y cruzó la distancia hacia Delilah con tres grandes pasos.

—Todo está bien—, le aseguró mientras la tomaba entre sus brazos. —Se ha ido.

Ella temblaba como una hoja.

—Él no te hizo daño, ¿verdad?

—No. No tuvo la oportunidad.

—¿Cómo aprendiste a patear de esa manera?

La alejó solo un poco y con sus brazos extendidos la miró a la cara.

—¿No te había pedido que cerraras los ojos?

—Me asomé—, le dijo ella y enterró su cabeza en su pecho nuevamente. —No debiste haber tomado ese riesgo. Él tenía una pistola.

—La alternativa no era una opción. No pasó nada. Ese era un matón cualquiera.

Delilah negó con la cabeza.

—¿Qué? — le preguntó Samson confundido.

—Lo reconocí. Él era el mismo hombre que me atacó ayer por la noche.

La afirmación lo golpeó como un tren de carga.

—¿Estás segura? — Samson puso la mano bajo su barbilla y le pidió que lo mirara.

—Absolutamente, estoy segura.

Maldita sea, no lo tenía que haber dejado escapar. No podía ser una coincidencia que fuese el mismo tipo. Algo andaba mal. Muy mal.

Sin esfuerzo, levantó a Delilah en sus brazos y la cargó fuera del callejón.

—Yo puedo caminar.

—Permítemelo—. Sentir su cuerpo tan cerca, lo calmaba.

Él vio la limusina de inmediato, mientras salía del callejón. Carl estaba apoyado en el coche, esperando. Cuando Carl los vio acercarse, su mirada se volvió de preocupación, e inmediatamente abrió la puerta del coche.

—¿Sucede algo, señor?

Samson la llevó hacia el coche. —Fuimos atacados. Llévanos a casa Carl, rápidamente, por favor.

Él se deslizó en el asiento a su lado y le tomó su mano, antes que sacara su celular con la otra. El coche ya estaba en marcha cuando la llamada se conectó.

—Ricky, fuimos atacados—. Hizo que su voz sonara lo más tranquila posible para que Delilah no se preocupara aún más.

—¿Quién fue atacado?

—Delilah y yo, fuera del teatro.

Ricky le interrumpió: —¿Estabas en una cita con la mujer humana?

—¿Podrías escuchar? — le preguntó Samson ya comenzando a molestarse. —Delilah lo reconoció como el mismo hombre que la atacó ayer por la noche. Voy a hacer que Carl mande más tarde, un boceto de él por fax. No debería ser demasiado difícil de encontrarlo. Tiene un tatuaje en el cuello y una cicatriz en la mejilla. Él es probablemente un miembro de alguna pandilla. Haz que los chicos rastreen la ciudad, tan pronto les llegue mi descripción.

Distraídamente, se llevó la mano de Delilah a los labios y le besó los dedos tiernamente. Tenía que sentirla para asegurarse de que ella estuviera bien.

—¿Él era un vampiro? — Ricky quería saber, su voz estaba más tranquila ahora.

—No, definitivamente no.

—¿Un demonio?

—Nada de eso, sólo un delincuente habitual—. Esperaba que Ricky hubiese entendido que esto significaba que el hombre era un ser humano. No podía decirlo exactamente, mientras Delilah estaba sentada junto a él, escuchando su parte de la conversación.

—¿Y lo dejaste escapar? — Sonó la acusación de Ricky en su oído.

—¿Qué crees? No podía arriesgarme a que Delilah saliera herida.

¿Ricky estaba drogado? Sabía muy bien que él no podía haber matado al hombre frente a ella sin exponerse.

—Podrías haber borrado su memoria. ¿Pensaste en eso?

Ricky mantuvo la voz baja para que Delilah no pudiera oírle. Era verdad lo que él decía, pero de alguna manera Samson no tenía el corazón para usar sus poderes sobre ella. Algo lo detuvo. Él no quería tener nada que manchara su relación con ella.

¿Relación?

¿Cómo había entrado en su mente éste extraño pensamiento?

—Ya no voy a escuchar más de esto. Haz lo que te dije que hicieras. Y otra cosa: botó su arma en el callejón al lado del teatro. Recupérala y rastréala. Carl te mostrará dónde estábamos.

Él estaba enojado y terminó la llamada.

—¿Qué pasa? — Delilah sonaba preocupada.

Inmediatamente se dio cuenta de que no debía haber sido tan duro por teléfono, sino que debía haber controlado su temperamento. No quería que se preocupara. Suavemente la acercó más, poniendo un brazo sobre sus hombros y tomándola de la mano.

—Nada. Es sólo Ricky. Es un poco terco a veces. Tú no te tienes que preocupar de nada más. Ese hombre no puede hacerte daño.

~ ~ ~

Samson le besó la mano. A Delilah le encantaba sentir sus labios sobre su piel. La calmaba. Ella se acurrucó más cerca de él y esperó que no sospechara que estaba muy necesitada, pero su fuerte cuerpo la hizo sentirse segura, y eso es lo que necesitaba en ese momento.

—¿No deberíamos de ir a la policía?

—La policía no hace nada acerca de estas cosas. Deja que Ricky lo maneje; trabaja en seguridad. Sabe qué hacer.

Su voz era determinante como si estuviera seguro de qué acciones tomar. Un hombre que se hacía cargo.

Ella lo miró. El incidente no lo inmutó en absoluto. Mientras que ella, se había sacudido como un árbol en un huracán, él estaba tranquilo y sereno, casi como si estos sucesos fueran comunes para él.

—Probablemente pienses que estoy loco, pero hasta que este delincuente sea detenido, quiero que te quedes en mi casa.

Ella lo miró sorprendida. —¿Tu casa?

—Yo sé cómo ha de sonar esta sugerencia, sobre todo después de ... ya sabes ... pero yo no quiero que estés sola. Alguien está, obviamente, tras de ti, y hasta que sepamos quién y por qué, me sentiría mucho mejor, si estuvieras bajo mi protección.

Delilah se preguntó si él se sentía avergonzado de mencionar los pequeños juegos eróticos que habían jugado. ¿Podría este maldito incidente haber matado su estado de ánimo? Parecía que ahora se sentía obligado a protegerla. Ella hubiera querido estar con él esa noche, pero no bajo su protección. No, ella quería estar atrapada bajo su cuerpo sexy, su cuerpo desnudo.

—¿Quieres protegerme?

—Por supuesto que sí—. Samson le dio una mirada extraña.

—¿Eso es todo?

Estaba segura de que le había mostrado su decepción. Nunca había sido buena en ocultar sus sentimientos. Mientras lo miraba a los ojos, podía detectar un parpadeo en ellos, y luego él sonrió de repente.

Lo negó con la cabeza. —No, eso no es todo. Si sólo quisiera protegerte, te alojaría en el cuarto de invitados.

Ella sintió en su estómago algo que hizo un salto mortal. Una sonrisa se formó en sus labios.

—¿Y no me quedaré en la habitación de invitados? Ella estaba ansiosa por su respuesta y contuvo el aliento.

—Puedes, si tú insistes—, contestó Samson acariciándole la mandíbula con su pulgar, y mirando sus labios fijamente. —Desde luego no quiero obligarte a hacer algo que no quieras hacer, pero tenía la esperanza de que pudiera convencerte de que elegirías mi cama en su lugar.

Su voz era sensual y llena de deseo. Ningún hombre había hablado con ella de esta manera. De repente sus ojos se vieron mucho más oscuros, mientras bajaba la cabeza hacia la suya.

Su cama. ¿Había dicho realmente su cama o estaba alucinando?

—¿Estarás en ella? — Ella se sentía caliente, un calor insoportable al pensar en compartir su cama. Tenía problemas para tragar.

—Sí, mientras tú lo quieras—. Con la mano en su barbilla la acercó a su cara. —La última vez que te besé, te forcé a hacerlo. No quiero que este sea el caso esta noche. Así que te ruego, Delilah, por favor, dame un beso.

Mientras ella rozaba sus labios contra los de él, podía sentirlo inhalando con fuerza. El instante en que sus labios tocaron los suyos, todo a su alrededor parecía desaparecer y derretirse en la distancia. Apenas sentía el movimiento del coche o el cuero de los asientos. Sus brazos la apretaron en un abrazo, y sus labios le dieron toda la atención que quería, mordisqueándola y succionándola mientras le secuestraba un beso. Ella sintió su lengua deslizándose suavemente por sus labios, tan tentadora, que pensaba que nunca invadiría su boca, hasta que finalmente lo hizo, y lo hizo con un movimiento magistral. Su lengua circulaba la suya, exigiendo que jugara con él, que bailara con él.

Su beso envió llamas incandescentes a través de su cuerpo, tan caliente, que pensó que iba a disolverse desde el interior. El fuego quemaba dentro de su vientre, mandando calor y humedad que brotaban de entre sus piernas, mojando sus bragas que estarían completamente empapadas en cuestión de segundos. Ella era un desastre temblando en sus brazos. Se estremeció violentamente en cada asalto apasionado de su lengua a su boca, incapaz de controlar su reacción a él. Esperaba que no se diera cuenta de lo perdida que estaba en sus brazos, total y absolutamente bajo su hechizo. Repentinamente él se alejó.

—¿Estás bien?

La áspera voz de Samson, sonó preocupada pero también sin aliento.

—Por favor, no pares—, le rogó y presionó su boca contra la suya.

Él sin perder un segundo, continuó donde lo había dejado.

Su mano se movió hacia su espalda baja, haciéndola girar hacia él, dejando una de sus piernas apoyada sobre sus muslos. Suavemente acarició su firme trasero antes de pasar por el muslo llegando hasta la costura de la falda. Ella sintió cómo acariciaba su piel desnuda, y cómo su mano viajaba nuevamente hacia arriba por debajo de su falda. Arriba, y aún más. Sus dedos llegaron a la costura de su ropa interior, donde titubearon por un segundo, hasta que ella gimió con voz casi inaudible. Como si él estuviera esperando por su señal, deslizó su mano bajo la tela, acarició su piel desnuda y la apretó suavemente.

Delilah sabía que este hombre era virtualmente desconocido para ella, y no era normal que permitiera que él la tocara así cuando apenas lo conocía, pero no podía detenerlo. No quería. Su toque la excitaba y ella no se había sentido tan excitada en mucho tiempo. No podía negar a su cuerpo, el placer que él le estaba prometiendo. A medida que su mano se deslizaba más abajo para buscar el calor y la humedad que salían de entre sus piernas, ella lanzó otro gemido.

Si continuaba por mucho tiempo, habría terminado en el coche. Tenía que enfocarse, tratar de conseguir algún control sobre su cuerpo, pero ¿cómo podría? Sus manos prometían el placer que no había sentido en mucho tiempo, y la respuesta de su cuerpo era automática e incontrolable. Incluso si ella hubiese querido resistirse, no habría encontrado la fuerza. ¿Por qué permitía que la tocara tan íntimamente?

Otro suspiro escapó de su boca, mientras él separaba sus labios de los suyos.

—Ya estamos aquí.

Su voz estaba sin aliento y ella se sentía igual, y sus ojos estaban oscuros, cuando ella los vio, casi como si sus pupilas estuviesen dilatadas por completo. El color avellana había desaparecido.

Ella miró a su alrededor. Carl sostuvo la puerta del coche abierta. Delilah no se había dado cuenta de que habían parado o que alguien había abierto la puerta. Había perdido todos sus sentidos por completo, con solo un beso.

6

Carl se quedó esperando pacientemente, mientras Samson sacaba una libreta de papel desde una gaveta de una mesa antigua en el salón y se sentó. Delilah miraba como él comenzaba a dibujar una imagen en el papel. Sus movimientos eran ágiles. En cuestión de minutos, la imagen de un hombre apareció en la página. Samson levantó la página para que ella pudiera ver.

—¿Es lo suficientemente parecido?

¡No podía creer lo que veía! El dibujo mostraba la viva imagen del criminal que los había atacado. Además de la cara del hombre, Samson había dibujado la imagen del tatuaje: dos círculos con una cruz en el centro.

—Es como si hubieras tomado una foto. ¿Cómo lo hiciste?

—Memoria fotográfica—, explicó Samson y le entregó el papel a Carl. —Manda por fax esto a Ricky. Él está esperándolo. Y después...

Él la miró. —Carl puede empacar algunas de tus cosas y traerlas aquí, si le dices lo que necesitas para las próximas noches.

¿Próximas noches? A ella le gustaba el sonido de eso.

—Eso sería genial. Solo tráetelo todo.

Delilah buscó las llaves en su bolso. Cuando ella levantó la vista, miró la cara de Samson, congelado en estado de shock con los ojos sorprendidos. Su manzana de Adán se movía mientras tragaba con dificultad.

—¿Todo señorita? — preguntó Carl cortésmente, pero ella lo ignoró.

Viendo a su amable anfitrión, se echó a reír.

—¡Deberías verte en el espejo y ver tu cara! — ella dijo, ya más tranquila. — No tiene precio—. Su rostro sorprendido, pensando que ella estaba planeando irse a vivir ahí, era todo un espectáculo para la vista. Pero no podía dejarlo sufrir por más tiempo.

—Lo siento, no es lo que piensas. Estoy en San Francisco en un viaje de negocios. Sólo tengo una pequeña maleta y mi ordenador portátil, así que pensé que Carl podía traerlo todo. ¿Si eso está bien?

Samson exhaló visiblemente. —Me tuviste por un segundo, no vi esa venir. Parecía relajado ahora.

—¿Carl, podrías traer las cosas de la señorita Sheridan, por favor, y ponerlas en la habitación de invitados?

Delilah le entregó la llave del apartamento a Carl y él dio la vuelta para irse.

—Y Carl, ¿podrías también pasar por el supermercado y conseguir algo de comida para la señorita Sheridan? Creo que mi refrigerador está bastante vacío.

—¿Qué le gustaría, señorita? — preguntó Carl.

—¿Delilah? — dijo Samson.

—Lo que sea que ustedes coman—, respondió ella.

Realmente no quería hacer ningún problema. Cuando se trataba de comida, no era muy exigente.

—¿Señor? — Carl parecía un poco perdido.

—Sólo trae un poco de fruta, leche, café, cereales, yogur, pan, lo de siempre—, le dio instrucciones. —Y gracias, Carl.

—Buenas noches, señor, buenas noches, señorita.

Un segundo más tarde Carl se había ido. Ella seguía mirando hacia la puerta cuando los brazos de Samson la envolvieron desde atrás, acercándola.

—¿Estabas tratando de asustarme? — Él comenzó a mordisquear su oreja.

—¿Funcionó? — le preguntó ella.

—¿Qué piensas tú?

Sus labios se posaron en el cuello de ella, acariciando suavemente su piel hasta que la piel de gallina comenzó a formársele.

—¿Tienes frío? — le preguntó Samson.

¿Cómo podría estarlo, si sus manos calientes acariciaban su vientre? —Calor. *Y calentándose más, cada segundo.*

—Ya me parecía—. Samson sonaba sospechosamente presumido.

Dejó una mano alrededor de su cintura y movió la otra hacia arriba, viajando deliberadamente por el centro de su torso a través del valle de sus pechos, hasta que llegó al escote de su blusa.

—¿Qué estabas tratando de hacerme en el teatro? — preguntó Samson, mientras acariciaba con sus dedos a lo largo de la línea donde su blusa terminaba y su piel comenzaba.

Su piel se estremeció cuando sus dedos la tocaron.

—Obtener una reacción de ti—, dijo ella.

Samson la apretó más fuerte contra su cuerpo, frotando su pene contra su espalda baja. Tenía una erección en toda regla y no lo escondió.

—¿Este tipo de reacción?

¿Él quería que notara su erección? Ella podía hacerlo mucho mejor que eso.

La mano de Delilah, se movió hacia atrás para agarrar la cadera de Samson mientras frotaba su trasero contra la marcada erección de su pene, provocando un gemido no tan sutil en él. Se sentía demasiado bien para no hacerlo, así que ella lo hizo de nuevo.

—Quería ver si tendrías la misma reacción que cuando pensabas que era una stripper.

~ ~ ~

Delilah *se había* dado cuenta de que había tenido una erección cuando la había besado la noche anterior. Y a pesar del efecto que ella sabía que tenía sobre él, había aceptado su invitación. Valiente.

—¿Satisfecha?

—Creo que tendrás que hacer un poco más para satisfacerme—, dijo Delilah.

Samson aceptó el reto. Su mano estaba en su escote. Poco a poco se deslizó por debajo de su blusa y levemente acarició su pecho. Tomó su firme seno en la mano. Su *muy sensible* seno.

—¿Es eso un comienzo, Samson?

—¿Mm?—, su mano estaba ocupada jugando con su pezón y volviéndolo duro.

—La stripper de anoche...

Sentía que ella vaciló. Su pregunta fue silenciosa, pero él sabía lo que ella quería escuchar.

—No la toqué. Le pedí que se fuera. No había manera que pudiera tocar a otra mujer, después de besarte. No sentí que fuese correcto.

No era del todo cierto, ya que sin duda lo había intentado, pero el resultado fue el mismo. No había tocado a la stripper.

Delilah inclinó la cabeza hacia atrás, y él aprovechó la oportunidad para hundir sus labios en su cuello descubierto. Su cuello tentador. Podía sentir la sangre caliente corriendo por las venas palpitando justo debajo de su piel pálida. Tan deliciosa. Tan confiada.

—Toda la noche después de que te fuiste, me preguntaba si me permitirías besarte y tocarte. O si lucharías conmigo de nuevo.

Ella le dio una respuesta al tomar la mano que se apoyaba en su cintura y poco a poco la empujó hacia abajo. Él no pudo resistir la oportunidad. Con un movimiento rápido le levantó la falda y deslizó su mano por debajo de ella. Dejó que su aroma lo guiara hacia la cálida humedad, que se encontraba entre sus muslos, tocando sus bragas húmedas, con la mano.

—¿Es eso lo que quieres?

—Sí—. Ella gimió y abrió sus piernas para él.

Sin esfuerzo su mano se deslizó dentro de sus bragas y viajó en los húmedos pliegues de carne que marcaban la entrada a su cuerpo.

—Estás tan mojada—, le dijo dejando que la admiración coloreara sus palabras.

—Es tu culpa—. Su voz era aún más excitante de lo que podía imaginar.

—Anoche estuve soñando con estar dentro de ti, de sentir tus músculos tensándose alrededor de mí cuando acabaras. No podía pensar en otra cosa. Apenas pude pasar el día.

Había dormido apenas. Más bien, él había estado soñando despierto con ella acerca de las cosas que quería hacerle.

—A mi no me fue mucho mejor después de cómo me hiciste sentir ayer por la noche.

Delilah inclinó su pelvis hacia él, en una invitación silenciosa.

—Dime, ¿te tocaste a ti misma, imaginando que era mi mano?

Sus dedos jugaban con su carne caliente, separando los labios gruesos y esparciendo su crema. Ella dejó escapar otro gemido, pero no le contestó.

—¿Te hiciste acabar, tú misma? — Estaba ansioso por oír su respuesta.

Delilah negó con la cabeza. —No.

—¿Por qué no? — Él lentamente movió un dedo hacia su acogedora abertura. Estaba tan apretada, estaba seguro de que no había sido cogida por un tiempo.

—Quería que tú lo hicieras.

Y él lo haría. —¿Así? — Utilizó su pulgar para encontrar su clítoris y acariciarlo, mientras que su dedo se deslizaba lentamente hacia atrás y adelante, dentro y fuera.

—Oh Dios, justo así—. Y dejó caer su cabeza sobre su pecho.

—Te siento tan bien. Incluso mejor de lo que había imaginado.

—Mm—. Su cuerpo se mecía con él, con un ritmo seductor. Su segunda mano llegó a ayudar, permitiéndole extender su carne y exponer su fruto inflamado a sus dedos ansiosos, apretándola ligeramente para enviar más sensaciones que atravesaran su cuerpo. Ella era tan fácil de leer, reaccionando de manera tan directa a cada uno de sus movimientos.

—No voy a parar hasta que acabes aquí mismo—, él le susurró al oído. — Quiero sentir tu orgasmo atravesando tu cuerpo, y quiero ser la razón de ello.

La idea de hacerla acabar, lo excitaba más, que con cualquier otra mujer a la que haya satisfecho antes. En este momento él no estaba preocupado por su propio placer, sólo quería experimentar el de ella. Ahora que sabía que él la tendría, podía esperar y disfrutar de la anticipación.

—¿Puedes hacer eso por mí, acabar por mí?

Su pene estaba presionado firmemente contra su espalda, y sabía que todavía estaría allí más tarde. No se vendría abajo, no sintiendo su cuerpo en la posición en que estaba. Con cada movimiento se frotaba contra él, aparentemente ajena a las sensaciones que enviaba a través de su cuerpo.

—Oh Dios—, ella gimió sin aliento.

Él masajeó su clítoris, siguiendo los movimientos de su cuerpo, acelerando a medida que su ritmo aceleraba. Ahora dos de sus dedos estaban dentro de ella y se movían rítmicamente adentro y afuera, por lo que ella suspiró más fuerte, mientras que el dedo en su clítoris hinchado, se movía rápido siempre y sin cesar.

Samson se dio cuenta cuando su respiración cambió, su cuerpo se tensó y sus movimientos se convirtieron en ráfagas cortas. Él disfrutó de la forma en que su cuerpo reaccionaba a su tacto. Sus dedos estaban empapados de sus jugos, y el olor hizo que su pene ya duro, anhelara la liberación.

—Eso es, dulzura, justo así.

Ella montó con ganas sus dedos, como un jinete con experiencia. Tenía la piel enrojecida, su pulso se había acelerado, y él casi podía oler la sangre caliente corriendo por sus venas, justo debajo de la piel donde sus labios se aferraban a su cuello, succionando suavemente.

Pero él no la mordería. No. Esto era para ella. Por alguna razón inexplicable, él quería ser el mejor amante que jamás hubiese tenido. Quería darle las gracias por lo que había hecho por él, por la forma en que lo había hecho excitar.

—Sí, acaba por mí.

Sus manos se movían más rápido, haciendo coincidir su ritmo. Podía sentir los estremecimientos pasando por su cuerpo, las olas, y luego los músculos de su interior apretándose alrededor de sus dedos en espasmos cortos, haciendo llover más crema en su mano, mientras se venía. Lentamente calmó su mano para dejarla cabalgar hasta su clímax.

Samson deslizó los dedos hacia fuera y se los llevó a su boca, lamiendo su excitación fuera de ellos, consciente de que ella lo miraba con su aliento entrecortado.

—Mm, estás deliciosa— Nunca había probado algo mejor en su vida. Esta no sería la última noche que se daría un festín de ella.

—¡Oh, Dios mío! — Sonaba su voz excitada mientras sus rodillas colapsaron.

Él la agarró y se fueron los dos hacia el sofá. La volteó en sus brazos para mirar su cara. Se veía enrojecida, su piel brillaba.

—¿Satisfecha ahora? — y se sonrió.

—Eres increíble—. Delilah lo miró y acercó su rostro al de ella. Sus labios se acercaron a él y se reunieron en un beso apasionado.

—¿Esto significa que compartirás mi cama esta noche?

—Pensé que ya habíamos aclarado ese punto.

—No recuerdo haber tenido una respuesta definitiva de tu parte. A pesar de que, podría hacer una suposición.

—Tal vez te mostraré mi respuesta.

Llevó su mano a la protuberancia por debajo de sus pantalones, tratando de sentirlo. Él sintió sus dedos lentamente rastrear su duro pene desde la punta hasta la base, y viceversa. Respiró profundamente. Al parecer, el desinterés que tuvo en su propio placer, sería recompensado.

—Entiendo tu idea.

—Permíteme hacerla un poco más clara, así no hay malos entendidos.

Delilah lo tomó de la cremallera de sus pantalones y tiró de ella hacia abajo, lentamente. Su mano se deslizó hacia adentro con facilidad. Samson sintió la suave piel de su mano empujando sus calzoncillos a un lado y encontrando su erección. Ella envolvió su mano alrededor de su pene, agarrándolo con fuerza. Una gota de humedad, ya había emanado de la punta. Con el dedo, ella lentamente extendió la humedad sobre la cabeza, masajeándola. Él no recordaba haber sido tocado con esa suavidad.

Sería una amante muy atenta, ahora lo sabía. Sería la medicina justa para él. Una de la que fácilmente podría tener una sobredosis, si no tenía cuidado. El Dr. Drake se había olvidado de decirle cuánto sexo debería haber tenido con ella. ¿No habría querido decir que solamente fuese una sola vez?

—Oh, Dios, mujer, me estás torturando—.

Delilah le dio una risa suave. —No creo que tú sepas el significado de la tortura.

Ella movió la mano hacia arriba y abajo por su erección, manteniendo su firme adherencia, como si supiera cómo a él le gustaba. No necesitaba instrucciones.

—Lo sé ahora—. Suspiró Samson.

—Llévame a la cama antes de avergonzar a Carl cuando vuelva.

La tomó en sus brazos y subió las escaleras. Esta vez no protestó ser cargada. Le gustaba la sensación de su cuerpo pequeño en sus brazos. Mientras la llevaba a su dormitorio, se dio cuenta que ella miraba hacia los alrededores. La cama con los cuatro pilares, las almohadas en el suelo frente a la enorme chimenea, las pinturas.

Notó con alegría que nada había retenido su atención por mucho tiempo. En vez de eso, sus ojos se trasladaron nuevamente hacia él, dándole otra de sus sonrisas hermosas. Sus posesiones terrenales no parecían influenciarla. Creyó que él podría haberla llevado a una choza miserable, y siempre que hubiese una cama, ella habría sonreído con la misma anticipación.

Samson la bajó hacia la cama, rápidamente le despojó de sus zapatos antes de alcanzar un control remoto en una mesita de noche. Con un solo clic y la chimenea se prendió, encendiéndose un pequeño fuego. Las luces en las dos mesitas de noche estaban encendidas y proporcionaban un suave resplandor a la habitación. Dejó que sus ojos se deslizaran sobre ella, saboreando el momento.

—Hermosa.

Lo decía en serio. Para él, ella era la criatura más hermosa que jamás había tocado. Y ahora ella estaba en su cama. Lista para él.

Momentos más tarde se unió a ella y la tomó en sus brazos fuertes otra vez. Su cuerpo se sentía tan bien.

—Me olvidé de mencionarte: aunque puedo garantizar tu seguridad aquí, no puedo garantizarte que dormirás esta noche—. Él no hizo ningún intento de ocultar el deseo en su voz. —De hecho, te garantizo que no lo harás.

Ni un poco de sueño, no mientras tuviera un poco de energía. Y siendo una criatura de la noche, tenía energía en abundancia.

Las largas pestañas de ella, revolotearon mientras lo miraba. —No hagas promesas que no puedas cumplir.

Samson sabía que estaba bromeando. Sintió que su piel le quemaba cuando sus dedos viajaron a su camisa, donde soltó un botón y dejó que su mano se deslizara hacia adentro para tocarlo. Qué manos tan suaves.

—¿Es un desafío?

Estaba definitivamente dispuesto para ello, más de lo que ella podría entender.

—¿Qué vas a hacer al respecto? — Él sabía lo que *ella* estaba haciendo al respecto, porque él estaba recibiendo el placer. Y no se quejaba de ello. Ella, había abierto dos botones más de su camisa y ahora generosamente le acariciaba el pecho. Él no iba a detenerla.

—Esto—. Él besó su mejilla.

—Y esto—. Luego besó su cuello.

—Y esto otro.

Samson le aplastó los labios con los suyos, la invadió como lo había hecho antes, pero esta vez más ferozmente, con más pasión. Nada podía detenerlo ahora. Ella era suya, y lo quería de su propia voluntad. La idea le hizo sentirse poderoso y avivó su pasión por ella aún más.

Delilah le respondió dispuesta, muy dispuesta, dándole su cuerpo de la manera más confiada, de una forma que él nunca había visto a una mujer reaccionar. No lo entendía, pero él lo absorbió. Su cuerpo se amoldó a él, con una facilidad que no podía ni siquiera comenzar a entender. A pesar de que él era un completo desconocido para ella, su cuerpo parecía confiar en él. Podía sentir cómo clamaba por él, cuando ella se retorcía con cada uno de sus toques. Siempre pidiendo más.

Samson interrumpió su apasionado beso y se apartó para mirarla a los ojos. Coincidían con su pasión y deseo. Esta mujer humana tenía fuego, más de lo que había visto en cualquiera de las mujeres vampiro.

—Te deseo—, él murmuró, apenas reconociendo su propia voz, tan ronca y oscura.

—Me tienes—. ¿Lo decía ella en serio? Iba a averiguarlo.

Sus manos se perdían en el pecho, casi sin tocar, sin embargo, haciendo temblar su cuerpo completo con la sensación eléctrica de sus caricias.

Era el momento de desenvolverla. Deshizo el nudo de su blusa tomando solo dos segundos, y la despojó de ella. Delilah no llevaba sujetador esta vez. Se quedó sin aliento ante la visión de sus pechos desnudos. Eran redondos y firmes, y en la cima de ellos, adornados con duros pezones rosados que pedían que los tocara de nuevo. Él respondería a esa llamada en particular en cualquier momento.

Sus manos le apretaron los pechos suavemente, y sus dedos tiraron de sus pezones, enviando escalofríos visibles a través de su cuerpo.

—¡Oh, sí! — susurró ella sin aliento.

Bajó la cabeza, y con sus labios rozaba su sensible piel. Ella arqueó su espalda para acercarse hacia él.

—Tan impaciente—. Él tentaba su piel, pero sabía que estaba tan ansioso como ella.

—Por favor.

Sus labios se encontraron con su pezón y poco a poco lo chupó. Mientras su lengua lo recorría, ella se movía bajo su control, quería más. Él se trasladó al otro pecho, lamiendo con su lengua húmeda, amasándola con sus manos, sintiéndola retorcerse. Dulce tortura. Era una venganza por lo que había hecho a su pene antes.

—Sabes para comerte—, susurró él.

—Yo pensé que ya habías cenado.

Samson sonrió, y le dijo: —Me faltó el postre.

Porque te voy a devorar a ti en su lugar.

Ella dio una risa suave en aprobación.

Sus pechos recibieron la atención que exigían, mientras él los chupaba más fuerte, llegando a conocer cada centímetro de ellos con sus labios, su lengua y sus manos. Sus ojos ya habían hecho una imagen mental de ellos, grabándolos en su memoria para siempre.

Su perfume lo envolvía. Había estado allí toda la noche, el suave perfume de lavanda en su piel, mezclado con el aroma de su excitación. Él lo había sentido en el teatro y había luchado contra él lo mejor que pudo. Ya no. Estaba dispuesto a tomarlo todo y dejarlo que lo envolviera.

Se desvistieron entre sí, ambos impacientes, no pudiendo esperar más. Finalmente, toda su ropa quedó tendida en el suelo y sus cuerpos desnudos se abrazaron. Sus curvas se adaptaban perfectamente a su cuerpo. Hechas a la medida para él.

La mano de Delilah tocó su pene erecto, acariciando la longitud de terciopelo de acero. Él estaba cerca y necesitaba desesperadamente la liberación.

—No creo que pueda esperar más—. Él lo había tenido bajo control lo mejor que podía. —Sobre todo, si me tocas así.

—¿Preferirías que no te tocara de esa manera? — Su voz sonaba más inocente de lo que él sabía que ella era, como lo demuestra el hecho de que ella continuaba con sus caricias malvadas.

—No te *atrevas* a parar—. No fue una amenaza: era una demanda que él sabía que ella estaría dispuesta a darle.

—¿Dónde guardas los condones?

—¿Los condones? —

Samson no entendió de inmediato, hasta que se dio cuenta de que ella pensaba que era un ser humano. Los seres humanos utilizan condones. No podía decirle que no tenía necesidad de preocuparse por enfermedades o un embarazo con él, así que ¿qué debía hacer ahora?

—Lo siento, me olvidé por completo. Yo realmente no planeaba esto...— Era una mentira inocente.

Delilah sonrió. —Y yo que pensé que estabas tratando de seducirme desde el momento en que me metí en el coche.

—Lo estaba, pero pensé que en realidad no tendría éxito.

Por supuesto, él pensó que la llevaría a la cama. Por lo menos sabía que habría intentado todo para tener éxito. ¿Incluso el control de la mente?

—No me parecía que fueses del tipo que se daría por vencido fácilmente.

—No lo soy, pero esto no significa que yo siempre consiga lo que quiero—. En realidad, la mayoría del tiempo conseguía lo que quería. Pero no últimamente.

—Esta noche lo harás. Me he traído un condón.

—¿Eso quiere decir que estabas pensando en llevarme a la cama todo el tiempo? — dijo él bromeando, como si estuviera sorprendido, pero en realidad estaba aliviado que su noche, no sería interrumpida debido a la falta de protección.

—Una chica tiene que intentar.

Él le dio un beso y le dijo: —Entonces, ¿dónde están los condones?

—En mi bolso. Creo que lo dejé en la sala de estar.

—Voy a buscarlo.

Samson se apresuró por las escaleras, agradecido por la breve interrupción. Tenía sed y necesitaba un poco de sangre si quería asegurarse de que ella estuviese a salvo de él, por el resto de la noche. No podía permitirse que su sed de sangre, se interpusiera en el camino de su satisfacción sexual. Corrió a la cocina y bebió un gran vaso de sangre. Mientras cerraba la nevera, se dio cuenta de que en la mañana iba a ver la sangre por allí. No podía dejar que eso sucediera. Rápidamente, le escribió una nota a Carl, la puso en un sobre y la aseguró a la puerta del refrigerador con un imán. Él la vería cuando viniera a dejar la comida.

Samson encontró su bolso, lo tomó, y se lanzó de nuevo, subiendo dos escalones a la vez. Ella lo estaba esperando. Mientras sacaba un condón de su bolso y se lo entregaba a él, no pudo ponérselo lo suficientemente rápido. En lugar de unirse a ella en la cama, la acercó hacia él por los tobillos hasta que sus piernas colgaron por la orilla, y sus nalgas se apoyaron en el borde del colchón donde él estaba parado.

Él la miró mientras le abría las piernas y se colocaba en el centro. Poco a poco, deliberadamente, levantó sus piernas y las apoyó sobre sus hombros. Ella lo estaba esperando, esperando a que hiciera un movimiento. Su pene en la entrada húmeda de su cuerpo la tentaba para aumentar su deseo por él.

Samson aspiró su aroma y luego lentamente empujó hacia adelante, hundiéndose en ella.

Ella gimió en voz alta, uniéndose a la de él.

Sintió sus tensos músculos alrededor de su pene cerrándose sobre él. No, ella no había sido cogida por un tiempo. Iba a hacerle los honores de cogerla a partir de ahora. Se retiró para que sólo la punta de su duro pene se sumergiera en ella.

¡Más! —, ella rogó.

Samson empujó de nuevo dentro de ella, más profundo que antes. Y otra vez. Sus cuerpos chocaron, fuerte y profundo. Su pene tomó su propia voluntad, sumergiéndose en ella y saliéndose, en un ritmo que él sabía que lo pondría al borde. Necesitaba recuperar un poco de control de sí mismo, para disminuir su velocidad, para que durara.

Se recordó de quién era: un ser humano, un vulnerable mortal, con sangre caliente palpitando por sus venas. Delilah se merecía algo mejor que él, cogiéndola como una bestia. Le soltó las piernas y bajó, flotando por encima de ella. Al instante ella envolvió sus piernas alrededor de sus caderas y tiró de él más cerca.

Bajó sus labios hacia ella y la besó. Su sabor era como una hermosa flor en un prado lleno de lavanda. Imágenes de una cálida tarde de verano llegaban a su mente. Estaba bailando con ella en un prado de lavanda con el sol brillando sobre él sin quemarlo. Sintió el calor de los rayos en su piel, sin hacerle daño, acariciándolo. ¿Qué estaba pasando? Claramente podía sentir el sol, oler la lavanda y ver la pradera. ¿Estaba alucinando? Parpadeó y la imagen desapareció tan rápidamente como había aparecido.

Su ritmo se volvió más lento, y con más ternura de lo que pensaba que era capaz de hacer, se movió dentro de ella, lenta y deliberadamente, disfrutando de las sensaciones de su unión íntima conjurada en él. La miró a los ojos verdes y sintió que su ternura lo abrumaba.

—Esto es maravilloso.

Él nunca se sintió tan tierno en el sexo y hacían surgir sentimientos más amorosos que cuando era humano. Esta mujer le daba ganas de sentir con su corazón, no sólo con su cuerpo.

Samson buscó su boca otra vez, saboreando su dulce néctar. Fue trasladado inmediatamente de vuelta hacia el sol, donde disfrutó otra vez sus rayos. ¿Qué estaba haciendo con él, dándole estas extrañas visiones? ¿O era su abstinencia de sexo la culpable de las imágenes en su cabeza?

A pesar de que él no sabía lo que estaba pasando, no luchó contra ello, se dejó llevar, hasta que de repente sintió un espasmo muscular alrededor de su pene, apretándolo mientras ella acababa.

—No, todavía no—, dijo Delilah, pero ya era demasiado tarde. Entonces él no pudo contenerse más y también acabó como si ella lo ordeñase, hasta que se vació.

—Delilah.

Reconoció que la sonrisa en su rostro era la de una mujer satisfecha. Él se aseguraría de volver a ver esa sonrisa durante toda la noche. Ella tenía los labios todavía húmedos por su último beso. Suavemente le apartó un mechón de pelo de su mejilla y a continuación la besó en el mismo lugar.

Un suspiro de satisfacción, fue su respuesta. —Samson.

Podría haberse quedado sobre ella toda la noche, pero se apartó y se despojó del condón usado. No le gustó separarse de ella y de inmediato tiró de ella hacia sus brazos. Cubriendo su cuerpo con el de ella, le besó la frente con ternura. No podía decir nada más. Por primera vez en su vida, se quedó sin habla.

Delilah levantó su cabeza y lo miró, pero las palabras no brotaron de sus labios. En su lugar, hundió la cabeza en el hueco de su cuello. Él le acarició el cabello con ternura. No había necesidad de palabras. Nunca había sentido la necesidad de abrazar a una mujer de la forma en que lo hacía. Nunca había sentido la necesidad de abrazar a una mujer después de tener sexo, ¿por qué con ella? No tenía ninguna respuesta a su pregunta, y por ahora no la necesitaba.

Samson le puso la mano bajo la barbilla y movió su cara hacia él. Sin decir una palabra, sus labios se encontraron con los de ella, besándola con intenso deseo. Sabía que a ella le dolerían los labios y el resto de su cuerpo, porque él no sería capaz de detenerse. Con tan solo este acto sexual, le había mostrado que necesitaba más de ella. Ni siquiera estaba cerca de ser saciado.

¿Por qué? Tal vez porque estaba tan hambriento de sexo, o tal vez porque su cuerpo se sentía tan bien. Cualquiera que fuese la razón, y no le importaba en este momento, necesitaba más.

Samson podía sentir que conseguía una nueva erección y quiso unir su cuerpo con el suyo.

—¿Podrías por favor, pasarme otro condón? — Le preguntó, mientras le soltaba los labios.

—Sólo traje uno.

—¿Uno? — El pánico instantáneo fue superado por su incredulidad. La miró. —¿Creíste que uno iba a ser suficiente?

—Bueno, yo no sabía...— Ella se quedó viendo fijamente a su erección, y saber que a ella le gustaba lo que veía, le hizo sentirse orgulloso como un pavo real, lo que aumentaba su erección aún más.

—¡Mujer de poca fe!

Tocó con su dedo la nariz de ella y se echó a reír.

—No voy a ser capaz de pasar las próximas seis horas en la cama contigo sin tocarte. No tengo ese tipo de auto-control, créeme.

—¿Y ahora qué?

—¿Podrías pasarme ese teléfono de la mesita de noche, por favor?

Delilah agarró el teléfono inalámbrico en su lado de la cama y se lo entregó a él.

—¿Qué estás haciendo? — le preguntó.

Marcó un número. —Poniendo una orden.

Él esperó hasta que la llamada fue contestada.

—Carl. Me olvidé de algo—, empezó, y ella pareció darse cuenta de lo que estaba a punto de hacer y se sonrojó. Sus mejillas rosadas eran la cosa más linda que había visto. Él sonrió tímidamente.

—¿Podrías pasar por la farmacia de turno y comprar una caja de condones para mí, por favor?

Hizo una pausa, sin saber cómo responder a la pregunta que Carl le hacía, y dijo: —No lo sé—. Tal vez Delilah lo sepa: —¿De qué tamaño? —, le preguntó a ella.

—Extra grande—. Ella se rió en voz alta.

—¿Escuchaste, Carl? Sí, tráeme una docena, y los dejas frente a la puerta de mi habitación cuando entres, eso es todo por esta noche. Y no quiero interrupciones sin importar lo que sea. No me importa si hay un terremoto. No quiero que nadie llame o venga para acá. Díselo a los chicos también. Gracias Carl.

Samson colgó el teléfono, apenas escuchando la respuesta de Carl.

—Extra grande, ¿eh? — Él le sonrió a ella.

—¿Una docena?

Se encogió de hombros, y le dijo: —Bueno, pensé que siempre se puede conseguir más para mañana por la noche, pero si piensas que una docena no es suficiente para esta noche, yo lo llamaré de regreso.

Hizo un intento a medias de descolgar el auricular de nuevo antes que Delilah lo parara haciéndole cosquillas a los lados y debajo de los brazos. Él se rio y se volvió hacia ella para vengarse. Dio vueltas alrededor de la cama con ella. Mientras el comenzaba a hacerle cosquillas, su risa se hizo más fuerte y más descontrolada.

—No puedo creer que le pidieras a tu chofer que comprara los condones.

—Se le pasará—. Tal vez ella pensó que era algo vergonzoso, pero a Carl probablemente ni le importaba si compraba hilo dental o condones.

Se calmó después de reírse tanto, y él la atrajo nuevamente a sus brazos.

—Bésame—, ella demandó.

—Va a pasar por lo menos media hora antes que los condones lleguen. No sé si sería seguro besarte en estos momentos. Podría ser muy difícil para mí.

Deliberadamente Delilah miró a su erección. —No creo que se pueda poner más duro.

Él tampoco lo creía. Y como para probar su punto, ella envolvió su mano alrededor de su erección y lo acarició suavemente.

—Creo que he perdido ésta discusión—. Él sonrió y cedió a su solicitud.

~ ~ ~

Delilah le encantaba la forma en que Samson la besaba: tierno, apasionado, como un hombre en llamas. Sin reservas. Ningún hombre la había besado de esa forma, Samson la hacía sentir como si fuera la única mujer en el mundo. Se estremecía ante el poder que tenía sobre su cuerpo y su mente, y al mismo tiempo, se dejaba caer sin remordimientos.

Le había dado más placer en una hora, que el que había tenido el año pasado entero, y si un hombre podía llevarla a tales alturas, no podía contenerse. Todavía esperaba despertar de un sueño y encontrarse sola en el apartamento, soñando despierta. Era increíble que un hombre tan guapo y deseable como él, le diera tan siquiera la hora ya sea en el día o en la noche. Pero todo parecía demasiado real, por lo que no podría ser un sueño.

—Creo que debemos encontrar algo más que hacer hasta que Carl llegue—, le sugirió de repente, su voz tensa.

La decepción la invadió. ¿Por qué no había traído más condones?

—No es que no me guste besarte, pero te puedo decir a lo que eso va a llevar en unos dos minutos. Y no creo que quieras luchar contra mí, cuando yo no me pueda controlar por más tiempo.

—No creo que sería muy buena peleando contra ti.

—Sería divertido si al menos lo intentaras—. Sonaba como algo que en realidad podría ser muy divertido.

—Ah, un hombre que le gusta cazar. Le dio una mirada conocedora.

—Sobre todo cuando la presa se ve tan deliciosa—. Sus ojos le decían cuán deliciosa pensaba que era.

Delilah dejó deslizar un dedo sobre los labios de él.

—Adelante, atrápame si puedes.

Samson juguetonamente cerró su boca, pero ella sacó su dedo.

—No eres lo suficientemente rápido.

Ella dejaría que la atrapara, pero todavía no. Tendría que trabajar un poco primero.

—Dame otra oportunidad.

Su dedo volvió a sus labios, tentándolo con su suave tacto. Ella lo miró fijamente tratando de averiguar cuándo cerraría su boca. Su cara indiferente no daba ninguna indicación. Su lengua llegó a su dedo, lentamente y sensualmente lamiéndolo como si él no tuviera ninguna intención de morderlo. Otro golpecito con su lengua, y de repente su boca se movió hacia adelante, envolviendo su dedo y encerrándolo.

Samson lo mantuvo rehén y lo succionó con suavidad antes de liberarlo.

—Te dejas distraer por mi lengua, esa es tu perdición—, le advirtió a ella, parpadeando. —Nunca quites la vista del cazador. Uno nunca sabe cuando puede atacar.

Tiró de ella hacia abajo sobre su pecho. —¿Qué tal un beso para el cazador victorioso?

—¿Desde cuando la presa besa al depredador?

—¿Nunca oíste hablar de Caperucita Roja?

—Ella no besó el cazador—. Pero ella besaría a Samson. Él la había atrapado. Merecía el premio.

—Pero ella sí besó al lobo. Si yo fuese el lobo, ¿me besarías?

—¿Qué versión de Caperucita Roja leías cuando eras niño?

—¡La versión para adultos, por supuesto!

Él la volteó sobre su espalda tan rápido que apenas estaba consciente de lo que estaba sucediendo. Un segundo más tarde, estaba atrapada debajo de él. No se quejó: en su opinión, era un buen lugar para estar.

—Ya que no me vas a besar por tu propia voluntad, no tengo más remedio que torturarte.

Saltó de la cama y la levantó en sus brazos.

—¿A dónde vamos? — ¿Qué tipo de tortura?

—Al cuarto de baño, para algo de tortura en agua—. Le sonrió.

Los ojos de Samson brillaron como los de un pillo que estaba planeando una broma. La tortura de repente sonó como algo que ella tenía que intentar.

Su cuarto de baño no tenía ventanas y era enorme. Además de un tocador de gran tamaño con dos lavabos, había un gran jacuzzi tipo bañera y la cabina de ducha enorme. El retrete estaba separado detrás de una pared.

—Estoy esperando un poco ansiosa a esta tortura en el agua que estás prometiendo.

—¿Me estás diciendo que no te puedo asustar con nada?

—Supongo que no. Pero si tú quieres que yo pretenda...

Ella podría escenificar un poco si eso lo encendía. No es que ella pensara que lo necesitaba. Simplemente ser ella misma con él, parecía encenderlo.

Samson la puso de pie y encendió el agua de la ducha. Una vez que había probado la temperatura, le dio un pequeño empujón hacia el agua.

—Después de usted, mi señora.

Delilah se metió en la ducha y lo sintió detrás de ella. El agua empezó a llover por su torso, y absorbía el calor.

—Cierra los ojos—, le ordenó él. —Quiero que uses sólo el sentido del tacto, nada más.

—Mm...— Cerró los ojos, curiosa por lo que él tenía en mente.

Samson tocó sus hombros con sus manos y minuciosamente le bajó los brazos, deteniéndose en el pliegue de los codos antes de conectarse con sus muñecas. La rodeó y estiró sus brazos hacia arriba, y luego la guio hacia la pared, apretándola contra los azulejos de la ducha. Él puso sus manos planas sobre la pared, antes de liberarla.

—No te muevas.

Su orden era dicha con calma y con la confianza de un hombre que estaba acostumbrado a que sus órdenes se cumplieran. Ella obedecería: mientras disfrutara lo que estaba haciendo. Un par de segundos más tarde, ella estaba segura que había que obedecerlo por el tiempo que él quisiese.

Sus manos se volvieron a sus hombros, antes de descender hacia su espalda baja y sobre sus caderas, parando justo antes de su redondo trasero. En lugar de tocárselo, las movió hacia el lado de sus muslos. Llamas calientes le atravesaron con su toque. El hecho de que no podía ver lo que estaba haciendo, sólo intensificaban la sensación.

Delilah le oyó moverse detrás de ella y de repente sintió sus dos manos en su trasero, haciendo movimientos circulares antes de moverlos nuevamente hacia arriba. Ella respiraba con dificultad.

—Más abajo—. Anhelaba sus manos en su trasero otra vez.

—Me temo que yo hago las normas aquí. ¿Estás lista para darme un beso ya, o necesito seguirte torturando por más tiempo?

—Tortúrame más—. La elección fue fácil. Si esto era una tortura, ¿qué pasaría si él decidía bañarla de placer en su lugar?

Sus manos se fueron debajo de sus brazos y lentamente viajaron por los lados de sus caderas, antes de moverse hacia el centro y por la mitad de su trasero. Ella gimió cuando sintió su mano descansar entre sus piernas. Esperando que no se diera cuenta, echó la pelvis hacia atrás para forzar su mano hacia el frente. Él la presionó de regreso contra la pared.

—No, no—, dijo Samson.

Segundos después, Delilah sintió algo caliente y resbaladizo sobre su trasero. Su lengua lamía cada centímetro de su trasero. Samson sabía cómo torturar a una mujer. Ella sintió como el líquido caliente surgía de su carne ya húmeda y comenzaba a deslizarse por sus piernas. Finalmente sintió una mano bajo de ella, sondeando sus pliegues húmedos.

Con la otra mano, jaló sus caderas hacia él y separó sus piernas. Delilah lo sintió voltearse y, finalmente, su rostro estaba justo debajo de ella, entre sus piernas. Él se había sentado con la espalda contra la pared de azulejos, con las piernas estiradas hacia fuera, delante de él con su cara en su núcleo. Con las dos manos, le agarró el trasero y apretó su cara contra su sexo, dejando que su lengua se deslizara sobre su carne caliente.

—¡Ay Dios! — gritó ella.

La detuvo con firmeza para que no pudiera escapar, mientras que su lengua jugaba con su clítoris. Sus trazos eran magistrales e implacables. Ella sabía que la única manera que él se detendría era cuando ella tuviera su clímax. Y quería acabar... justo en su boca.

Su lengua era experta en encontrar el lugar correcto y en aplicar la presión correcta, para hacerla suspirar en cada trazo. Sus gemidos mezclados con los de ella, diciéndole lo mucho que disfrutaba complacerla. Nunca había conocido a un hombre tan generoso cuando se trataba de su placer.

Sus manos acariciaban su trasero y su lengua la tentaban, en un ritmo que hizo a su cuerpo zumbar. Sintió que su calor corporal quemaba desde el interior, como si fuera un volcán a punto de estallar. La lava fundida en su núcleo hervía hacia la superficie, y en una gran explosión, su cuerpo liberó toda su tensión, disparando oleadas de placer en cada una de sus células.

Delilah se apoyó contra la pared de azulejos, sus piernas temblaban, cuando sintió que él se levantaba y la tomaba en sus brazos.

—¿Qué tal un beso ahora? — le dijo Samson.

Delilah se volvió y abrió los ojos, encontrando su mirada fija en los ojos de él, se dio cuenta que habían cambiado de su color avellana a un oro oscuro.

—Lo que quieras—. Ella lo decía en serio. Ni siquiera tenía que pedirlo.

Sus labios se fusionaron con los de ella, y la sofocó en un beso largo y apasionado. Sus manos la apretaron contra su cuerpo desnudo, y ella podía sentir su pene duro contra su estómago. Se preguntó lo difícil que tenía que ser para él tocarla así, mientras que tenía que esperar que Carl volviera con los condones.

Había algo que podía hacer para aliviar su necesidad. Delilah se apartó de él, y él la miró asombrado.

~ ~ ~

Samson estaba a punto de protestar por la interrupción, cuando sintió su mano agarrando su pene.

—¿Puedo torturarte también?

—Bajo una condición. Continúa besándome.

El nunca había sentido algo así con nadie más. Cuando estaba sumergido en su beso, ella lo transportaba a otro mundo, un mundo de sol y calor. Se estaba haciendo adicto a ella. Las imágenes eran tan vívidas que casi podía sentir el sol sobre su cuerpo y el aroma de las flores en la pradera. Sin embargo, no tenía idea de por qué tenía esas visiones con ella.

Él buscó sus labios de nuevo y fue transportado instantáneamente a la pradera de verano. Ella deslizó su mano hacia arriba y hacia debajo de su pene erecto, tirando más fuerte con cada movimiento. Su mano era suave y cálida, y el agua que goteaba sobre ellas, hacía suave cada movimiento.

Delilah sabía cómo excitarlo. Sólo sentir sus senos apretados contra su pecho, sus labios en los suyos, sus lenguas entrelazándose, lo excitaban más, que lo que cualquier mujer vampiro lo había hecho. El toque de su mano, era algo celestial. La forma en que pasaba su mano sobre su pene y cómo lo apretaba con la correcta presión moviendo su piel hacia arriba y abajo, era como si ella pudiera leer su mente, sabiendo instintivamente lo que quería y lo que lo atraía más y más a su clímax.

—Delilah.

Su mano le apretó de nuevo, ahora más rápido y con más fuerza. En un intento desesperado por mantener el equilibrio, él le hundió las manos en sus caderas y metió uno de sus muslos, entre los de ella. Pero la avalancha de sensaciones que sus caricias enviaban a través de él, era demasiado. Su respiración se aceleró, y su cuerpo se tensó cuando sintió que su semen salía disparado a través de su pene y se esparcía sobre su estómago.

Él se apoyó contra la pared detrás de ella y enterró su cabeza en el hueco de su cuello, tratando de esconder de ella, que sus piernas le temblaban como las de un adolescente que experimentaba su primera relación sexual. Esta mujer humana, llevó a todos sus sanos pensamientos fuera de su cuerpo.

—Creo que esa es toda la tortura que puedo soportar por ahora.

No era eso, lo que había querido decir. Había querido decirle lo que sentía cuando estaba con ella, pero no pudo. Apenas la conocía. Ella pensaría que estaba loco. Y, además, nunca funcionaría: todavía era un vampiro. Ni siquiera debería sentir lo que sentía con ella.

Samson intentó convencerse de que la razón por la que se sentía así, era porque estaba tan hambriento de sexo. Sería sólo hasta esta noche, hasta que hubiese calmado su hambre de sexo. Después de eso, ella no significaría nada para él, estaba seguro. Por cierto, no había ninguna buena razón para que él la quisiese por más tiempo que eso. Después de todo, él estaba siguiendo las órdenes del médico. ¿Y quién en su sano juicio puede seguir tomando la medicina, una vez que la enfermedad se curó? ¿Quién, de hecho?

7

Delilah se detuvo frente a la pintura sobre la chimenea en la habitación de Samson. La escena de una casa majestuosa rodeada de extensos terrenos y un pequeño estanque, la atrajo. Había algo extrañamente familiar, casi como si conociera el lugar.

Ella sintió cuando Samson se detuvo detrás de ella.

—¿Cuándo pintaste esto? — ella le preguntó sin pensar.

—¿Cómo sabes que la pinté? — Su voz sonaba tan sorprendida, como ella lo estaba. Por alguna razón inexplicable, ella sabía que él lo había pintado. Podía ver a Samson de pie delante de un caballete, pincel en mano, camisa, y los pantalones sucios de varios colores de pintura de óleo.

—No sé. Pero en cuanto la vi, sabía que tú la habías pintado.

Ella misma se sorprendió por la certeza con la que dijo esas palabras.

—Yo lo hice. Es la casa de mis ancestros. Mi familia vino de Inglaterra.

—Es hermosa. ¿Todavía está en manos de tu familia?

Era más un castillo que un hogar, pero el calor que Delilaha sentía cuando la miraba, hizo darse cuenta de que había sido una casa con calor familiar, con amor y risas.

Se volvió hacia él y vio el dolor en sus ojos durante un segundo, antes de que él plantara una sonrisa en sus labios.

—No, ya no. Lo han perdido todo después de algunas inversiones imprudentes. La familia se quedó sin un centavo, y todo fue vendido. Eso es lo que me trajo, eh, mis antepasados a los Estados Unidos. El único hijo de ellos vino a este país en el siglo XVIII para hacer un nombre por sí mismo.

—¿Y lo hizo? ¿Hacer un nombre por sí mismo? — preguntó Delilah con interés.

Le encantaba la historia, especialmente cuando se conectaba a alguien a quien conocía personalmente.

—Sí y no. Tuvo éxito en los negocios al final, pero nunca vio a sus padres. Era lo que más lamentaba de su vida, tener que dejarlos atrás. Nunca poder abrazar a su madre de nuevo, nunca poder conversar con su padre acerca de las cosas que le importaban a un hombre joven.

Había dolor en su voz. Ella sintió una sensación de pérdida golpeando en su pecho.

—Lo dices como si lo conocieras. Fue más de doscientos años atrás.

Samson parpadeó y luego le dio otra sonrisa.

—Me gustaría pensar que lo conocí. Es lo que hubiera sentido en su situación. La pérdida de la familia es lo más difícil de superar.

Ella entendía muy bien. —¿Cuándo perdiste la tuya?

—Hace mucho tiempo.

Él la tomó en sus brazos y le besó la parte superior de la cabeza. Ella sintió su necesidad de ternura mientras se moldeaba en él, envolviendo sus brazos alrededor de su espalda.

—Ven conmigo a mi lugar favorito.

~ ~ ~

Samson la acercó hacia el suelo, sobre las grandes almohadas delante de la chimenea. Delilah rodó sobre su estómago y miró las llamas. Las sombras creadas por el fuego, bailaban sobre su piel desnuda. Su cabello largo y oscuro se extendía sobre sus hombros. Algunos de los mechones estaban mojados por la ducha.

Su cuerpo se volvió hacia ella y su cabeza descansaba en su mano, mientras admiraba su belleza y jugaba con su cabello. Le gustaba correr su mano sobre su trasero desnudo, acariciándola más tiernamente de lo que alguna vez había acariciado a una mujer antes. Tenía la piel deliciosamente suave y sin defectos.

—Has dicho que estás en un viaje de negocios. ¿Cuánto tiempo te quedarás en San Francisco?

Samson bajó la cabeza para besarla sobre la hendidura en la base de la espalda.

—Hasta el miércoles. Después tomaré el vuelo nocturno, de regreso a Nueva York.

Sintió una punzada en el pecho. ¿Indigestión? No es probable, los vampiros no sufren de indigestión.

—¿Nueva York? Yo vivía en Nueva York. Dime lo que haces allí.

Quería hacerla hablar para poder apartar su mente de lo que realmente quería hacer, tomarla otra vez, y otra vez, una y otra vez. Tal vez mordisqueando su camino sobre las olas de su trasero, rompería el hielo. Él así lo hizo, dejando que sus labios pastaran sobre su delicada piel.

Un agradecido gemido fue su respuesta antes de hablar otra vez.

—Trabajo como consultora independiente. Viajo mucho por mi trabajo.

—¿Qué clase de consultora?

Él no estaba interesado, pero todavía no había oído a Carl volver y sabía que tenía que matar el tiempo de alguna manera. Por mucho que quería hacerlo con ella otra vez, no creía que le quedara suficiente autocontrol para no sumergirse en ella esta vez. No había manera de que quisiese enojarla tratando de acostarse con ella sin usar un condón, ya que pensó que era el tipo de mujer que simplemente se desharía de él, si hacía algo en contra de su voluntad.

Por supuesto, como un vampiro siempre podía forzarla, pero no quería hacerlo. Quería que viniera hacia él de su propia voluntad. Tenía la sensación de que el sexo con Delilah era mucho más satisfactorio, cuando ella lo quería. La idea de obligarla a ello, le daba una extraña sensación de culpabilidad.

—Cosas financieras. En realidad, no es tan interesante.

Sonaba como que no quería hablar de ello. Siendo un cazador en su interior, se sentía retado a obtener una respuesta.

—Prueba otra vez—. Para animarla, puso suaves besos en su sexy trasero.

—¿Qué? — Se volvió la cabeza hacia atrás de él y le dio una mirada inquisitiva.

—Vamos a ver si lo entiendo bien. ¿No quieres decirme lo que haces? — Samson se irguió.

Ella se encogió. —Es que en realidad no es tan interesante. Y una vez que te lo diga, creerás que soy aburrida por lo que hago.

—Excusas, excusas. No hay manera de que pudiera mirarte y pensar que eres aburrida—. Sus ojos deliberadamente escanearon su espalda desnuda y el trasero. No, definitivamente, aburrida no era, el adjetivo correcto para describirla. Deliciosa, caliente, sensual, pero ni siquiera esas palabras podrían captar realmente lo que veía.

—Te vas a reír.

—Ten un poco de fe en mi capacidad para controlarme a mí mismo.

—Soy auditora.

—¿Auditora? — repitió antes de que él sintiera una risa ahogada crecer en el pecho. Trató de reprimirla, pero fue demasiado tarde. ¿Estaba preocupada por que la iba a encontrar aburrida porque era auditora? Eso era demasiado divertido.

—Me puedes auditar en cualquier momento.

—Yo podría contar y medir todas tus partes para asegurarme de que todo está donde debe estar.

—Mejor consigues una cinta métrica realmente grande.

Un segundo después una almohada lo golpeó en la cara.

—¡Lo sabía! Hazlo, búrlate de la pequeña auditora, pero no será nada original. He escuchado antes cada una de esas bromas.

Samson le arrebató la almohada y la arrojó de vuelta a ella, comenzando una pelea de almohadas. Él sabía que no estaba enojada cuando la escuchó reír. Delilah rodó y lo golpeó con otra almohada, de la cual se apropió inmediatamente antes de inmovilizarla atrapándola por debajo de él. Ella jadeó. Le dio un beso antes de que él la dejara en libertad de nuevo.

—¿Qué te hizo querer ser auditora?

—Era algo en lo que era buena.

Ella se mostraba renuente a hablar sobre la elección de su carrera.

—Pero no sabías eso antes de comenzar a trabajar. Debe haber habido algo que te interesó.

—No era realmente interés en el trabajo, más como... no sé, el hecho de que yo pudiera controlar algo.

La respuesta lo sorprendió. Delilah no le parecía como una fanática del control.

—No estoy seguro de comprenderlo. ¿Qué quieres decir con control? ¿Querías ser jefe?

Ella era una mujer fuerte. Podía verla ciertamente como un líder en su campo.

Ella negó con la cabeza. —Nada de eso. Yo quería controlar riesgos, para asegurarme de que las cosas no salieran mal.

—¿Pero es eso lo que haces realmente ahora? ¿Control de riesgos? — Como si ella tuviera miedo de algo. ¿Qué podía temer?

—En cierta forma, sí. Me aseguro de que las cosas se arreglen cuando van mal. Me gusta encontrar al culpable y corregir la situación. Se elimina el riesgo en el futuro.

—¿Por qué es tan importante para ti? — Samson le preguntó, ahora con curiosidad.

¿Por qué una mujer hermosa como ella, estaba interesada en una simplicidad mundana? ¿No debería estar interesada en algo más femenino?

—Porque algunos resultados pueden lastimar a la gente. Si puedo reducir el riesgo, puedo reducir las malas situaciones—. Interesante concepto.

—¿Y la gente no será dañada?

Ella asintió con la cabeza.

—¿No podrías ayudar mejor a la gente, si te convirtieras mejor en un médico? — Parecía un camino mucho más sencillo para ayudar a la gente, si eso era lo que quería hacer.

Ella hizo un ademán de rechazo. —¡Dios, no! Me dan náuseas al ver sangre. Puedo manejar las cifras, pero la sangre, no.

Samson tragó con dificultad. Si no podía manejar la sangre, sin duda podría ser un problema más tarde, cuando ... ¿Qué demonios estaba pensando? No habría un después. Ella nunca tendría que lidiar con la sangre. No la mordería jamás.

Es hora de cambiar de tema. Rápido.

Él la inmovilizó una vez más, encarcelando sus muñecas y bajando la cabeza. Su aliento se mezclaba con el suyo.

—Eres la mujer más excitante que he conocido—. ¿Era éste, un cambio demasiado brusco del tema? Tal vez, pero no parecía importarle.

—¿Es por eso que estás duro de nuevo?

Su erección era difícil de pasar por alto, presionándola contra su muslo caliente.

—Y la más perspicaz. Y si Carl no se presenta aquí en los próximos diez minutos, no sé lo que voy a hacer contigo.

Él subrayó su declaración con un suspiro exasperado.

Delilah frotó el muslo contra su erección, tentándole aún más.

¡Pequeña descarada!

—Que sean cinco minutos—, se corrigió a sí mismo y gimió.

Samson le aflojó su presión sobre sus muñecas, y ella liberó una de sus manos para ponerla en la parte posterior de su cuello.

—Tal vez pueda ayudarte a pasar el tiempo.

Ella lo bajó y tocó sus labios a los suyos. Tan pronto como sintió su piel suave y segundos más tarde, su lengua húmeda se deslizaba hacia su boca, se había perdido por completo. Durante unos segundos, cedió a ella, devolviendo su apasionado beso, pero el impulso de penetrarla se estaba volviendo muy grande. Con todas las fuerzas que le quedaban, la quitó y rodó sobre su espalda.

Se sentó y se alejó de ella.

—Está bien. Este es el trato. Quédate ahí—. Señaló uno de los extremos con las almohadas en el suelo. —Y yo me quedo de este lado.

—¿Y entonces?

—Vamos a hablar. Tal vez debería prestarte una bata.

—¿Una bata? ¿O sea que ya me viste lo suficiente?

—Claro que no. Pero podría ser divertido arrancártela una vez que los condones lleguen.

Ya podía imaginar la escena. Maldita sea, ¿no era su mente capaz de pensar en otra cosa que el sexo, o mejor dicho, el sexo con Delilah? Tenía la sensación de que podría tomar más de una noche para sacar esto de su sistema.

~ ~ ~

Carl estacionó la limusina en el garaje y se bajó. En dos viajes, trajo tanto los comestibles, como todos los objetos personales de Delilah a la casa, incluidas las flores que Samson le había mandado antes a ella. La casa estaba en silencio, excepto por las voces bajas que podía oír provenientes de arriba. Su sentido del oído era tan agudo como el de Samson. En la cocina, vio la nota de su jefe de inmediato. Cuando la leyó, levantó las cejas. Su jefe pensaba en todo.

Sin dudarlo trasladó toda la sangre del refrigerador principal al más pequeño en la despensa con llave. Delilah no encontraría nada fuera de lo común, y su secreto estaría a salvo. No le gustaba la idea de que la mujer estaba quedándose en la casa, pero él sería el último hombre para cuestionar las decisiones de su jefe.

Carl estaba completamente dedicado a Samson. Su lealtad era insuperable, y daría su vida por él, si alguna vez fuese necesario. Después de todo, Samson le había revivido, cuando una banda de delincuentes le habían robado su vida humana. Por supuesto, ahora era un vampiro, pero en los libros de Carl era mejor que estar muerto.

Carl terminó de llenar el refrigerador con el alimento humano antes de llevar el equipaje de Delilah, así como el ramo de rosas rojas, a la habitación de invitados. Él sabía que no se quedaría en esa habitación: podía escucharlos a ambos en la habitación principal.

Se detuvo delante de la puerta y puso la caja de condones en el piso, cuando oyó reír a Samson. No había oído reír a su jefe hacía ya mucho tiempo. Finalmente era feliz, al menos por un momento. Y sólo sería, por un momento. Lo que Carl había encontrado entre las cosas de Delilah cuando estaba empacando sus cosas, le preocupó. Necesitaba decírselo a Samson.

Levantó la mano para llamar a la puerta, pero dudó.

Recordó las instrucciones explícitas de Samson de no querer ser molestado esta noche, y a pesar de sus preocupaciones, Carl no tenía el corazón para interrumpirlo. Samson necesitaba una noche de diversión y juegos. Se tendría que esperar.

Carl salió de la casa, sabiendo que su jefe ya lo habría oído en las escaleras. No hubo necesidad de hacerle saber que había ejecutado todos sus deseos.

Tan pronto como estuvo de vuelta en el coche, marcó un número.

—¿Sí, Carl? — respondió Ricky al instante.

—Tenemos que hablar. Es urgente.

—Estoy con Amaury. Estamos en Dog Patch, detrás del viejo molino.

Dog Patch era parte del barrio Potrero Hill de San Francisco, uno de los barrios más turbios en San Francisco y no un lugar donde a los humanos les gustara andar por la noche.

Los vampiros, por otra parte, lo hacían, porque estaban lejos de los ojos curiosos de los humanos.

—Quince minutos—. Carl presionó más a fondo el acelerador y el coche salió disparado colina abajo en dirección al Embarcadero.

~ ~ ~

—¿Qué quieres decir? ¿Estaba él armado? — John Reardon susurró en el celular. Nerviosamente paseaba en su jardín, siempre mirando hacia atrás de la casa, esperando que su esposa no lo oyera.

—No sé lo que pasó, pero yo te digo: Me salgo.

—Ese no era el trato, Billy. Ya te he pagado.

La voz de John ahora estaba presa del pánico.

—Y me he ganado mi dinero, pero la perra sigue recibiendo ayuda. Me dijiste que no conocía a nadie aquí, ¿y de repente un tipo la defiende con su vida? Te lo digo, había algo retorcido en ese tipo. No te metas con ella.

—¡Maldita sea!, sólo inténtalo una vez más. La voy a ver mañana en la oficina, y voy a averiguar lo que va a hacer por la noche. Me aseguraré de que esté a solas. Por favor, ayúdame.

Escuchó a Billy inhalando con fuerza varias veces, hasta que por fin habló:

—Si no estuvieras casado con mi hermana, ni siquiera estaríamos teniendo esta conversación. De acuerdo—, se detuvo de nuevo, —pero esta vez me lo dirás todo. Después, decidiré si sigo ayudándote. No voy a arriesgar mi cuello por ti ciegamente. La familia tiene sus límites.

—Es mejor si no sabes mucho.

Por mucho que John quería que su cuñado le ayudara a sacarlo del lío en el que estaba, pensó que sería más seguro si Billy no lo sabía todo.

—Patrañas, empieza a hablar o me salgo.

Varios roces de Billy con la ley, le habían dado una actitud de matón.

—Prométeme que no le dirás nada a Karen acerca de esto.

John no quería que su esposa supiera lo que había hecho. Ya peleaban lo suficiente.

Billy lanzó un gruñido aceptándolo.

—Yo alteré los libros. Fue muy sencillo al principio, ponía en ellos que el equipo era chatarra, luego era fácil venderlo y me quedaba con el dinero. Esto me ayudaba. Necesitábamos el dinero después de haber comprado la casa nueva

John sabía que no era una justificación para robar, pero en realidad no había tenido otra opción. La tasa de interés de su hipoteca se había incrementado mucho, y él no podía hacer más los pagos.

—¿Eso es todo? Lo siento, pero esa no es razón suficiente para librarse del auditor—replicó Billy. —Ni siquiera sabemos si ella lo descubrirá.

Si Billy sólo supiera lo que realmente estaba sucediendo, pero no podía confiar en que él mantendría la boca cerrada.

—Se dará cuenta, ella es una de las mejores. Lo he comprobado.

—Así que, si ella se entera, te va a tocar una palmada en la muñeca. Gran cosa.

—Voy a perderlo todo.

John todavía no le podía decir sobre el hombre que lo estaba chantajeando. No. Tenía tanto miedo de él, que ni siquiera se lo mencionó a Billy, como si el hombre se diera cuenta de alguna manera.

—Por favor, Billy. Hazlo por Karen.

Hubo una larga pausa, durante la cual casi pensó que Billy había desconectado la llamada.

—Está bien, pero esta es la última vez. Si ella se escapa de nuevo, estás por tu cuenta. Y me deberás otros mil.

—Gracias, Billy—, dijo John y cerró el celular.

Billy era el menor de sus problemas. Por lo menos podía manipular a su cuñado en casi cualquier cosa. Y con una hoja de antecedentes penales tan larga como su brazo, Billy tenía suficientes recursos en sus manos para que las cosas sucedieran. Además de que siempre estaba con necesidad de dinero.

John temía hacer la llamada telefónica que había pospuesto toda la noche.

Una vez que había empezado a alterar los libros, pensó que sus problemas se terminarían, pero después un día, recibió una llamada telefónica de un hombre que sabía lo que estaba haciendo. El hombre había comenzado a chantajearlo. A cambio de su silencio, le había pedido el acceso a los libros de la compañía. John nunca le preguntó qué quería, pensando que cuanto menos supiera mejor.

Ahora, con la llegada inesperada de la auditora de Nueva York, estaba preocupado de que ella iba a encontrar lo que él había hecho. Su carrera se terminaría. No sólo eso: sería procesado penalmente. Pero eso no era lo peor. El hombre le había dicho que tenía que deshacerse de la auditora, o se desharía de él.

John nunca lo había visto y hablaba con él sólo por teléfono. Ni siquiera sabía su nombre, pero sabía que hablaba en serio. Cualquier cosa que quisiera hacer su chantajista, era un fraude mucho más grande, que los pocos miles que John había robado. ¿Por qué otra razón necesitaría su contraseña e inicio de sesión de los sistemas de la empresa? ¿Y por qué otra cosa habría solicitado que se encargara de la auditora?

Mientras John marcaba el número, en secreto esperaba que contestara su correo de voz, pero sabía que las posibilidades no eran buenas. No importaba a qué hora de la noche llamara, el hombre atendía, mientras que durante el día a menudo contestaba sólo su correo de voz.

—¿Qué pasa? — la familiar voz masculina contestó.

—Ella se escapó de nuevo.

—Lo sé.

—¿Cómo? — John no estaba cómodo de que él ya supiera que había metido la pata.

—Tengo ojos y oídos en todas partes. Deberías haberte hecho cargo de ella cuando tuviste la oportunidad. Ahora ella está protegida, y me voy a tener que encargar de eso yo mismo. ¡Idiota!

—Lo siento.

—Oh, lo sentirás cuando haya terminado contigo. Necesito otra semana más, y si no puedes conseguir que ella o cualquier otro auditor deje de revisar los libros hasta entonces, voy a tener que encontrar a alguien más para que haga tu trabajo. ¿Me entiendes?

Su voz sonó cortante.

John se estremeció.

—Sí. No habrá más problemas. Te lo prometo.

—Bien.

Un clic en el otro extremo, y la llamada se desconectó. Nada estaba bien. John instintivamente lo sabía. Un día no muy lejano, la mierda golpearía el ventilador, y él se encontraría de pie justo en frente de él. No era un cuadro bonito.

—John.

La voz de su esposa se oyó detrás de él cuando salió al jardín.

—¿Acaso no pagaste la factura de la tarjeta de crédito el mes pasado?

Se volvió hacia ella y la vio sosteniendo la factura en sus manos. Se veía más que molesta.

—Por supuesto que sí. Siempre lo hago.

¿Había él pagado? No podía recordar si había tenido suficiente dinero el mes anterior.

—¿Entonces por qué nos están cobrando un cargo por financiamiento y el interés en este caso? ¡Eso no puede estar bien! Voy a llamarlos.

John le arrebató la factura de las manos.

—Yo me ocuparé de esto. Estoy seguro de que es un error administrativo. Yo les llamo a primera hora de la mañana.

—Bien, porque odio cuando estas empresas de tarjetas de crédito engañan a la gente honesta como nosotros. ¡Es terrible!

La vio volver a la casa y se pasó las manos por el pelo. ¿Cuánto tiempo podría seguir con esto? Oyó a su hijo más pequeño haciendo alboroto. Si no tuviera niños por los cuales preocuparse, él y su esposa sólo huirían fuera de la ciudad. Pero con dos niños a cuestas, ¿hasta dónde llegarían? Y además, ¿quién estaría seguro que incluso Karen vendría con él, una vez que ella supiera en los problemas que se había metido?

8

Samson sacó un condón de la caja y lo puso en el bolsillo de su bata de baño, antes de volver con Delilah.

—¿Quieres que haga qué? — Una sonrisa se estaba formando en su rostro. A él le gustaba su sugerencia. De hecho, le gustaba mucho.

—Atrápame, y si lo haces, tal vez te dejaré arrancar mi bata.

Ella se rio y se lanzó sobre la cama y hacia el otro lado. Llevaba una larga bata de seda de color verde oscuro que le había prestado. Era demasiado larga para ella y presentaba un peligro de tropiezo. No es que él necesitara la injusta ventaja que tenía sobre ella.

—Va a ser una corta persecución—, Samson le advirtió sin malicia. —Y yo, siempre gano.

—Soy rápida.

Maldita sea, era linda. Y juguetona.

—Yo soy más rápido—, dijo Samson.

Sin esfuerzo saltó por encima de la cama, mientras la veía escaparse alrededor del sillón y luego correr sobre las almohadas en el suelo, delante de la chimenea. Él tomó un camino diferente, pero se tomó su tiempo. No quería que la caza se terminara demasiado pronto. Siempre se mantuvo dos pasos detrás de ella, asegurándose de que estaba casi al alcance, pero dándole la sensación que podría escaparse si quería.

Su risa llenó la sala que, durante demasiado tiempo, no había visto ni escuchado ninguna sonrisa, ni hablar de los ecos de la voz embriagadora de Delilah.

Delilah rodeó la silla de nuevo y Samson se detuvo justo enfrente de ella. Ella hizo una indicación a la derecha, pero luego viró a la izquierda. Saltó sobre el diván, como si fuera un obstáculo, y él tenía que admirar su agilidad. La forma en que podía estirar las piernas, podría resultar útil con el tiempo. Podía pensar en más de un uso para su flexibilidad: cómo sus largas y bien torneadas piernas se envolverían alrededor de él, cómo las levantaría hasta los hombros. Su pene se puso rígido sólo con pensarlo.

Samson se humedeció los labios y fue tras ella, mientras se dirigía de un salto hacia la cama. Ahí era exactamente donde él la quería. Se apoderó de sus tobillos y tiró de ella hacia abajo, haciéndola caer de cara hacia adelante en las almohadas blandas, casi sacándole el aire.

—Te tengo.

Saltó a la cama como un tigre capturando a su presa, sujetándola debajo de él. —He venido a reclamar mi premio.

Él le movió el cabello a un lado para revelar su cuello y cara. Ella respiraba agitadamente. Al darse cuenta de que probablemente estaba aplastando su diafragma con su peso, rodó a su lado, tirando de ella. Cuidadosamente acomodó su trasero bonito en su ingle y moldeó su pecho a la espalda de ella. Le gustaba jugar con ella, pero nunca había sido del tipo juguetón. Nunca había tenido un cuerpo de mujer con el cual se sintiera tan bien. Tenía que ser el hecho, que había estado tan privado de sexo.

—Te dejé ganar—, insistió Delilah, todavía sin aliento.

—He ganado justamente—. Samson sonrió mientras le movía la bata de seda a un lado, dejando al descubierto sus piernas.

¿Cómo podía una mujer pequeña como ella, tener las piernas tan largas? Dejó que su mano corriera por su suave muslo, admirando su forma perfecta.

—¿Qué quieres? —, ella preguntó.

Era claro y simple. —Tú.

—Ya me tienes—. ¿Se dio cuenta de lo que estaba admitiéndole?

Apartó la bata de sus hombros. —Así que, ¿todo esto es mío?

La palabra *mío*, se hundió muy lento en el pecho de él, sintiéndose muy bien mientras presionaba sus labios en su hombro. Sin sacar sus colmillos, sus dientes rasparon su piel. La sintió estremecerse.

—¿Sabías que un león muerde a la leona durante el apareamiento, para reclamarla como suya?

La idea de reclamarla pasó a través de su mente, como una bala rebotando en un pequeño espacio.

—¿Es eso lo que estás tratando de hacer? — Ella no se apartó.

—No me tientes, o yo podría hacer lo que un león haría.

Samson tenía que dejar de mirar a su cuello, donde la arteria latía bajo la piel. La única manera de olvidar la sangre que fluía por sus venas, era satisfacer otra hambre, que hacia palpitar su pene sin control.

—¿Quién dice que te detendría?

Samson suspiró ante la idea tentadora, antes de deslizar su vestido más abajo y quitárselo en cuestión de segundos. Se quitó rápidamente su bata de baño y la acercó hacia su pecho. Su trasero dulce alineado perfectamente con su pene duro.

Si alguna vez había visto a una mujer con el trasero más perfecto, se llamaba Delilah. Sólo mirarla, sabiendo que en pocos segundos podría sumergirse en ella mientras disfrutaba de la vista de esas deliciosas nalgas redondas, lo llenaba de deseo.

Buscó a tientas el condón y se lo puso. —Nunca había estado tan duro en mi vida como contigo—. Tan constantemente duro y deseoso.

—¿Algo que pueda hacer por ti?

Samson se empujó entre sus piernas, sintiendo su entrada y empujó su pene completo dentro de ella. —Sí—, gimió en voz alta. —Puedes dejarme que te coja hasta la salida del sol.

O más.

Delilah levantó sus rodillas más alto para darle un mejor acceso, y él le agarró las caderas y presionó más fuerte. Ella estaba tan mojada, que sin esfuerzo se deslizaba adentro y afuera a pesar de su tamaño. Desde su posición por detrás, él tenía el control total sobre ella. Era vulnerable, y sin embargo todo lo que podía oír eran sus sonidos de placer, gemidos escapaban de sus labios con cada embestida que hacía. Era como música para sus oídos. Un concierto de sonidos mágicos, parecían apaciguar a su cuerpo en una forma, que ningún otro sonido lo había hecho antes.

Ella mostraba en su rostro signos de éxtasis, su respiración era corta y fuerte, su flexible cuerpo respondía.

—Dame más.

¿Más? ¿Esta mujer humana quería que la cogiera más fuerte? La podría romper. No debería hacerlo. Era demasiado peligroso.

—Más—, le rogó nuevamente, hasta que él ya no pudo contenerse.

Sintió que sus colmillos salían, y su cuerpo se endurecía. Su ser vampiro quería cogerla. Demonios, se había estado conteniendo por tanto tiempo, no tenía ni la voluntad ni el control de sí mismo para detener la transformación. Ella quería ser cogida. ¿Qué estaba esperando, otra invitación?

No podía dejarla que lo viera así, no, no, con sus colmillos extendidos y los ojos brillantes de color rojo. Ella se asustaría si lo viera así. Su mano fue en busca del amplio cinturón de seda de su bata. Lo encontró y lo jaló hacia arriba.

—Cierra los ojos y voy a cumplir todos sus deseos—, trató de controlar su voz y puso el cinturón por encima de sus ojos.

Ella se sorprendió al principio, pero para su sorpresa le permitió continuar atando el nudo detrás de la cabeza.

—No voy a hacerte daño, te lo prometo.

—Lo sé.

Es incomprensible por qué Delilah confiaba en él. Pero sabía que lo hacía. Podía sentirlo.

Samson le dio un último empuje desde atrás antes de salirse de ella. Entonces él le dio vuelta sobre su espalda y se bajó hacia ella, centrándose.

—Delilah, dulzura, envuelve tus piernas alrededor de mí.

Se sumergió en ella y la montó fuerte, más fuerte de lo que lo había hecho antes, más fuerte de lo que debería con un ser humano. Maldición, no debería tener relaciones sexuales con un ser humano en primer lugar. Demasiado tarde. Ya estaba en lo profundo, literal y figurativamente. Y él no iba a parar, no. Parar ahora, cuando él tenía todo lo que quería, no era una opción. ¿Renunciar a hacer sus cuerpos zumbar de placer? No. Ningún hombre puede y menos un vampiro. Estaba siendo controlado por sus deseos, era más un animal que un ser humano.

Sus colmillos anhelaban su cuello y la sangre que prometía bajo su pálida piel. La piel tan vulnerable, tan frágil, tan deliciosa. Se sumergió con su aroma de lavanda y sabía lo que necesitaba, pero no podía conseguirlo. No podía besarla, no ahora, no con sus colmillos extendidos. ¡Maldita sea!

Sus músculos estaban tan apretados alrededor de su pene que Samson sabía que lo ordeñaría en cualquier momento. Sabía que estaría arrancando el maldito condón en pedazos cuando lo hiciera, pero no le importaba. No podía contenerse más.

—Oh, Dios, sí.

Delilah recibía cada uno de sus empujes, con una reacción igual de poderosa, golpeando sus cuerpos juntos con tanta fuerza, que pensó que se rompería en pedazos. Sin embargo, siguió atravesándola con su pene duro, llenando su vagina apretada perfectamente.

Entonces, de repente sintió que sus músculos lo apretaron más fuerte, mientras se venía, tan inesperado para que él pudiera parar el acercamiento de su propio clímax. Literalmente, podía sentir las olas a través del cuerpo de ella. En un efecto dominó, iniciaron lo que parecía ser dinamita en sus propias células, haciéndolo estallar con la fuerza de una bomba atómica. Su cabeza giró hacia su cuello, con sus colmillos dispuestos a rasgar sus venas y beber su sangre.

¡Tómala! ¡Es tuya!

En el último segundo, giró su cabeza hacia la otra dirección y hundió los colmillos en la almohada cuando se derrumbó encima de ella.

Samson exhaló en gran medida, una, dos, tres veces. Casi la había mordido, casi. Esto se estaba volviendo demasiado peligroso para ella. Sin embargo, al mismo tiempo, sabía que no podía parar. Necesitaba más de ella, y no quedaban suficientes horas en la noche para verdaderamente llegar a saciarse de ella.

Sintió cuando se sacaba la venda y se volvía su cabeza, pero mantuvo su cara hundida en la almohada. Poco a poco sus colmillos retrocedieron hacia sus encías, y podía sentir disminuir la tensión en su mandíbula.

—Así que, te me estabas conteniendo la primera vez—, dijo ella, jadeando tan fuerte como él.

Samson levantó la cabeza, sabiendo que sus colmillos se habían retirado por completo, y el resplandor rojo en sus ojos había desaparecido. Él sería completamente normal con ella de nuevo o tan normal, como *pudiera* verse después del orgasmo más explosivo hasta la fecha. Estaba seguro de que tenía una estúpida sonrisa pegada en su rostro. El tipo de sonrisa que tendría un muchacho de 15 años después de su primera relación sexual.

—Me vas a maldecir mañana cuando veas todos los moretones que te dejé. Eres tan frágil.

—No soy más frágil que cualquier otra mujer.

Pero mucho más frágil que una mujer vampiro.

Y sabes mucho mejor.

Sus labios le hacían señas, y él no pudo resistirse. La besó con ternura, capturando su labio superior y chupándolo suavemente hacia su boca.

—Me sorprendes. Siento como si fueras dos personas diferentes, una salvaje y una tierna.

—Mm.

Ella no tenía ni idea de cuán precisa era su evaluación, por lo que, en lugar de responder a ella, Samson decidió mostrarle su ser tierno y continuar su beso.

Cuando finalmente se salió de ella, se dio cuenta de que había acertado.

—Me temo que el preservativo no sobrevivió—. Él se deshizo del objeto dañado.

Delilah se estremeció. —¡Ay, no!

Le puso su mano bajo la barbilla y la hizo mirarlo. —Dulzura, no quiero que te preocupes por eso. No puedo dejarte embarazada, y te garantizo, estoy completamente sano.

Su próxima reacción lo sorprendió.

—¿No puedes tener hijos?

Él pensó que podía detectar decepción en su voz, pero tenía que estar equivocado.

—Oh—. Inclinó la cabeza-contra su pecho.

—¿Estás cansada? Tuvo la repentina urgencia de cambiar el tema.

—No en realidad. No he podido dormir mucho en estos días. He tenido insomnio desde que llegué a San Francisco.

—¿Insomnio?

—Sí, es extraño. No he podido dormir por la noche, y luego durante el día, estoy completamente agotada.

—¿Has tenido esto antes? — Samson gentilmente le acariciaba el pelo.

—No. Soy el tipo de persona que puede dormir en cualquier lugar y en todas partes. Ponme en la parte trasera de un coche, empieza a conducir, y me dormiré.

—Entonces, ¿qué es lo que te ha estado manteniendo despierta? ¿Demasiado trabajo?

Delilah negó con la cabeza, antes de que ella se apoyara de nuevo en su pecho.

—No. El trabajo está normal, como siempre. Sólo algunas pesadillas. Nada importante.

Samson se preguntó qué clase de pesadillas una mujer como ella podía estar teniendo.

—¿Monstruos?

—Nada importante. Sólo cosas extrañas. Yo habría jurado que soñé con esta casa la noche antes de que te conociera. Pero fue, probablemente, nada. Quiero decir, hay tantas casas victorianas en la ciudad, y por la noche en realidad, todas son muy similares.

Las manos de ella sobre su estómago, lo acariciaban distraídamente, le gustó como se sentía. Íntimo, personal, bueno.

—¿Crees que soñaste con esta casa? ¿Y era una pesadilla? Como un hombre, eso no suena como algo que quisiera escuchar de la mujer en mis brazos. ¿Qué pasó en la pesadilla? Espero que yo no haya estado en ella.

Ella le dio una suave palmada en su brazo. —Por supuesto que no. Probablemente no era ni siquiera tu casa. Podría haber sido cualquier casa victoriana.

—Así que, ¿qué sucedió en esa victoriana? — Estaba curioso acerca de su sueño.

—Yo no estaba en el interior. Corrí hacia ella, porque alguien me seguía.

—¿Al igual que la otra noche?

Sintió cómo ella contenía la respiración por unos segundos.

—Sí. Al igual que la otra noche—. Delilah hizo una pausa por un momento. —Estoy segura de que no es nada. Es probable que sea sólo que estoy durmiendo en una cama desconocida. Ella se encogió de hombros.

Él no la presionó. —Bueno, ya que ésta también es una cama desconocida, creo que voy a tener que mantenerte entretenida entonces—. Sonrió Samson. —Tal vez hasta te pueda cansar lo suficiente para que puedas dormir.

—Debería darte un pequeño descanso para que te recuperes—. Él le tomó la mano y la llevó a su erección.

—No es necesario.

Se asomó por sobre su brazo y lo miró. —No entiendo esto. ¿Cómo es posible que estés duro otra vez? Sólo han pasado dos minutos desde que me has hecho el amor.

Él alzó las manos. —Créeme, esto es nuevo para mí también.

Tal vez no del todo nuevo. Como un vampiro, él tenía mucha más resistencia que un macho humano. Pero, sin embargo, era inusual para él.

—Sólo tengo que estar en la misma habitación contigo, y tengo una erección. No es exactamente algo que pueda controlar.

Había captado el hecho de que lo había llamado hacer el amor, en lugar de llamarlo solo sexo. ¿Era eso lo que ella sentía, que le había hecho el amor? ¿Era él capaz de hacer el amor? Eso implicaría más que el aspecto físico de unir cuerpos: significaría emociones involucradas.

—No me estoy quejando; me sorprende—, le sonrió Delilah mientras suavemente pasaba el dedo por su pene.

—Por lo que sé, has puesto un hechizo sobre mí.

La miró a los ojos y trató de entender por qué él reaccionaba a su cuerpo como lo hacía. ¿Por qué no se cansaba de ella y la quería tan pronto?

Después de varias horas y más sesiones de hacer el amor, Delilah, finalmente parecía tener sueño.

—Dulzura, cuando te despiertes por la mañana, no voy a estar aquí.

—¿Por qué no? — parecía decepcionada por el hecho de que no iba a despertar con ella. Y a él le hubiera gustado.

—Yo tengo reuniones todo el día y tengo que marcharme pronto—, mintió Samson. —Pero te veré cuando regrese por la noche. Le diré a Oliver que se haga cargo de ti mañana.

—¿Qué se ocupe de mí?

—Él va a ser tu guardaespaldas durante el día.

—Yo no necesito un guardaespaldas—, protestó ella y bostezó. —Eso es realmente una exageración.

—Has sido atacada dos veces. Creo que no puedes ser lo suficientemente cuidadosa.

—No soy una especie de celebridad que necesita un guardaespaldas. Puedo cuidar de mí misma.

Su voz había adquirido un tono más duro de lo que la había oído hablar antes. ¿Por qué se resiste a su oferta?

—No puedo estar contigo durante el día, y no voy a ser capaz de concentrarme en nada, si no puedo estar seguro de que estás a salvo. Ese matón todavía está por ahí, y él lo intentará nuevamente si tiene la oportunidad.

—Samson, no puedes hacerte cargo de mi vida así. Era capaz de cuidar de mí misma hasta hace dos días. Realmente no lo necesito.

Ella parecía inflexible en su negativa. Allí estaba otra vez, el problema de control que tenía. Como auditora, ella quería controlar todos los aspectos de su vida. Excepto tal vez en el sexo. Ella le había dado el control de eso, y él lo había tragado como un hombre hambriento.

Pero cuando se trataba de todo lo demás, parecía que no quería cederle el control ni a él, ni a nadie más, y discutir con ella no iba a funcionar.

—Por favor, Delilah. Hazlo por mí.

—Samson, eso es realmente ridículo. Yo no necesito un guardaespaldas.

Delilah no iba a ganar este argumento, no, si él podía evitarlo. De cualquier manera, Oliver la protegería mañana, aunque tuviera que obligarla a aceptar y utilizar el control mental para lograrlo. Pero prefería no utilizar una medida tan drástica.

—¿Qué pasaría si tú estuvieras en mis zapatos?

Ella abrió los ojos. —Eso no es justo.

—¿Quién dice que estoy siendo justo? ¿Qué pasaría si fuera yo, el que estuviera en peligro? Yo esperaría que tú quisieras que estuviera seguro, a menos que, por supuesto, no te importara lo que me pasara a mí.

Cuando Samson la miró a la cara y notó que su ceño se fruncía, sabía que le había ganado.

—Está bien, pero tengo que ir a trabajar.

Saludó a su concesión con un beso. —Ni siquiera te darás cuenta de que está ahí.

—Sí, claro.

Momentos después, ella se acurrucó en su pecho, y sus párpados cayeron cerrados. Samson no podía dormir todavía. Su cuerpo no estaba lo suficientemente cansado a pesar de la actividad física que había conseguido. Echó un vistazo a la caja de preservativos medio vacía. Había seguido usándolos a pesar de que se había arrancado uno de ellos y, a pesar del hecho, de que ya le había asegurado que no tenía nada de qué preocuparse.

A él le hubiera gustado mucho más *al natural* para conseguir una sensación más intensa en su cuerpo. Tal vez mañana por la noche. Sabía que tenía que haber una noche siguiente. Estaba muy lejos de terminar con ella. El Dr. Drake se había equivocado cuando pensó que tener sexo con ella lo convertiría de nuevo en su antiguo ser. No lo había hecho. Sí, sus problemas de erección se habían ido, pero ahora tenía un problema completamente diferente en sus manos: se estaba volviendo adicto a ella.

Mientras miraba el cuerpo dormido de Delilah, sintió la necesidad de capturar la imagen ante él. Su cabello oscuro se desplegaba sobre la almohada, su palma estaba hacia arriba, la vena palpitante en su muñeca, sus senos asentados en su pecho, elevándose con cada aliento que tomaba.

Sacó su cuaderno de bocetos de su escritorio y comenzó a dibujarla.

Samson amaba dibujar desde que era niño. Había tenido una educación privilegiada en una de las mejores familias de Inglaterra. Sus padres habían sido apasionados por las artes y lo habían alentado, incluso cuando era un niño, a seguir sus pasiones.

Siempre habían pensado que sería un artista cuando creciera, pero por desgracia su padre hizo algunas inversiones imprudentes, y de repente la familia se había quedado sin un centavo. ¿Qué podía hacer un hombre joven con una educación artística, para ganar dinero? Nada. Su única posibilidad era juntar lo que pudiese y embarcarse al Nuevo Mundo. Había informes de que jóvenes emprendedores, podían hacer una fortuna en América, y él no tenía nada que perder.

Dejar a sus padres atrás fue desgarrador, pero la esperanza de Samson era volver siendo un hombre rico para hacerse cargo de ellos de la misma forma en que habían cuidado de él cuando era un niño. Nunca pensó que la última vez que fuese a verlos, sería cuando se despidieron de él, al subir a la embarcación.

Sin poder decir que tenía algún tipo de habilidad, le resultó difícil encontrar un empleo, hasta que la esposa aburrida de un oficial británico, lo contrató como profesor particular para instruir a sus hijos. No era la única cosa que ella esperaba que él hiciera. Cada vez que su marido estaba fuera, se metía en la recámara de

Samson y solicitaba sus servicios sexuales. Como un hombre joven con poca experiencia, apreciaba las instrucciones en el arte carnal que la mujer estaba dispuesta a proporcionarle. Era un estudiante sobresaliente.

Con un apetito sexual muy saludable, no parecía haber nada malo en lo que estaba haciendo. De alguna forma se corrió la voz entre las esposas aburridas de la zona, y las ofertas de empleo comenzaron a inundarlo, de repente todo el mundo quería a sus hijos instruidos en las artes; y sus necesidades sexuales se requerían por la noche.

Él no había tenido ningún reparo en ello, y finalmente había tenido opciones. Hasta que un día, quedó una sola opción en su vida, sólo una decisión más que tomar. Su nombre era Elizabeth ...

El día en que se dio cuenta que estaba enamorado de ella, llegó la lluvia y finalmente se enfrió el aire húmedo. Samson abrió la puerta del establo, para cubrirse a sí mismo y a su caballo de la lluvia.

Se sacudió el agua del pelo, mientras permitía que sus ojos se acostumbraran a la penumbra en el granero. Un gemido débil le hizo dar vuelta. Allí, acurrucada en la esquina, estaba Elizabeth, la bella hija de diecisiete años de su último empleador.

—Elizabeth. ¿Qué estás haciendo aquí, en este clima?

Soltó las riendas del caballo y se dirigió a ella. Cuando ella lo miró, se dio cuenta de que estaba llorando. Instintivamente, se arrodilló y la acercó hacia sus brazos.

—¿Qué pasa?

—Ay, Samson—, lamentó. —¡Estoy a punto de casarme, dentro de dos semanas!

¡No! No Elizabeth, no la mujer que quería para sí mismo.

—¿Quién te dijo eso?

—Mi padre lo ha anunciado hoy. Ha elegido a Fitzwilliam Herman para mí. Samson, por favor, ayúdame, no puedo casarme con ese hombre. Es viejo, feo, huele mal. No me gusta.

Él le acarició el pelo muy rubio, y luego le puso su mano debajo de la barbilla para hacerla que lo viera. Sus ojos estaban hinchados, inflamados, de las lágrimas que ella había derramado durante horas.

—Elizabeth, ¿confías en mí?

Ella asintió con la cabeza.

—Sé que este día no es como lo hubieras imaginado. Y este no es el lugar adecuado para ello—. Miró a su alrededor en el establo. —Pero no tengo muchas opciones. No puedo dejar que te cases con Herman. Porque te amo.

Los ojos de ella se abrieron.

—Y no lo voy a permitir. Por favor, cásate conmigo. Nos iremos esta noche. Vamos a ocultarnos. Vamos a encontrar un lugar donde podamos estar juntos.

Su respuesta fue inmediata. —Oh, sí, Samson. Llévame lejos de aquí.

Y luego la besó. Por primera vez besaba a la mujer por la que secretamente había estado suspirando desde hace meses. La mujer de la que estaba perdidamente enamorado sin remedio, porque sabía que sus padres no lo aprobarían. Todo esto no importaba ahora, tenía que actuar. Perderla con otro hombre, no era una opción.

Sus labios eran suaves y dulces. Su Elizabeth era pura, decente, no como muchas mujeres casadas, que buscaban su cama.

—Nos iremos esta noche. Empaca sólo lo que podamos llevar en un caballo. Te estaré esperando aquí a medianoche. Ten cuidado—, le advirtió. —No le digas a nadie.

La besó de nuevo, no pudiendo conseguir lo suficiente de su dulce sabor.

—Estaré aquí.

Ella fue a la puerta del establo y se volvió una vez más. —Te quiero.

Las horas hasta la medianoche parecían ser más largas de lo que deberían ser. Samson estaba nervioso. ¿Y si ella había cambiado de idea? Escaparse con él, un hombre sin dinero, sin perspectivas, no podía ser lo que una rica heredera como ella quisiera.

Cuando las campanas de la iglesia cercana, resonaban las doce campanadas de la medianoche, estaba listo para volver a su habitación. Elizabeth no vendría. Ella estaría durmiendo en su cama tibia, llorando, tal vez, pero se quedaría y haría lo que sus padres querían.

Un sonido le hizo volverse. Ella estaba cubierta con una capa negra, una bolsa pequeña en la mano. Elizabeth. Ella era suya. Samson le tomó entre sus brazos y la besó. Sus labios borraron todas sus dudas. Su futuro era incierto, pero su vida era perfecta. La mujer que amaba estaba dispuesta a darlo todo para estar con él.

Los caballos estaban ensillados y listos. Sólo cabalgaron durante una hora antes de que fueran atacados. Tres hombres cayeron sobre ellos, saliendo de la nada. Todo sucedió muy rápido, no hubo tiempo para escapar.

El caballo de Samson cayó en primer lugar, su garganta partida. Él ni siquiera había visto el golpe o lo que lo había golpeado. En el momento en que se liberó de su caballo para no ser aplastado por él, escuchó los gritos de horror de Elizabeth.

Lo que vio no podía estar sucediendo. ¡No era real! ¡No era posible! Uno de los hombres bebía de su garganta. Su sangre. Sus dientes estaban prendidos en su garganta.

Samson luchó contra los otros dos, pero no tenía ninguna posibilidad. No podía llegar a ella, no podía ayudarla. Le había prometido mantenerla a salvo. Había fallado.

Si no podía salvarla, él iba a morir vengándola. Con más ferocidad de lo que él sabía que poseía, luchó, con uñas y dientes.

Sentía colmillos clavándose en su brazo, sentía la sangre salir de él. Sin embargo, no se dio por vencido. Lanzó una última mirada al cadáver de Elizabeth, entonces mordió la oreja del hombre y la escupió. El sabor de la sangre del atacante, en su boca, era metálico. Era lo último que recordaba.

Se despertó en un cobertizo al día siguiente. ¿Cómo había llegado hasta allí?, realmente no lo sabía.

Para su sorpresa, las heridas que los hombres le habían hecho se habían ido, pero cuando abrió la puerta, un rayo de sol le tocó el brazo, la sensación de ardor le hizo retroceder y retirarse.

Fue el momento en que sabía que había sido condenado a una vida como un vampiro, nada más tenía sentido.

Uno de los chicos malos.

Castigado por sus pecados de adulterio y libertinaje.

Más allá de la redención.

~ ~ ~

Samson terminó su dibujo. Había usado sus habilidades de dibujo en los últimos años, sobre todo para transmitir información a sus asociados, a fin de ayudarlos a detener a individuos peligrosos. Su arte se había ido por otro camino, pero dibujar a Delilah, le recordó lo que amaba hacer. Ella era la musa perfecta. Miró a su bella durmiente y plantó besos pequeños en su cuello y hombros. Sus ojos miraron el reloj: el sol saldría en unos pocos minutos.

—Me tengo que ir, dulzura—, le susurró.

Ella no se despertó. Guardó su cuaderno de dibujo en su escritorio.

Samson recogió su bata y se vistió, luego lentamente dejó su habitación. Normalmente dormía en su cama con las cortinas corridas, pero como ella estaba ahí, no podía arriesgarse a que ella se diera cuenta de ciertas cosas extrañas cuando se despertara. Por una vez, sería difícil, sino imposible, despertarlo una vez que estuviera dormido. Y si ella se atreviese a abrir las cortinas para que el sol entrara, su piel se freiría.

En silencio bajó las escaleras. Había construido un cuarto seguro en la parte trasera de la casa, detrás del garaje, donde permanecía durante las emergencias. La habitación estaba equipada con todo lo que necesitaba: suficiente sangre para durarle varios días, una cama, y equipos de comunicación.

Samson cerró la puerta desde el interior y se dejó caer sobre la cama. Envió inmediatamente un mensaje de texto a Carl para comunicarle dónde estaba, y a Oliver para instruirle que cuidara a Delilah durante el día. Ignoró el mensaje que

Ricky le había enviado, que necesitaba hablar con él. Podía esperar. Entonces su cabeza tocó la almohada, y el sueño lo reclamó.

9

En forma de gotas constantes, la sangre goteaba de sus dedos.

Ploc, ploc.

Un pequeño charco se formó en el suelo de baldosas. Alguien la estaba mirando, pero no era capaz de levantar la cabeza. En cambio, seguía mirando su mano.

Ploc, ploc.

Una cabeza de pelo oscuro se veía pasar en su visión periférica. Se inclinó sobre su mano. No podía verle la cara, pero ella lo escuchó inhalar con fuerza. ¿Oliendo su mano?

Trató de retirarla, pero se sintió paralizada. Vio la lengua de color rosa, antes de sentirla ... lamiéndola. Lamiendo la sangre de su mano. Provocando un hormigueo agradable.

Delilah abrió sus ojos de una vez y dejó escapar unos cuantos respiros profundos.

Otro sueño raro.

Ella lo apartó para hacer espacio a otros recuerdos mucho más deliciosos.

Acurrucándose de nuevo en las sábanas, se sumergió en su olor masculino y sexy. Samson se fue como había dicho, pero todavía podía sentir su piel en la suya, saborearlo, olerlo. Nunca había tenido una noche como la anterior.

Sin remordimientos, le había dado el control a él, un completo desconocido, y había disfrutado de cada segundo de ello. De hecho, había sido liberador dejarse llevar, sabiendo que él no la dejaría caer. La habría sostenido en todo momento.

Se sentó y miró a su alrededor. Pesadas y oscuras cortinas obstruían la vista desde las ventanas. Delilah sonrió. A alguien no le gustaba la mañana.

Saltó de la cama y abrió una de las cortinas. Afuera estaba brillante. Volvió la cabeza y miró el antiguo reloj sobre la repisa de la chimenea: ¿Once y media? ¿Cómo podía haber dormido hasta las 11:30? El hecho de que ella había tenido sexo salvaje y apasionado con Samson la mayor parte de la noche, por lo menos media docena de veces, probablemente tenía algo que ver con eso.

Era obvio que había necesitado el sueño para recuperarse. Menos mal que, como contratista independiente, podría establecer su propio horario. Sólo tendría que trabajar un poco más tarde esta noche, para compensarlo.

A toda prisa, Delilah se dirigió al baño y se metió en la ducha. Mientras tomó el jabón y enjabonó su piel, no podía dejar de pensar en los acontecimientos de la noche anterior. ¡Todo parecía tan irreal! Nunca había conocido a un hombre que podía ser tan apasionado y al mismo tiempo tan tierno, y completa y absolutamente insaciable. Sintió su hambre y había desarrollado su propio deseo por él muy rápidamente.

Nunca se había reído tanto con un hombre en la cama y había descubierto cuán juguetón era realmente. Aunque ella sabía exactamente lo que le gustaba en la cama, lo que lo excitaba y lo que lo hacía absolutamente salvaje, todavía no tenía idea de quién era o de lo que hacía. Le había dicho que iba a tener reuniones de negocios durante todo el día, así que supuso que era una especie de gerente corporativo o director. No es que importara. Siempre y cuando no tuviera una esposa que saliera de la nada, no le importaba lo que hacía.

Delilah sabía que no debía husmear, pero una vez que se había secado y envuelto en una bata, pensó que explorar un poco, no haría daño. Si la había dejado sola en su casa, seguramente no tenía ningún esqueleto en el armario que no quería que ella se encontrara. Samson prácticamente la había invitado a que se sintiera como en casa. Y eso era exactamente lo que iba a hacer.

¿Qué mejor manera de hacerse sentir como en su casa, que abrir algunos cajones y armarios? Si no quería que algo fuera encontrado, probablemente estaría bajo llave de todos modos. No hacía ningún daño. Habiendo justificado sus acciones lo suficiente a sí misma, se paseó por su habitación.

Su generoso vestidor, estaba lleno de un vestuario típico de un hombre bien acomodado, a excepción de la elección de su color. Donde la mayoría de los hombres tendrían trajes grises, azul marino, y cafés, la mayoría de los pantalones y las camisas de Samson eran negras. Delilah pasó la mano sobre las camisetas cuidadosamente apiladas. Estaba segura de que se veía totalmente sexy de negro. Con un suspiro, cerró las puertas del vestidor.

Las mesitas de noche no dieron ninguna información importante. Había novelas y libros de arte. Nada realmente revelador acerca de él. Echó un vistazo al pequeño escritorio de madera en una esquina de la habitación. Utensilios de escritura, libros antiguos y un bloc de papel, estaban puestos sobre él.

Delilah movió el bloc de papel para ver las cubiertas de los libros, cuando una hoja de papel se deslizó fuera de él, lo que reconoció como un cuaderno de dibujo. Fascinada, la sacó por completo. Era un dibujo de una mujer, una mujer desnuda en la cama. Ella parpadeó y se reconoció a sí misma. Mientras ella dormía, ¡Él la había dibujado!

La imagen era hermosa. Sabía que no era tan hermosa como la había dibujado. Había pasado por alto completamente las caderas un poco gorditas y los kilos de más que llevaba en su vientre. Y de ninguna manera eran sus muslos así de delgados. Pero la mujer de la foto era ella claramente, sin embargo, la había dibujado hermosa y perfecta. ¿Era así como Samson la veía? ¿O cómo él quería que fuera?

Una punzada de inseguridad la golpeó. ¿Acaso él dibujaba a todas las mujeres con las que se había acostado? Ella no era tan ingenua como para pensar que era la única. Una mirada a través del bloc, no reveló otras imágenes. Tal vez él las descartaba cuando había terminado con una mujer. Era mejor no pensar en ello.

Delilah colocó el dibujo de regreso donde lo había encontrado y se volvió. Su mirada se fijó en la pintura que había admirado la noche anterior. Una imagen brilló delante de sus ojos. Un niño con pelo oscuro dibujando en una hoja de papel en blanco, luego levantándola y entregándosela a una dama elegante que llamó "mamá". El espejismo desapareció tan rápidamente como había aparecido.

Delilah sacudió su cabeza. Definitivamente no había dormido lo suficiente. Pero no podía seguir perdiendo más el tiempo.

Cuando finalmente estuvo vestida, bajó las escaleras. El olor a café impregnaba la casa, y siguió el olor hasta la cocina. ¿Había llegado a casa? Instintivamente ella se sentía culpable por haber curioseado el dormitorio.

—¿Samson? — dijo en voz alta mientras entraba.

La persona de pie delante del fregadero se volvió hacia ella. Era el mismo joven que Samson había enviado con las flores y la invitación al teatro, Oliver.

—Buenos días, señorita Sheridan.

Se tragó su decepción y le sonrió. —Llámame Delilah por favor.

Él asintió con la cabeza y le dio una sonrisa tímida. —Hice café para usted. ¿Crema, azúcar?

—Sólo leche, gracias, Oliver.

Delilah tomó la taza que le entregó, agradecidamente y se sentó en la isla de la cocina. Tomó un sorbo de café caliente y lo miró. Él tenía unos veinte años y parecía estar completamente a gusto con su trabajo. ¿Estaba acostumbrado a cuidar a las amantes de Samson? El pensamiento de que otras mujeres habían estado en su lugar, la hizo sentir incómoda.

—¿Cuánto tiempo ha estado trabajando para Samson?

Necesitaba saber si era una de muchas. Ahora que lo pensaba, su comportamiento era muy tranquilo para que lo de anoche fuera una excepción.

—Tres años. Es un buen jefe.

Si Oliver había estado trabajando para él durante ese tiempo, sin duda sabría sobre cualquier otra mujer. Pero, ¿cómo podría averiguarlo sin ser demasiado obvia?

—Carl me dijo lo que sucedió ayer por la noche fuera del teatro. Tuvo suerte de que estuviera con el Sr. Woodford.

—Él no debería haber tomado ese riesgo. El tipo tenía un arma.

Todavía se estremecía ante la idea de Samson poniéndose en peligro.

—Él sabe cuidarse. Nunca estuvieron en peligro.

Parecía seguro a pesar de que no había estado en la escena.

—Pero podría haberle hecho daño.

Delilah todavía tenía dificultades para sacar la imagen de su mente.

Oliver sonrió. —Le gusta.

El calor bañó sus mejillas, y escondió su cara en la taza de café. —Es un hombre muy agradable.

En lugar de sacarle información a Oliver, él había conseguido información de ella. Esto, obviamente, no estaba funcionando del modo que lo había planeado.

—Entonces, ¿te haces cargo de los asuntos personales del Sr. Woodford?

Oliver le dirigió una mirada extraña, y luego sonrió. —Soy su asistente personal y chofer, y hoy voy a ser su guardaespaldas.

—¿Eres también guardaespaldas de Samson?

—Él no lo necesita. Pero no se preocupe, estoy plenamente capacitado. Yo la protegeré.

—¿Normalmente proteges mujeres para Samson?

Ella tomó otro sorbo de su café y trató de parecer casual, mientras que, en el interior, estaba casi reventando con algo semejante a temor, anticipándose a la respuesta de su pregunta.

—No hay otras mujeres en la vida del señor Woodford.

O era muy leal y secreto, o estaba diciendo la verdad. Trató de leer su cara, pero no podía decir si había mentido o no.

—Le gusta. Él no me hubiese pedido que la protegiera si no fuese así.

Delilah no sabía cómo responder. Se sintió avergonzada por lo transparente que ella parecía ser.

—¿Quiere comer algo? Carl se fue de compras ayer por la noche.

Oliver se acercó al refrigerador y lo abrió. Estaba lleno de arriba a abajo con comida.

—Tal vez sólo un poco de fruta—. Debía comer algo, apenas había cenado la noche anterior, y ya era hora del almuerzo. —Y un poco de pan con mermelada—. De repente Delilah se sintió hambrienta.

—¿Huevos, tocino?

—No debería. Demasiadas calorías—. Ella negó con la mano. Como si necesitara otro par de kilos en sus caderas.

—Estoy seguro de que las quemará en poco tiempo.

Tan pronto como él lo dijo, le dio una mirada de asombro. ¿Todo el mundo sabía lo que había hecho durante toda la noche? Obviamente Carl sabía, y le había dicho a Oliver.

—Lo siento, no quise decir eso. Sólo pensé que era tan delgada de todas formas, que no ganaría mucho peso—, tartamudeó, de repente completamente nervioso. —Usted no va a decirle al señor Woodford, ¿verdad?

¿Tenía miedo de su jefe?

—¿Por qué lo haría? ¿Qué hay de los huevos entonces, y unas tiras de tocino, ¿eh? — Le sonrió para hacerlo sentir a gusto otra vez.

—Gracias—. Él le dio una mirada de agradecimiento y comenzó a cocinar el desayuno. —A veces debería mantener la boca cerrada.

—No te preocupes, no ha pasado nada.

Pero tal vez ahora podría obtener más información acerca de Samson. Se lo debía.

—Cuéntame un poco sobre él.

Oliver vaciló. —El Sr. Woodford es un hombre muy privado.

—Ya veo—. Parecía que iba a permanecer callado sobre su jefe.

Sirvió el desayuno, y ella empezó a comer en silencio. Comida era lo que necesitaba, para obtener su energía nuevamente.

—Es un buen hombre. Usted va a ser buena para él, necesita a alguien como usted.

Sus oídos se agudizaron. —¿Qué quieres decir?

Oliver no la conocía. ¿Cómo sabía si sería buena para Samson?

—Lo siento, ya he dicho demasiado.

Volvió en silencio a limpiar la barra. Delilah se dio cuenta de las grandes grietas en el granito, como si alguien lo hubiera golpeado con un martillo.

—¿Qué pasó ahí?

Oliver se estremeció. —Material defectuoso. Se agrietó cuando se produjo un pequeño terremoto. Ya llamé para reemplazarla.

Media hora más tarde, Delilah se sentó en la parte posterior de la limusina, con Oliver conduciendo hacia el distrito financiero. Cuando se acercaron al edificio en el que trabajaba, se volvió hacia ella.

—Voy a tener que ver dónde puedo estacionarme. ¿Para qué empresa trabaja usted?

—Scanguards. Es en el vigésimo piso. Podemos encontrarnos arriba, si necesitas buscar un lugar donde estacionarte.

Oliver levantó las cejas, luego se dirigió directamente al estacionamiento del edificio.

—Eso no va a ser necesario.

Lo dejaron pasar cuando presentó al guardia de seguridad una tarjeta de identificación. El guardia le murmuró algo a Oliver, que Delilah no pudo entender y señaló hacia una zona de estacionamientos vacíos. Puso el coche en uno marcado "Scanguards".

Cuando llegaron a su piso de destino y entraron en el vestíbulo, la recepcionista saludó con una sonrisa.

—Buenas tardes, señorita Sheridan.

—Buenas tardes, Kathy.

Como Oliver la seguía, Kathy lo detuvo. —Perdone por favor, ¿y usted a quién viene a ver?

Oliver se volvió. —Estoy con la señorita Sheridan.

Ella le dio una mirada a Delilah.

—Sí, él viene conmigo.

—¿Podría por favor firmar? — Señaló Kathy para el libro de visitas con un bolígrafo, y Oliver cumplió.

Ella le sonrió cuando él le devolvió el bolígrafo después de la firma. —Pase adelante.

Delilah se acercó al escritorio que la empresa había destinado para ella. Tan pronto como llegó, Oliver la siguió muy de cerca, ella atrapó a John mirándola. Él miró a través del vidrio de su oficina privada, aparentemente sorprendido de verla. De inmediato se dirigió a su encuentro.

—Me preguntaba qué había sucedido—, le dijo John con tono acusatorio.

—No me sentía bien esta mañana—, mintió Delilah. —Todo está bien ahora.

Se sentó y encendió la computadora.

Hasta ahora John pareció darse cuenta de Oliver.

—¿Puedo ayudarlo? — Su tono fue aún más cortante, que cuando él había hablado con ella.

Ella se preguntó si él se había levantado del lado equivocado de la cama, esta mañana.

Oliver sacudió la cabeza. —Estoy aquí con la señorita Sheridan.

No le dio ninguna otra información.

—¿Quién es éste, Delilah?

Ella levantó la vista de su escritorio. —Él está aquí acompañándome.

—¿Discúlpame? No se puede tener todo tipo de extraños entrando y saliendo de la oficina. Me temo que tu novio tendrá que quedarse fuera.

Delilah se mordió el labio. Es evidente que Samson no había pensado en esto. Oliver no podía permanecer a su lado durante todo el día, mientras ella trabajaba. ¿Qué había estado pensando?

—Yo me encargo—, se ofreció Oliver.

~ ~ ~

Sacó una tarjeta de identificación y se la mostró a John. Tan pronto como él la miró, John sintió que la sangre se le iba de su cara y le entregó a Oliver una mirada atónita.

—Está bien—, fue todo lo que pudo decir.

Así que ella había llamado a la caballería y recibió protección desde arriba. ¡Un guardaespaldas de Scanguards! Y uno en el nivel más alto de acceso. Eso significaba que podría obtener acceso a cualquier lugar dentro de la empresa. ¿Cómo había conseguido este tipo de trato preferencial? Sólo era una auditora. Ninguno de los auditores antes había tenido sus propios guardaespaldas asignados. Esto no era bueno.

Cuando Delilah no se había presentado a trabajar a primera hora de la mañana, John ya estaba celebrando, pensando que el hombre al cual estaba en deuda, había hecho un atentado contra su vida después de haber hablado por teléfono con él. Al parecer, ese no era el caso. ¿Qué tan difícil era deshacerse de un auditor?

John sabía que ahora sería prácticamente imposible. Si ella estaba protegida por un guardaespaldas de Scanguards, no había nada que pudiera hacer. Ellos eran los guardaespaldas más capacitados, disponibles en el país. Se rumoreaba que eran incluso, mejor que el Servicio Secreto. Él se encogió ante la idea de tener que decirle al hombre que estaba controlando su vida, que ella había adquirido un guardaespaldas. Él no estaría contento, estaría furioso, y nadie sabía de lo que era capaz.

A menos que él ya supiera.

Cuando John regresaba hacia su oficina, escuchó la voz de Delilah detrás de él.

—¿Has recibido las cajas de las instalaciones de depósito?

—Sí—, le contestó con rabia. —Están en la zona de carga. Haré que las traigan en un momento.

Se le estaba acabando el tiempo. Una vez que revisara todos los documentos de la transacción en las cajas, sabría más allá de cualquier duda, de que él era la persona que estaba robando en la compañía.

~ ~ ~

Delilah no se dio cuenta de la conducta hostil de John e inició sesión en la computadora que tenía a su disposición. Ni siquiera el mal humor de John podría desconcertarla hoy. Se sentía muy bien. Había tenido el mejor sexo de su vida, e incluso con la falta de sueño, no podía frenar sus sentimientos de euforia.

Ella había notado algunas contusiones en su cadera cuando se había levantado, pero decidió que bien valían la pena. Samson era un hombre apasionado. Se dio cuenta de lo mucho que la quería sexualmente, y lo difícil que era para él, controlar su impulso de tomarla por todos los medios que pudo. Cuando cerraba los ojos, todavía podía sentir sus manos sobre ella y su implacable pene conduciéndose dentro. Oh Dios, sí. Su sexo se sentía deliciosamente adolorido esta mañana: un buen recordatorio de la atención que había recibido de las manos de Samson, de su boca y de su pene.

Ella había sentido su fuerza bruta cuando él le había vendado, y aunque a ella no le gustaban normalmente las cosas raras, la había vuelto completamente salvaje. Ninguno de sus antiguos amantes la había atado nunca, ni alguna vez lo había permitido, pero con él, había algo que le intrigaba y la hacía querer más. ¿Encontraría él más juegos sexuales, dispuesto a mostrárselos?

Delilah miró su reloj. No eran ni siquiera las dos, sin embargo, estaba ansiosa de volver a él.

~ ~ ~

Samson despertó de su sueño profundo, tan pronto como el sol se había puesto sobre el Océano Pacífico. Miró el reloj, pero no tenía ninguna prisa para levantarse. Por primera vez en años había soñado, en realidad *soñaba* al estar dormido. Sus sueños se habían sentido como réplicas suaves de su noche con Delilah, reviviendo la pasión que había experimentado con ella.

Ella había hecho una gran impresión en su cuerpo hambriento de sexo. Y él la quería de nuevo. La necesitaba para aliviar el dolor que sentía en su ingle. Ahora.

Revisó sus mensajes antes de regresar hacia arriba. El correo de voz de Ricky parecía más urgente que la noche anterior.

—*Samson, tenemos que hablar. Tan pronto como te levantes.*

Al entrar en su dormitorio, marcó el número de Ricky.

—¿Qué es tan urgente? ¿Hallaste al tipo que nos atacó?

—Thomas está siguiendo una pista. Pero hay algo más.

—Diablos.

—No a través del teléfono. Tenemos que hablar en persona.

Samson miró alrededor de su habitación desierta. Delilah estaba probablemente todavía en el trabajo.

—Está bien. Ven, pero que sea rápido. Delilah debe estar de vuelta pronto, y tengo planes para esta noche—. Los cuales incluían tenerla desnuda en sus brazos, tal vez incluían algunas de sus mejores corbatas de seda.

Desconectó la llamada y arrojó el teléfono en el sillón. En el cuarto de baño se desnudó excepto por sus calzoncillos y agarró su cepillo de dientes.

Todavía podía olerla en su piel. Maldita sea, lo había hecho hambriento de su cuerpo. Él no podía creerlo cuando se dio cuenta de que la había tomado más de media docena de veces. No sabía qué le pasaba. Pero cada vez que pensaba que ya estaba exhausto, un vistazo a su cuerpo atractivo y su hermoso rostro, y su pene había aparecido nuevamente como un resorte rígido.

Ni siquiera con una mujer vampiro, había estado nunca tan activo en una sola noche. Este humano podía aguantar lo suficiente. El fuego y la pasión que vio en Delilah, rivalizaban con la de él, si eso era posible.

Samson se preguntó cuánto tiempo iba a mantener su interés, cuánto tiempo lo mantendría capturado de esta manera. Sí, sentía que ella tenía un poder sobre él, como si alguna fuerza invisible lo atrajera hacia ella, y él era incapaz de resistirse. Pensó que era un efecto secundario de su larga abstinencia de sexo y creyó que pasaría. Tenía que ser. No podía seguir con una mortal.

No era como Amaury que no tenía escrúpulos a la hora de dormir con los seres humanos.

Samson se volvió al oír la puerta de la habitación abrirse. Eso fue rápido, incluso para Ricky. Salió del cuarto de baño y estalló en una sonrisa enorme cuando vio a su visitante.

—Delilah.

Con unos cuantos pasos, cruzó la habitación y la tomó en sus brazos. Su boca estaba a menos de una pulgada de distancia de sus labios tentadores.

—¿Cómo estuvo tu día?

—No preguntes.

Parecía agotada. Sabía exactamente el remedio adecuado para ello.

Samson rozó un beso ligero como una pluma, en sus labios. —Te extrañé.

Lo había hecho, a pesar del hecho que había estado levantado hacía pocos minutos.

—Mm, eso está mejor—, murmuró Delilah mientras él buscaba sus labios otra vez. Sus manos lo abrazaron y se movieron de su espalda, más hacia el sur. Él sintió que las deslizaba dentro de sus calzoncillos, tocando su firme trasero. Ah, pero sus manos eran suaves.

—No estás vestido.

—Te diste cuenta de eso, ¿eh? — Él se rio entre dientes. —Estaba a punto de tomar una ducha—. ¿Pero por qué ducharse solo, cuando ella estaba de vuelta?

—¿Te importaría unirte a mí?

¿Debería sólo cargarla sobre el hombro, o estaría actuando demasiado como un hombre de las cavernas? Mujer. Sexo. Era todo lo que podía pensar.

Samson no esperó una respuesta, comenzó a bajar la cremallera de la falda y la dejó caer al suelo. Su blusa le siguió después de unos segundos. No presentó ninguna objeción.

—Supongo que debí haber dicho que sí—, dijo ella sonriendo, mientras se quitaba los zapatos.

—Eso es lo que oí.

Cuando la despojó de su sostén y sus bragas, Delilah le devolvió el favor y dejó sus calzoncillos caer al suelo. Su erección sobresalía con orgullo y apuntaba directamente a ella. Samson la alzó y la llevó al cuarto de baño.

La sentó antes de prender el grifo de la ducha, pero mantuvo su brazo alrededor de su cintura. Su piel era demasiado tentadora como para dejarla ir.

—Tuve un mal rato esta mañana peinándome aquí. No pude encontrar un espejo.

Samson se estremeció. Maldita sea, se había dado cuenta. Dado que los vampiros no se reflejan en los espejos, nunca había tenido la necesidad de tener uno instalado en su cuarto de baño. ¿De qué más se había dado cuenta?

—Lo siento. He mandado a que lo reemplacen. No estaba planeando tener un invitado por la noche.

Él le sonrió y la besó rápidamente antes de que pudiera encontrar otra cosa que le pareciera extraña. Su beso la silenció justo de la manera que lo quería. La puso bajo la ducha sin soltar sus labios.

Su hambre por ella se acababa de duplicar. ¿No había sido sólo ayer por la noche, que por primera vez había tenido sexo con ella? Parecía que conocía su cuerpo mucho más íntimamente que eso. Cada curva era familiar y muy excitante. Sabía que reconocería su toque, incluso estando ciego. La forma en que sus manos tocaban su piel, cómo sus dedos encendían su pasión por ella, él siempre sabría que era ella.

—¿Por qué no me ayudas a limpiarme?

Sin esperar una respuesta de ella, Samson le apretó un poco de jabón líquido sobre la mano. Mientras sus manos enjabonadas extendían el jabón sobre su piel, él cerró los ojos. Nunca se había sentido tan relajado, como cuando estaba con ella. Respiró profundamente cuando sintió que sus manos le tocaban su pene y sus bolas. Delilah lenta y deliberadamente, movió la mano hacia arriba y abajo, la espuma hacía el movimiento más suave.

—¿Así está bien?

Su pequeña tigresa humana claramente quería llevarlo hacia la locura y estaba haciendo un excelente trabajo en ello.

—No tienes idea—. Él suspiró y se dejó arrastrar por su tacto. Sus manos la buscaron y la apretaron contra él.

—Enjuágame. No quiero estar todo enjabonado cuando me deslice dentro de ti.

Se sentía completamente natural que él la deseara y que le dejara saber lo que pensaba hacer. No había necesidad de fingir entre ellos.

Vio sonreír a Delilah, mientras enjuagaba el jabón de su piel. Ella podía excitarlo en cuestión de segundos. Samson bajó la cabeza hacia su boca, ahogándola con un apasionado beso.

Su lengua se encontró con ella llenando su boca, al igual que quería llenar el resto de su cuerpo. Su sabor era como una hermosa noche de verano, como la lluvia después de un día caluroso. Solamente su aroma lo llevaba a la distracción, pero junto con su dulce sabor y la suavidad de su piel desnuda apretada contra él, lo llevaron de vuelta a la noche anterior. Sólo había una cura para su deseo por ella. Tenía que sumergirse en ella, y no podía esperar ni un minuto más.

Su pene palpitaba casi dolorosamente cuando se bajó unos cuantos centímetros y se guio a sí mismo entre los muslos de ella, para que sus húmedos pétalos de rosa, se apoyaran sobre él. Samson se deslizó hacia atrás y adelante, quedándose afuera de su cuerpo, dejándola cabalgar en su pene duro.

—Te sientes tan bien—, ella gimió.

Exactamente como él pensó. No. No era bueno. ¡Era increíble! Su carne suave estaba caliente, su humedad lo empapaba.

Él cambió su ángulo, y su pene tentó la entrada de su cuerpo. Delilah respiraba profundamente.

—Deberíamos conseguir un condón—, susurró ella, pero su cuerpo presionaba contra su pene.

¿Sabía lo que estaba haciendo, o estaba tan perdida en la sensación como él?

—Deberíamos.

Pero en lugar de eso se metió en ella sólo una pulgada de profundidad. Él iba a buscar un condón en la habitación, si ella insistía.

—Voy a conseguir uno.

Pero no se movió, y las manos de ella se aferraron a sus brazos y tensó sus músculos alrededor de él, como si fuera a acercarlo más.

—Samson, no te vayas.

Su voz era áspera, pero insistente. Se empujó hacia él, lo que hacía penetrarla más profundamente. Estaba a medio camino dentro de ella y sintió que sus músculos le atormentaban. Demonios, él estaba en llamas.

—¿Me quieres de ésta manera, en este momento?

Samson esperó su protesta, pero no llegó. En cámara lenta avanzó hacia adelante, entrando más y más en ella mientras la miraba a los ojos. Tan hermosa, tan apasionada, y toda suya.

—No quiero nada más.

Su beso fue tierno y amoroso, mientras se sacudían al ritmo de sus latidos. Él le levantó la pierna y la envolvió alrededor de su cadera, metiéndose más en ella. Sus brazos soportaron su peso. Los labios de Delilah lo llevaron de vuelta al campo de lavanda y le hizo sentir el sol en la espalda, al igual que la noche anterior. Samson estaba perdido en esa sensación, mientras ella se lo llevaba.

Sus uñas se enterraron en su trasero mientras ella se agarraba de él, pidiéndole que entrara más profundamente en ella. Nunca había estado con una mujer que demostrara tanta pasión, y con quien él estuviera dispuesto a darlo todo.

Los gemidos de Delilah eran como una droga para él, sus besos como el más exquisito de los vinos, y su cuerpo el éxtasis final. Él nunca necesitaría nada más, sólo a ella, de esta forma, en éste momento.

Demasiado tarde oyó la puerta de la habitación abrirse y los pesados pasos venir hacia el cuarto de baño.

—Samson, no te va a gustar esto—. La voz de Ricky penetró en su felicidad.

A la velocidad del rayo, Samson se dio la vuelta para proteger a Delilah de la vista de Ricky.

—¡Vete a la mierda, Richard! — gruñó en tono bajo y oscuro.

Incluso en sus propios oídos sonaba más como un animal que como un hombre. Ricky sabía muy bien que cada vez que Samson lo llamaba por su nombre completo, hablaba en serio. Hizo bien al retirarse al instante.

—Lo siento mucho, dulzura—, susurró Samson a Delilah, asegurándose de que su voz era suave otra vez.

Ella estaba totalmente quieta en sus brazos, obviamente conmocionada por la interrupción. No podía culparla.

—Voy a tener una seria conversación con él.

Delilah lo miró, y sus ojos eran del habitual color avellana otra vez, pero en el instante en que le había gritado a Ricky, los había visto parpadear en rojo. Como una alarma. Como un semáforo. La había sorprendido más que la interrupción de Ricky. Siempre pensando en sus extraños ojos, ella se puso rígida en sus brazos. Eso no era normal. ¿Cómo podría alguien cambiar el color de ojos de esa manera?

Se alegró de que Samson no la estuviera viendo, sino que tenía su mejilla presionada contra la de ella, porque ella no estaba segura si podría haber ocultado bien, su expresión de alarma.

—Dame unos minutos. Voy a deshacerme de él. Y entonces soy todo tuyo.

La besó en la mejilla suavemente y se salió de ella.

—No hay problema—. De repente, se sintió fría y sola.

Delilah le vio alcanzar la toalla y salir de la ducha. Dio media vuelta y dejó que el agua se deslizara sobre ella, pretendiendo disfrutar de la ducha. En realidad, trataba de calmar sus nervios. Cuando volvió a mirar unos segundos más tarde, Samson ya había dejado el cuarto de baño. Ella se apoyó contra la pared de azulejos.

¿Había alucinado? Estaba claro que había visto la furia en sus ojos, y teniendo en cuenta la violación de su intimidad, ella podía entender que se enojara con Ricky, pero no podía entender el rojo en sus ojos. ¿Se le había reventado un vaso sanguíneo? No, imposible. Segundos después, su color avellana normal había regresado, y todo el rojo se había ido.

Ella apretó su mano contra su sexo, donde todavía podía sentir su pene presionando. Algo no estaba bien. Algo acerca de Samson era diferente, y de repente la había asustado.

Samson se dirigió escaleras abajo, con sólo un par de jeans puestos, sin camisa. Encontró a Ricky en la cocina, apoyado en la isla y se dirigió directamente hacia él, agarrándolo por la camiseta.

—¿Tienes alguna idea de lo mucho que me encantaría arrancarte la cabeza ahora mismo?

La idea de que Ricky había visto el cuerpo desnudo de Delilah le ponía furioso. Nadie tenía derecho a verla así, nadie más que él.

Ricky se echó hacia atrás lo más que pudo para alejarse de él.

—Lo siento. No me di cuenta que ella estaba allí.

Samson dejó escapar un gruñido bajo y peligroso. —Será mejor que me digas que no la viste desnuda.

Ricky levantó los brazos en un movimiento de rendición. —No lo hice, te lo juro.

—Si alguna vez te encuentro incluso mirándola, nuestra amistad se acaba, y puedes despedirte de tu trabajo. ¿Está claro?

Hablaba en serio. Él no tenía ningún problema de que sus amigos lo vieran desnudo en la ducha. Ciertamente no era la primera vez. Sin embargo, irrumpir cuando estaba con Delilah, era algo que él no podía tolerar. Ningún otro hombre o vampiro tenía derecho a mirarla de esa manera. Delilah era suya. Solamente suya.

¿Sólo suya?

—Claro como el cristal.

Samson lo soltó de su agarre. Ricky se enderezó y se aclaró la garganta.

—Probablemente no te va a gustar lo que tengo que decirte, sobre todo teniendo en cuenta el enamoramiento intenso que tienes con ella…

El gruñido de Samson lo interrumpió por un segundo. No estaba de humor para escuchar las observaciones de Ricky sobre su relación con Delilah. Sobre todo, porque no sabía qué hacer con eso él mismo.

—…pero tengo que decirte lo que Carl encontró.

Samson le miró con interés moderado. —Adelante.

—Mandaste a Carl a empacar sus cosas la noche anterior.

—No me digas cosas que ya sé.

Ricky no era normalmente de los que se andaban por las ramas. Su vacilación alimentaba más la molestia de Samson.

—Encontró algunos archivos entre sus cosas.

—¿Qué archivos?

—Archivos de Scanguards.

La quijada de Samson cayó. —¿Scanguards?

Ricky hizo un gesto grave.

—Registros financieros, declaraciones de activos, cuestiones internas. No tengo un buen presentimiento sobre esto. ¿Por qué tendría archivos confidenciales de Scanguards? ¿No crees que eso sea extraño? Se aparece aquí hace dos noches, y al mismo tiempo, ¿tiene archivos de tu empresa en su equipaje?

A Samson no le gustaba como sonaba tampoco. No podía ser una coincidencia. No había ninguna razón para que alguien tuviera documentos internos de su empresa. Mucho menos Delilah. ¿Qué es lo que estaba planeando?

—¿Cuál es tu teoría?

—Ella podría ser un espía corporativo—, supuso Ricky, pero su voz no sonaba muy convencida.

—¿Haciendo qué? ¿Vendiendo nuestra lista de clientes a nuestros competidores?

Su amigo se encogió de hombros. —No hay mucha ganancia con eso. Todos nuestros competidores son pequeños. Nadie tiene la capacidad o el entrenamiento para asumir a nuestros clientes.

Samson asintió con la cabeza. —¿Han habido problemas operativos de los que no estoy al tanto últimamente?

Otra sacudida de la cabeza de Ricky. —Todo ha estado funcionando sin problemas, al menos en el lado de los vampiros. Ni idea de cómo van las operaciones humanas, pero no he visto llegar ninguna alerta.

Ricky estaba a cargo de la contratación y entrenamiento de los vampiros.

—Entonces es algo personal.

—Podría ser—. Ricky evitó su mirada.

—¿Qué estás pensando? — Samson no estaba del todo seguro si quería conocer la segunda posibilidad.

—¿Y si ella te ha estado buscando?

—¿Un asesino de vampiros?

—No. No hay señales de eso entre sus cosas. Pero puedo ver todos los otros signos. Ella te ha estado envolviendo en su plan, a su voluntad.

Samson quería interrumpir y refutar su afirmación, pero Ricky levantó la mano.

—Puedo verlo por la forma en que reaccionaste antes. Ella es una mujer humana. ¿Sabes lo que quieren las mujeres humanas de los hombres ricos como tú?

Samson se quedó mirando a su amigo. Largamente y tendido. —Ella me quiere por mi dinero...

Su voz se apagó. Sintió una puñalada incómoda en la boca del estómago. ¿Indigestión? Definitivamente no esta vez. Recuerdos de traición lo recorrieron. Recuerdos recientes. Él se apoyó contra la isla de la cocina.

El timbre de la puerta le dio un respiro. Miró hacia arriba y dio a Ricky una mirada inquisitiva.

—Amaury probablemente olvidó su llave de nuevo. Voy a abrir.

Cuando Ricky salió de la cocina, Samson estaba solo con sus pensamientos. ¿Podría ser verdad? ¿Delilah podría ser de esas mujeres que lo buscaban por su dinero? ¿Otra a quien realmente, él no le importaba? Esperó que la otra sugerencia de Ricky fuera cierta, que ella fuera una espía corporativa. Podía manejar eso, pero no podía manejar una Delilah que estuviera detrás de su dinero. No a ella. Por favor, no ella.

¿Sus besos eran toda una mentira? Y cuando se entregó tan dispuesta a él, ¿era toda una actuación para enredarlo? La idea dolió, mucho más de lo que quería admitir ante sí mismo. No es de extrañarse que ella estuviese tan dispuesta. La forma en que había respondido a él en el coche y más tarde en el teatro, no era normal para una mujer que apenas conocía a un hombre.

Recordó el momento en que se dirigían al bar en el teatro y se habían quedado atascados en la puerta. La forma en que Delilah se apretó contra su cuerpo y prácticamente le provocó tocarla íntimamente, ahora parecía un movimiento calculado por parte de ella. Estaba jugando con él todo el tiempo. ¡Era una auténtica Mata Hari!

Esto no era una buena noticia, sobre todo porque lo que había sentido como indigestión, si los vampiros podían tener indigestión, ahora lo reconocía como algo mucho más serio. Era tan claro para él ahora.

Al mismo tiempo, era imposible. ¿Cómo pudo haber sucedido esto? Todo lo que él quería hacer era superar su problema de erección, y había seguido el consejo del Dr. Drake al pie de la letra. No había hecho nada diferente de lo que el buen doctor había ordenado. La había cogido una y otra vez, al igual que había cogido a otras mujeres vampiro antes. No había hecho nada diferente con Delilah, ¿por qué era el resultado tan diferente entonces?

En lugar de saciar su hambre, después de una noche de sexo con ella, había crecido. Había comenzado a tener hambre de ella y sólo de ella. La idea de tener que tocar a otra mujer de repente le disgustaba. Todo lo que quería era Delilah. Ahora Samson sabía por qué, a pesar de que él no entendía nada.

Él se estaba enamorando de ella, de una mortal.

10

Samson recordó la última traición muy vívidamente, un recuerdo que había prohibido a su mente. Pero ahora todo volvía a él con todos los ardientes detalles...

Samson cerró la puerta de entrada en silencio detrás de él y escuchó si había ruidos en el piso de arriba. Oyó el débil sonido de la voz de Ilona y el sonido del agua. Ella estaba tomando un baño.

Por enésima vez esta tarde, había abierto la cajita que tenía en la mano y se quedó mirando el anillo de diamantes enorme, metido en el cojín de terciopelo verde. La impresionante cajita llevaba un anillo con un diamante redondo de tres quilates y de la más alta claridad. El joyero le había asegurado que era el mejor diamante que el dinero podía comprar.

Su corazón latía tan fuerte como un tambor en sus oídos, Samson subió las escaleras con cuidado, para evitar los crujidos que sabía que había en ciertos peldaños. Quería darle una sorpresa. Ella pensó que él estaría fuera, en asuntos de negocios, toda la noche.

En silencio abrió la puerta de su dormitorio. La ropa de Ilona estaba esparcida descuidadamente sobre la cama.

—Así que eso piensa él. Ajá.

Estaba en el teléfono, probablemente hablando con alguna amiga.

—Espera hasta que estemos unidos y las cosas cambiarán.

Pausó Ilona. ¿Había adivinado que quería proponerle matrimonio? Se sintió decepcionado, desinflado. En silencio se acercó a la puerta del baño, que estaba entreabierta.

—¡Y si tengo que chuparle el pene una vez más, voy a vomitar!

Samson se detuvo en seco al oír las palabras que lo atravesaron. No podía haber escuchado bien.

—¡Claro, eso es fácil de decirlo para ti! ¡Te gusta chupar penes!

Samson respiró profundamente. Se sentía como si una mano helada lo sujetaba alrededor de su corazón y lo apretaba con fuerza. Él luchó para tomar aire.

—No me importa quién le chupe el pene cuando estemos unidos, pero seguro que no seré yo. No puedo soportar sus manos por todo mi cuerpo...

Samson se apoyó contra la pared cuando sintió náuseas abrumándolo. Duró un segundo.

—Tú sabes lo que tienes que hacer una vez que tenga acceso a todos sus bienes.

Su dinero. Era todo lo que estaba buscando. Es por eso que ella estaba con él: sólo por su dinero. Samson se sintió como si le hubieran dado un puñetazo en el estómago.

La escuchó dejar escapar un resoplido frustrado.

—*Tú sabes tan bien como yo, que una vez que esté unida a Samson, tengo que tener cuidado de guardar mi mente. Él va a ser capaz de leer mis pensamientos. No me puede atrapar pensando en esto, ¿me entiendes? Es por eso que tú tienes que hacerlo... Sí, esa parte de la unión de sangre apesta. ¿Por qué alguien querría ser capaz de estar constantemente en la mente de la otra persona?*

Samson había oído suficiente. Más que suficiente. Con intenciones asesinas, abrió la puerta y entró en el cuarto de baño, sus pasos lentos pero determinados. Ilona sacudió la cabeza y al instante cayó el teléfono al agua.

—*Samson—, ronroneó y pegó una falsa sonrisa en su cara.*

Una sonrisa que había visto miles de veces en ella. Sólo que ahora lo reconocía como lo que era. Actuación. Ella había estado actuando todo el tiempo. Pretendiendo estar enamorada de él, cuando lo único que quería era el acceso a su riqueza.

Con dos pasos, llegó a la bañera. Sus manos le agarraron el cuello por su propia voluntad. Ella lo arañó al instante. El agua se derramaba sobre el borde de la bañera, en el piso de mármol.

—*Tú, vagabunda sin corazón. Debería matarte, aquí y ahora mismo.*

Por su garganta, la levantó del agua mientras ella luchaba contra su mano de hierro.

No importaba. Él era fuerte, y su furia le añadía más fuerza.

Samson echó un vistazo a su cuerpo desnudo. Su propio cuerpo no mostraba más reacción a sus curvas sensuales. No había erección. Ningún deseo de tocarla. Nada.

Reconoció al instante el miedo en sus ojos, antes de que su propia mano se abriera y la dejara caer bruscamente de nuevo en la bañera. El agua salpicó a su alrededor.

—*¡Fuera! Yo nunca haré un vínculo de sangre con alguien como tú. Eres una basura, no eres nada. Tienes suerte de que todavía estás viva. Pero no cuentes con permanecer de esa manera. Si te cruzas en mi camino, puede que te encuentres con una estaca en el corazón.*

Ella lo había utilizado. Todo lo que quería era un vínculo de sangre con él, así tendría derecho a lo que era suyo. Toda su riqueza, todo su poder. ¿Cómo podía haber sido tan ciego?

Después de que él la echó de su casa y de su vida esa noche, se había cerrado. Él no quería que nadie se acercara a él. Sabía que había sido un error confiar en ella.

Fue entonces cuando todos sus problemas habían comenzado. Primero, su apetito sexual había disminuido, y entonces, cuando pensó que debía entregarse a los placeres carnales para distraerse, no pudo llevarlo a cabo. No fue capaz de conseguir una erección.

Hasta que ...

Hasta que Delilah entró en su vida. ¿Y ahora? ¿Lo había traicionado ella también? ¿Estaba tras de sus riquezas también? La idea le hizo enfermar.

—No te ves bien—. Amaury entró en la cocina detrás de Ricky.

Apoyado en el mostrador, Samson le dio, lo que ni siquiera él mismo sabía que era un aspecto de torturado.

—¿Cómo quieres que me sienta?

—No puede habérsete metido bajo la piel de este modo, no en una sola noche.

Samson escuchó incredulidad en la voz de Amaury. Hizo caso omiso de la observación de su amigo.

—Tenemos que llegar al fondo de esto, rápido.

—Puedo hacer una verificación de antecedentes en ella, ver lo que realmente es—, ofreció Ricky.

Samson asintió con la cabeza.

—Haz eso. Amaury, habla con Carl, y averigua qué más notó entre sus cosas que pueda ser raro. Él ha estado en el lugar donde ella se quedaba, y si es verdad lo que dice, que es de Nueva York, el apartamento probablemente no le pertenece a ella. Encuentra a quién le pertenece. Y después ve con Oliver para averiguar lo que ha hecho hoy. Él estuvo con ella todo el día.

El celular de Ricky sonó, y él lo contestó al instante.

—¿Dónde? — Él hizo un gesto a Samson y Amaury. —Bueno, estaremos ahí en menos de media hora.

Y desconectó la llamada.

—Era Thomas. Atraparon al tipo que te atacó a ti y a Delilah.

Samson se enderezó, aliviado de tener algo productivo que hacer.

—Tú y yo iremos. Amaury, encuentra sobre ella lo que puedas. Que sea rápido. Carl te ayudará. Ricky, tomaremos tu coche.

Samson se dirigió a la puerta.

—Mm, ¿no deberías vestirte primero? — le preguntó Ricky.

Samson se miró a sí mismo y se dio cuenta que sólo llevaba sus pantalones, sin zapatos, sin camisa.

—Dame un minuto.

Corrió por las escaleras y entró en su dormitorio. Delilah había terminado su ducha y se había vestido con un par de jeans y una simple camiseta blanca. Eso le hacía verse inocente. Dudó cuando la vio. Minutos antes había estado dentro de su cuerpo y no sentía ninguna alegría más grande que ser arrastrado por sus besos, pero ahora estaba consumido por las dudas. ¿Quién era ella? ¿Qué es lo que quería?

—¿Pasa algo? — Su voz sonaba temblorosa.

¿Sospechaba algo? ¿Podía sentir sus dudas?

—Sólo una emergencia de trabajo. Voy a tener que hacerme cargo de algo.

Samson abrió su armario para sacar una camiseta negra. Se vistió rápidamente, mientras ella lo observaba.

—Debería estar de regreso en un par de horas, así que si te da hambre, sabes dónde está la cocina.

Estaba a punto de salir corriendo de la habitación, cuando se dio cuenta de que probablemente encontraría extraño su comportamiento. Él había sido un amante caliente unos minutos antes, que no podía tener suficiente de ella. Si se comportaba con frialdad como ahora, Delilah sospecharía. Era importante mantenerla creyendo que todo estaba bien, que él no la había atrapado en su juego todavía.

Cuando él se le acercó, pensó que había detectado su vacilación, pero no podía estar seguro. Le dio un beso en la mejilla.

—Amaury y Carl probablemente estarán aquí, así que no te sorprendas si los ves abajo.

Buscó una reacción en su cara que le daría de inmediato una respuesta a su abrupta salida inusual, y notó sus labios curvarse ligeramente hacia arriba. No era una sonrisa, era más un reconocimiento de que lo había oído.

—Claro, te veré más tarde.

~ ~ ~

Tan pronto como la puerta se cerró detrás de él, Delilah exhaló bruscamente. Él pareció normal, quizá un poco despistado, pero sonaba como que la emergencia de trabajo que había mencionado, lo estaba preocupando. Se dio cuenta de que ella realmente no lo conocía. Había pasado una noche entera haciendo el amor con él, pero ni siquiera sabía lo que hacía para ganarse la vida, qué tipo de aficiones tenía o la comida que le gustaba.

Esas eran cosas normales que la gente discutía en la primera cita. ¿Habría estado loca para pasarse su primera cita, enteramente entre sus brazos, y no hacerle las preguntas más fundamentales? ¿Había pasado tanto tiempo desde que había estado en una cita, que había olvidado por completo cómo actuar en una? ¿Había tomado ventaja Samson de ese hecho? ¿La había visto tan completamente ingenua y pensó que sólo podría meterla en la cama rápidamente?

Todavía no explicaba el incidente en la ducha. Oh Dios, la ducha. Le había dejado entrar en ella sin usar un condón. ¿Y si no era tan saludable como él había dicho? ¿Qué pasaría si la cosa extraña que había visto en sus ojos, era una enfermedad rara que tenía? ¿Podía infectarla con algo?

Entonces recordó del condón que se había arrancado la noche anterior. Podría haberla infectado ya con Dios sabe qué. Se aferró a su estómago, mientras las náuseas le golpeaban. ¡Oh Dios, *no!*

Delilah sintió cómo se formaba un nudo en su garganta, cortando su suministro de aire. Su pecho se agitó para compensarla, y su piel se sentía fría y húmeda, de repente.

Se sentía tan estúpida de haberse dejado enredar, con su ternura y pasión. Se había dado cuenta de lo suave que había estado en sus seducciones, como si hubiera practicado suficientemente. Por lo que sabía, lo hacía todas las semanas, y esta semana ella era su víctima. ¿Estaba mal que confiara en él?

~ ~ ~

—Yo digo que lo matemos ahora. No perdamos el tiempo de Samson con él—, gritó Milo y miró a Thomas.

Su amante lo miró con disgusto.

—No seas tan hambriento de sangre. Samson dejó en claro que quiere interrogar al hijo de puta él mismo, así que no le estropees la diversión.

Ellos estaban en un almacén grande y con poca luz, ambos vestidos en ropa de cuero negra que hacía juego. El espacio estaba lleno hasta los topes con contenedores, y el olor a humedad recordaba a calcetines usados, moho, polvo y sudor. Era extrañamente tranquilo, excepto por el leve sonido de las gotas de lluvia sobre el techo.

—¿Qué van a hacer conmigo? — al que habían atado a una silla.

—A! cállate—, respondieron ellos al unísono.

—Oye, ¿quieres ir a divertirte en los clubes después de esto? Todavía es temprano—, preguntó Thomas.

Su amante negó con la cabeza.

—Lo siento, no esta noche. Tengo que hacerme cargo de algunos mandados.

—¿Qué es tan importante que no puedes salir conmigo?

—Cosas de Trabajo—, respondió Milo con un golpe despectivo de su mano. —Algunos de nosotros trabajamos para otras personas que no son Samson, por lo que no puedo estar contigo toda la noche.

—Eso apesta. ¿Quieres que te consiga un trabajo en Scanguards? Yo podría hacer eso, tú lo sabes.

—De ninguna manera. No quiero tener que escuchar a todo el mundo diciéndome que la única razón por la que conseguí el trabajo, era porque mi novio habló con el gran jefe. Olvídalo. Eso es demasiado humillante.

—Ey, ustedes dos—, interrumpió el hombre.

Thomas le dirigió una mirada venenosa. —¿No ves que estamos ocupados en este momento?

—Si me dejan ir, puedo dejarlos entrar en un par de buenos robos que van a suceder.

—No me interesa—. Thomas no era un negociador y, además, no necesitaba dinero.

—¿Nos vemos como si necesitáramos dinero? — Milo saltó sobre el hombre atado y mostró sus colmillos.

Al instante, sacó la cabeza hacia atrás tratando de escapar, pero fue retenido por las cuerdas que lo ataban.

—Y si interrumpes la conversación una vez más, voy a tomar un bocado de ti—, susurró Milo a sólo unos centímetros de su cara.

Tan pronto como el hombre retrocedió, tensando sus músculos faciales, Milo volvió a Thomas.

—Sabes que vamos a tener que limpiar su memoria por esto más tarde.

Milo simplemente se encogió de hombros. —Lo que sea.

Thomas puso la mano en la cintura de su amante y lo acercó. Bajó la voz para que sólo Milo le oyera.

—Sabes que no hemos pasado mucho tiempo juntos últimamente. ¿Qué tal si lo hacemos ahora? Samson no estará aquí durante otros diez minutos. Un rapidito le gustaría mucho.

Pero Milo se soltó de su abrazo. —No en este momento. Huele mal por aquí.

—¿Me estás rechazando?

—Vamos, no empieces otra vez. No estoy de humor.

Thomas lo miró, la sospecha creció en sus entrañas. —Si no te conociera mejor, yo diría que estás viendo a alguien más.

—Esas son patrañas, y lo sabes. Me gustaría que dejaras toda esa mierda con los celos.

—Bien. Thomas cruzó los brazos frente a su pecho. Alcanzó a ver al matón mirándolos.

—¿Qué estás mirando?

El hombre se encogió al ver su arrebato violento, pero mantuvo la boca cerrada y miró hacia abajo.

Milo había estado distante en el último mes, y Thomas calculaba que su relación estaba llegando a su fin. Mientras exteriormente, seguía siendo el más tímido de los dos, especialmente alrededor de Samson y la pandilla, Milo se había convertido en más que una pareja dominante, un papel que Thomas había tomado tradicionalmente siempre.

Todavía tenían relaciones sexuales y muchas, pero las cosas no eran lo bastante apasionadas como lo habían sido al principio de su relación. Thomas quería prolongar las cosas, pero sabía por instinto, que con el tiempo su relación se diluiría. Pensamientos persistentes salieron a la superficie otra vez. Los secretos de Milo sobre lo que hacía cuando no estaban juntos, le molestaba. Sabía que sus celos estaban probablemente fuera de lugar, sin embargo, no los podía frenar.

Thomas había sido siempre del tipo celoso. Tras convertirse en un vampiro, no había cambiado eso. Se había dado cuenta de su rasgo, más de cien años atrás. Convertirse en un vampiro no cambió su carácter, sólo lo amplificó. Un hombre malo sería un vampiro malo, y un buen hombre sería un buen vampiro. Era tan simple como eso.

Él no se arrepintió de la elección que había hecho, cuando había tenido que enfrentarse a lo largo de un siglo atrás, para que finalmente se le permitiera vivir en una época, donde no tuviera que ocultar su sexualidad, y estaba agradecido por eso. En el tiempo en el que había crecido, los hombres que se descubrieran con homosexualidad, eran azotados o incluso asesinados. No es que él no disfrutara un buen azote de vez en cuando, siempre que fuera seguido por una cogida aún mejor, pero eso era harina de otro costal. La vida era mejor en el siglo XXI.

Miró a su amante, por un lado. Los rasgos de Milo parecían delicados a pesar de que, siendo un vampiro, era casi indestructible. No había ningún gramo de grasa en su cuerpo, y a pesar de su pequeño tamaño, era fuerte. E increíblemente sexy. Echando un vistazo a su culo firme, los pantalones de cuero de Thomas eran ajustados. Cada vez que miraba a Milo, se ponía caliente.

—Vamos a echar un vistazo a ese idiota—, tronó la voz de Samson por el almacén.

Su sobretodo volaba y Ricky a su lado, Samson se acercó y se dirigió directamente al cautivo, plantándose directamente en frente de él. El amo había llegado, viéndose cada pulgada de él, como el oscuro ángel vengador en el que podría convertirse cuando era provocado.

~ ~ ~

Samson planeó intimidar al criminal. Reduciría el tiempo que tomaría en conseguir toda la información pertinente de él. Rara vez utilizaba la tortura y encontraba que la sugerencia de dolor, a menudo funcionaba mejor que el propio dolor.

—¿Me reconoces? —, preguntó en una baja, pero peligrosa voz, cuando se paró en frente del hombre atado.

Asintiendo con la cabeza silenciosamente, fue la respuesta. —Bien. ¿Cuál es tu nombre?

—Billy.

—Bueno, Billy. Ahora que conocemos tu nombre, vamos a tener una charla. No tomo a la ligera el ser atacado, pero, tú sabes, eso viene con el territorio, y eso es algo que puedo perdonar. Yo puedo defenderme. ¿Pero sabes lo que realmente me molesta?

Samson lo miró, retando a Billy a contestar. El hombre fue lo suficientemente inteligente como para no abrir la boca a la pregunta retórica.

—Cuando mi mujer es atacada, no tengo misericordia. ¿Entiendes?

Se inclinó a Billy, su voz casi era un gruñido. Ojos asustados lo miraron. El cuerpo de Billy empezó a temblar.

—Tú me has puesto en una situación difícil, Billy. Un hombre tiene que proteger a aquellos a quienes ama sin importar nada. Entonces, ¿qué voy a hacer contigo?

Inclinando la cabeza mostró sus colmillos. Samson no había mordido a nadie en años, pero sus colmillos estaban, sin embargo, en óptimas condiciones. Hilo dental y pasta de dientes eran lo mejor para la higiene dental de un vampiro.

—Yo no quería hacerlo—, Billy gritó.

Esto era demasiado fácil. El hombre claramente no era el criminal profesional que Samson creía que fuese.

—Pero lo hiciste. Y ahora nos vas a explicar a mí y a mis amigos por qué estabas detrás de mi mujer. Este es un pueblo pequeño, pero ser atacado por la misma persona dos veces, no es una coincidencia. Los dos sabemos eso.

Dejó que otro gruñido saliera a través de su mandíbula apretada y movió la cabeza cerca de Billy. Podía oler el aroma del miedo en él, un hedor que aborrecía.

—Me pagaron para hacerlo.

Samson se enderezó. —¿Quién?

Por una fracción de segundo se preguntó si Delilah había organizado todo esto ella misma. Podría haber sido una estrategia para ganar su confianza, para meterse en su casa y en su corazón. Tendría sentido. Le habría dado un pretexto para tener acceso a él, despertar su instinto como protector y luego seducirlo a fondo. Dios, lo había seducido con todos los derechos, con todo lo que tenía: su voz, su cuerpo, su tacto, sus besos ... su risa. Tenía que saber la verdad, por mucho que le doliera oír la respuesta.

—¿Quién te pagó?

—Mi cuñado. Él la quería fuera de su camino—, escupió Billy repentinamente.

El alivio inundó a través de Samson. No había sido ella, gracias a Dios.

—¿Cuál es su nombre?

—John.

Billy comenzó a temblar.

—Necesito un poco más que eso, si no te importa.

—John Reardon.

El nombre le sonaba familiar, pero Samson no podía ubicarlo.

—¿Y dónde vive, este John Reardon?

Billy le dio una dirección en el distrito Sunset.

—¿Por qué la quieren fuera del camino? — continuó Samson con su interrogatorio.

Se dio cuenta de un aumento repentino en las pupilas de Billy.

—Yo n-n-no sé.

¿De dónde venía éste tartamudeo repentino? Al mismo tiempo se observó un temblor en las piernas del hombre que viajaba hasta su torso.

Samson buscó sus ojos. —Estás mintiendo.

Billy temblaba como una hoja, a continuación, sus ojos comenzaron a desviarse.

—¡Alto! — gritó Billy. —¡Haz que se detenga!

Apretó los puños, mientras trataba de subirlos, pero se detuvieron con las correas. —¡No! —, gritó de nuevo.

Un segundo después, su cabeza cayó hacia adelante. Se había desmayado.

Samson se dio la vuelta hacia sus amigos.

—¿Alguno de ustedes hizo eso?

Él estaría enojado si alguien había utilizado el control de la mente para asustar a Billy, antes de que pudiera obtener toda la información necesaria de él.

Milo y Thomas ambos alzaron sus manos en la confusión, mientras que Ricky negó con la cabeza.

—Busquen en los alrededores para asegurarse de que no haya un vampiro aquí y que esté interfiriendo.

Samson miró de nuevo a Thomas y Milo.

—Luego vayan a Sunset y recojan a este tal John Reardon. Este se queda aquí hasta que tengamos a su cuñado. Asegúrense de que él se quede aquí, no he decidido aún qué hacer con él. Llámenme cuando tengan a su cuñado: quiero hablar con él personalmente.

—Me voy de aquí. Tengo cosas que hacer—, protestó Milo.

Samson levantó una ceja, pero lo dejó ir. Milo no trabajaba para él.

—Ricky, te vas con Thomas. Yo llevaré tu coche de regreso a la casa.

Ricky tiró las llaves en la dirección de Samson, y él las tomó, sin siquiera mirar. Tan pronto como estaba en el coche de Ricky, encendió el motor, vio salir del edificio a Milo. Con su teléfono celular pegado a la oreja, se dirigía a su motocicleta.

11

—¿Dijiste Clay Hall?

Amaury miró a Carl sorprendido. Se quedaron mirando uno frente al otro a través de la isla de la cocina.

—Sí, cerca de Taylor, es un edificio de condominios bastante grande. Recogí todas sus cosas. Ella no tenía mucho, sólo algo de ropa, su computadora y esos archivos.

—Es una extraña coincidencia—, murmuró Amaury, hablando consigo mismo.

Él no creía que las cosas sucedían al azar.

—¿Qué coincidencia?

—No sabes, ¿verdad?

Carl negó con la cabeza, muy confundido. —¿Saber qué?

—Que Scanguards posee un par de apartamentos en Clay Hall. Yo lo sé. Los compré para la empresa.

La labor principal de Amaury como empleado de Samson, era hacerse cargo de todas sus inversiones en bienes raíces, tanto las privadas, como las de la compañía. Era titular de una licencia de bienes raíces en California y actuaba como su propio corredor de inmuebles. Afortunadamente, el rumor medieval de que los vampiros tenían que ser invitados a una casa, era totalmente infundado, lo que hizo posible que un vampiro trabajara como agente de bienes raíces.

—No tiene por qué significar nada. Ella dijo que es de Nueva York y estaba en un viaje de negocios.

—Esto va a ser fácil de comprobar. ¿Cuál era el número de unidad? —, preguntó ansioso Amaury.

Carl se quedó mirando. —Bueno, fue muy arriba.

Parecía como si estuviera tratando de recordar el camino por el pasillo del piso, y buscando la puerta correcta.

—Ocho doce.

—*Voilà*. Es nuestro. La única manera de tener acceso a ese apartamento es si está trabajando para nosotros. Samson dijo que Oliver estuvo con ella todo el día—, dijo Amaury.

Carl asintió con la cabeza, de acuerdo con Amaury.

—Ponlo en el teléfono. Vamos a ver dónde la llevó.

Carl marcó el número de Oliver, a continuación, puso el teléfono en modo de altavoz.

—Ey Oliver, soy yo.

—Carl, más vale que sea importante. Estoy muerto de cansancio—, dijo la voz de sueño de Oliver, a través del teléfono.

Amaury miró el reloj del horno. Eran apenas un poco más de las nueve. Sacudió la cabeza con incredulidad. ¡Humanos!

—Ey Oliver, Amaury aquí. Perdón por la molestia. Espero que no te hayamos despertado.

—No hay problema, Amaury—. Sonó como si Oliver se integraba. ¿Qué puedo hacer por ti?

—¿Tú estuviste con Delilah todo el día?

—Sí, el Sr. Woodford me pidió que la protegiera.

—¿Dónde la llevaste?

—Al centro, a las oficinas de Scanguards.

Carl y Amaury se miraron el uno al otro. Amaury silbó entre dientes.

—No sabrías lo que ella hacía allí, ¿verdad?

—Trabajó.

—¿Ella trabajó?

—Sí, ella fue a trabajar. Ella es una especie de, no sé, un contadora o auditora, o algo así, creo—dudó Oliver.

—¿Estás seguro?

—Sí, estoy seguro. La conocían y estaban esperándola. Incluso había una computadora preparada para ella y todo.

—Gracias, Oliver.

Amaury colgó.

—Supongo que eso es una buena noticia. Una gran coincidencia, pero al menos no se ve como si fuera un espía corporativo.

—Sin embargo, no explica por qué ella está aquí con él—, intervino Carl.

Amaury podía sentir las emociones de Carl, el hombre era protector con su jefe y no quería que saliera lastimado nuevamente, y menos por una mujer.

—¿Crees que ella sabe quién es él?

Antes de que Amaury pudiera responder, la puerta de la cocina se abrió y Samson entró.

—¿De quién estamos hablando? —, preguntó.

—De ti—, respondió Amaury. —Nos preguntábamos si Delilah sabe quién eres.

—Me gustaría saberlo—. Era la verdad. Eso le haría sentirse mucho mejor, si supiera lo que ella sabía de él. Si era el dinero lo que buscaba, o si estaba realmente aquí por él. Sin un motivo oculto.

—¿Dónde está?

Amaury echó la cabeza hacia el piso superior. —Ella bajó hace un rato, tomó un yogur, y se fue al piso de arriba—. Hizo una pausa. —Bueno, al menos ahora sabemos quién es.

Con expectación, Samson miró a su amigo.

—Ella es algún tipo de contadora de Scanguards.

Samson dio un paso atrás. No había esperado esto. —¿Trabaja para mí?

¿Estaba durmiendo con uno de sus empleados? Grandioso, cuando menos, se estaba preparando para una demanda por acoso sexual.

—Parece que sí. Oliver pasó todo el día con ella en el centro, en las oficinas de Scanguards, y el apartamento en que la recogieron, es uno de los nuestros.

Samson se frotó la frente con la palma de su mano. —Entonces es verdad. Ella me dijo anoche que es auditora.

—¿Ustedes tuvieron tiempo para hablar? — Amaury sonrió.

¡Su amigo era de los habladores! La mirada desaprobadora de Samson lo paró en seco antes de hacer cualquier insinuación más. Su viejo amigo lo hizo sonar como si fuera un maniático sexual. Por supuesto que habían hablado, bromeado en realidad, jugaron y se rieron, incluso después de que Carl había entregado el suministro de preservativos. ¡Como si todo lo que hiciera para entretener a una mujer, fuese tener sexo!

—Ella dijo que es de Nueva York y estaba aquí, en una auditoría. ¿Han revisado todo?

—Todavía no, acabábamos de llegar a nuestra conclusión cuando llegaste.

—Carl, pon a Gabriel Giles en el teléfono.

Gabriel era el Director de Operaciones de la sede central en Nueva York, y dado que era un vampiro podía ser accesible, aún si fuera un poco más de la medianoche en la costa este.

—Será mejor que estés en lo cierto—. Samson miró a Amaury, un rayo de esperanza brotaba en su pecho.

La voz de Gabriel sonó a través del altavoz a los pocos segundos. —Ey Samson, ¿cómo estás? — Él sonó más como un Tony Soprano que un vampiro. Nueva York podía hacerle eso a cualquiera.

—Es bueno oír tu voz, Gabriel. Escucha, no quiero quitarte el tiempo, pero necesito que compruebes algo para mí. ¿Ustedes enviaron a un auditor a las oficinas de San Francisco?

—Déjame ver—. Se le oía escribiendo algo en un teclado. —Claro que sí. Su asignación comenzó el lunes. ¿Qué pasa con eso?

—¿Cuál es el nombre del auditor?

—Delilah Sheridan.

~ ~ ~

Delilah se paró en seco detrás de la puerta de la cocina que estaba a punto de abrir, cuando escuchó su nombre proveniente de un teléfono con altavoz. Ella contuvo la respiración. ¿Por qué estaban hablando de ella?

—¿Has hecho una revisión de antecedentes sobre ella? — ella escuchó a Samson decir.

¿Una verificación de antecedentes? ¿De ella? ¿Qué estaba tratando de encontrar? Contuvo el aliento, porque no quería que supieran que estaba al otro lado de la puerta.

—Claro que sí—, la otra voz respondió. —Ella está limpia. No hay nada inusual. Soltera, sin hermanos, el padre está en un asilo, la madre murió hace dos años. ¿Qué quieres saber?

—¿Ella sabe quién soy? — La voz de Samson sonaba extrañamente tensa.

Mientras escuchaba la pregunta, ella no entendía qué quería decir con eso.

—Lo dudo—, dijo la voz de nuevo. —Sin duda no le dimos más información de la que necesitara. Conoces nuestras políticas mejor que nadie. Y puesto que todo es propiedad del fideicomiso, no pudo haber visto tu nombre en cualquiera de los documentos.

¿Qué documentos? ¿De qué demonios estaba hablando el hombre?

Ella había escuchado suficiente. Samson estaba investigándola por cualquier razón. Se sentía violada. Enojada empujó la puerta de la cocina y la abrió. Tres pares de ojos al instante cayeron sobre ella. Tres sorprendidos pares de ojos: Samson, Amaury y Carl. Todos brincaron en ella.

—¿Algo más? — continuó la voz por el altavoz.

—Gracias, Gabriel—. Samson no apartó los ojos de ella mientras desconectaba la llamada.

Delilah lo miró, incapaz de hablar durante unos segundos. Ninguno de los chicos se atrevió a decir una palabra, como si esperaran una explosión. Ella les daría una.

—¿Has hecho una revisión de antecedentes sobre mí?

Ella trató de hacer que su voz sonara uniforme, para no mostrar el dolor que sentía.

—Delilah, lo siento, te puedo explicar.

Samson ni siquiera se molestó en negar la acusación. Eso lo confirmó.

Ella negó con la cabeza. —Te voy a ahorrar el trabajo. Me voy.

Giró sobre sus talones y salió. Tomando dos escaleras a la vez, se dirigió al segundo piso. Lágrimas quemaban en sus ojos, pero ella las empujaba hacia atrás. No valía la pena. Si quería saber algo acerca de ella, podría habérselo preguntado. Ella le habría dicho todo, cada detalle de su vida.

Pero él no lo había pedido. En su lugar había revisado sus antecedentes a sus espaldas como si fuera un criminal. Después de la maravillosa noche de pasión que habían compartido, ¿había sentido la necesidad de investigarla? ¿Qué había pensado que iba a encontrar?

~ ~ ~

Después de encerrar a Billy en uno de los contenedores, pero dejándolo con agua y una manta, Ricky y Thomas salieron del almacén. Ellos no eran salvajes. Si Samson podía tratar al hombre que lo había atacado a él y a Delilah civilizadamente, también ellos podían.

—¿Escuchaste lo que Samson dijo acerca de ella? — preguntó Ricky.

—¿Quieres decir el discurso acerca de *mi mujer*?

—Exactamente. ¿Crees que lo decía en serio?

Thomas se encogió de hombros.

—Tú dímelo. Cuando se trata de los hombres heterosexuales, realmente no puedo decirte cuando están enamorados de alguien o no. Demasiados sentimientos ocultos y basura.

—Créeme, no puedo decirte más de lo que tú puedes. Pero nunca lo he oído hablar de esa manera. Espero que no la tenga ya bajo la piel. Algo así sólo puede terminar mal.

Ricky tomó el casco que Thomas le entregó y pasó la pierna sobre la moto para tomar su lugar detrás de él.

—Tendría que haberme dejado mi coche y él conducido la motocicleta en vez de nosotros estar en ella.

—¿Qué, estás preocupado porque tienes que agarrarme? — Se rio Thomas. —¿Desde cuándo tan homo fóbico?

—Yo no. Estoy preocupado por mi coche. Estaba dispuesto a matarme hoy. Espero que no se desquite con mi carro nuevo.

Thomas hizo un gesto con la cabeza. —¿Matarte? ¿Qué le hiciste?

—Entré en el cuarto de baño mientras él estaba cogiendo con Delilah, en la ducha.

—No puedes hablar en serio. ¿Es por eso que quería matarte?

La reacción de Thomas no era inusual. Entre su clase, el sexo no es necesariamente siempre visto como un acto privado, a menos que ocurriera entre un par con el vínculo de sangre. Así que no había razón por la cual Samson debería sentirse fuera de lugar al ser visto cogiendo con Delilah.

—Eso es lo que estoy diciendo. Básicamente, me dijo que me despidiera de nuestra amistad y de mi trabajo, si alguna vez me veía mirándola de nuevo.

—Suena muy posesivo para mí.

—Sí.

—¿Estás pensando lo que yo estoy pensando?

—Sí.

—Ay chico.

Ricky echó sus brazos alrededor de la cintura de Thomas, y la moto se fue. Todavía estaba lloviznando ligeramente. Thomas los guio expertamente a través del poco tráfico. Conocía la ciudad como la palma de su mano y tenía un buen ojo para detectar obstáculos adelante, lo que lo ayudaba a evitar retrasos importantes fácilmente.

Se dirigieron hacia el distrito de Sunset pasando las casas de la era de los cuarenta y cincuenta, los patios delanteros a menudo descuidados, y las tiendas de mala muerte por el camino. No era un barrio que les gustara particularmente. Era en su mayoría simple y sin interés arquitectónico.

La dirección que Billy les había dado era una casa de esquina, parecía más grande que las otras en la cuadra y parecía haber sido renovada por completo. Sobresalía como la casa más costosa de la cuadra. Había luz procedente de varias de las ventanas de la casa.

Thomas estacionó su motocicleta en la esquina.

—¿Cómo quieres hacer esto?

—Sencillo. Tocamos el timbre de la puerta—, respondió Ricky.

Sus pasos casi no hicieron ruido al caminar sobre el pavimento. Las fosas nasales de Thomas se abrieron mientras se acercaba a la casa. El inhaló. Un olor extrañamente familiar flotaba en su nariz, pero se distrajo al instante cuando oyó un grito desde el interior de la casa.

Él y Ricky se miraron por una fracción de segundo, luego corrieron a la puerta y la patearon.

El sonido era el de una mujer, gritando histéricamente a todo pulmón. Venía de la parte de atrás de la casa. A continuación, el lloriqueo de un niño se mezclaba con los gritos de la mujer. El sonido de la mujer fue escalofriante.

Cuando la encontraron, entendieron. No había nada que pudieran hacer. Habían llegado demasiado tarde.

No había duda en la mente de Thomas, que John había sido asesinado por un vampiro. Todavía podía sentir las huellas de la energía, que el agresor había dejado. El cuerpo de John parecía casi tranquilo, si no hubiera sido, por el horror grabado, en sus ojos abiertos. Había visto por un segundo a su asesino, antes de que lo agrediera.

El cuerpo de John yacía en el suelo de la sala. Su cuello se había roto. Haciendo caso omiso de los gritos de la mujer, Thomas se inclinó y cerró los párpados de John. No había necesidad de que su esposa siguiera viendo la expresión horrorizada de su marido muerto.

No podían quedarse para aliviar a la mujer, pero podrían borrar su memoria. Thomas le puso la palma de la mano en la frente. Sus gritos desaparecieron, y ella se quedó inmóvil. No sólo borró cualquier recuerdo que tenía de él y Ricky, sino también de los ojos de su marido. Era mejor si ella no sabía lo aterrado que había estado en los últimos segundos antes de su muerte. Hacer frente a su dolor, sería bastante difícil.

~ ~ ~

Delilah lanzó su ropa en su única maleta, sin molestarse en doblarla. Alguien había movido sus cosas a la habitación de Samson durante el día, y ahora no podía salir de ella con suficiente rapidez. Ella no podía estar con un hombre que no confiara en ella. Demonios, él no había hecho ni siquiera un intento de llegar a conocerla. En su lugar se había ido detrás de sus espaldas. No podía tolerar ese tipo de traición.

Escuchó la puerta abrirse y cerrarse detrás de ella y sabía que Samson la había seguido. Había esperado tanto. Podía sentir su presencia, pero ella no quería reconocerlo. Él no se lo merecía.

—Lo siento, Delilah.

Su voz estaba más cerca de lo que esperaba. No podía ser más que a un pie de distancia de ella. Ella no lo quería así de cerca. No ahora.

—Me iré en dos minutos, y no te preocupes: no estoy robándote nada.

Su voz era fría. No quería darle la satisfacción de saber lo mucho que le había hecho daño. Esta no era la primera vez que estaba decepcionada de un hombre, y no iba a ser la última. *Él* no sería el último hombre en su vida. Ella estaba más que acostumbrada a ello, acostumbrada siempre a salir con el hombre equivocado. Quizá por eso ella había dejado de salir por completo. Probablemente haría una mejor elección con un gato o un perro.

—Me lo merezco—, le dijo Samson con voz calmada. —Por favor, dame una oportunidad de explicártelo.

Probablemente tenía un discurso estándar preparado para los sucesos como estos. ¿Cómo más podría permanecer así de calmado?

Sintió sus manos sobre sus hombros y los empujó para retirarlos.

—Está bien. No voy a tocarte—. Sonaba decepcionado.

La ira brotó en ella. Podía sentirle hervir desde su estómago y viajar a través de su pecho. Era demasiado para contenerlo.

—¿Cómo pudiste? ¿Cómo pudiste ir tras mis espaldas de esa manera? —Delilah giró para encararlo. Podrías haberme sólo preguntado lo que querías saber.

¿Y por qué seguía siendo tan atractivo, tan sexy, cuando tenía que estar enojada con él? En sus jeans y camiseta negra se veía tan bien como lo era desnudo, a pesar de que lo prefería desnudo.

No debió haberse dado vuelta. Debió haberse salido sin siquiera mirarlo.

Sus bíceps se flexionaron, y una vez más estaba consciente de su fuerza y belleza física. La forma en que sus ojos color avellana buscaban los de ella como si estuviera tratando de ver en su alma, hizo que sus rodillas se sintieran débiles. Tenía que alejar sus ojos de él, si alguna vez quería salir de la habitación.

—Fue un error. Pero necesitaba saber quién eras.

De pie, sólo a pocos centímetros de tocarlo, solo agregaba pensamientos a su mente agitada.

—Te dije quién soy. ¿Qué estabas esperando? Dejó salir toda su decepción y el dolor en su voz. Después de todas las cosas que hicimos... ¿no podías sólo preguntarme? No. Tenías que investigarme y realizar una verificación de antecedentes sobre mí, como si fuera un criminal común.

—Dulzura, no…

Samson levantó la mano como si quisiera tocar su cara, pero se detuvo cuando ella le interrumpió: —¡No me llames dulzura!

A Delilah le había gustado, cuando él la llamaba así la noche anterior, cuando hacían el amor, pero no ahora. Se volvió y cerró la maleta.

—Delilah, me disculpo. Ojalá hubiera confiado más en mis instintos, pero no lo hice. Cuando Carl empacó tus cosas, se encontró con algo y lo trajo a mi atención. Debería haber ido directamente a ti para preguntarte al respecto, pero yo… yo no sé por qué, yo no…

Su voz se cortó. Sus ojos avellana la miraron a los ojos, tratando de obligarla a escucharlo.

—Tenías archivos de Scanguards en tu posesión.

—Y ¿qué? Yo trabajo para ellos. Carl no tenía derecho a registrar mis cosas.

Samson asintió con la cabeza.

—Sí. Pero él los vio. Y entiendo ahora que tenías todo el derecho a tener los archivos en tu poder. Ahora lo sé. Porque ahora sé que tú trabajas para mí.

Confundida, ella lo miró. —Yo no trabajo para ti. Trabajo para Scanguards—, insistió y cogió su maleta. —Y además, ¿qué te importa para quién trabajo? No pensé que te interesara lo que hago.

Trató de empujarlo más allá para poder llegar a la puerta, pero él le bloqueó el escape.

—Tú trabajas para mí. Yo *soy* Scanguards. Me pertenece.

~ ~ ~

Delilah se detuvo en seco, y Samson al instante se dio cuenta de que esto era una novedad para ella. Ella no sabía que él era el dueño de Scanguards y que estaba valorado en más de unos pocos cientos de millones de dólares. El corazón de Samson dio un vuelco cuando la realidad salió a la luz, fue cuando comprendió que su miedo había sido infundado. Ella no estaba tras su dinero, porque no tenía ni idea de lo asquerosamente rico que él era realmente.

Samson podía ver que ella estaba tratando de comprender sus palabras. Entonces fue como si una nube negra se posara sobre su rostro. Su boca estaba abierta y mirándolo.

—¿Pensaste que estaba tras tu dinero? ¡Oh, Dios mío! Pensaste que dormí contigo, porque... ¡Dios mío!

El dolor que vio en los ojos de Delilah, le dolía profundamente en su pecho. Si él pensaba que decirle quién era, la haría entender por qué había actuado de la forma en que lo hizo, no había funcionado. En realidad, lo había hecho peor. Mucho peor.

—Nunca me había sentido tan barata y sucia en toda mi vida. Me sentía más limpia cuando pensaste que yo era una stripper. Pero pensaste... tú pensaste que yo iba a... no, no...

Ella corrió hacia la puerta, pero él saltó delante de ella y la detuvo. Él quería tomarla en sus brazos y besarla para quitarle su dolor, disculparse con su cuerpo por todo lo que había hecho. Pero sabía que lo alejaría. La había lastimado, su mortal amada, y le dolía más, que si él mismo se hubiera hecho daño. En este punto, haría cualquier cosa para que su dolor desapareciera.

—Por favor, dime lo que quieres que haga para compensártelo.

Ella lo miró fijamente, con los ojos brillantes por las lágrimas que estaba conteniendo.

—¿Tú crees que puedes comprarme? ¿No me has humillado lo suficiente? ¡Guarda tu maldito dinero y sal de mi camino!

—Por favor, detente un minuto, y escúchame.

—¿Por qué? ¿Acaso ya no sabes todo lo que querías saber? ¿No es eso por lo que me asignaste un *guardaespaldas* este día? ¿Para poder investigarme? ¿Controlas a todas tus mujeres de esa manera?

—Delilah, era por tu propia seguridad. Nunca quise hacerte daño, créeme. Pero me asustaste.

Estaba asustado con todo derecho, asustado de lo que podía hacerle a su corazón. Tal vez era mejor, si le decía claramente lo que ella le había hecho.

—¿Te asusté? ¿Cómo? ¿Porque has estado andando con una pobre auditora? Sí, eso es francamente aterrador—, dijo erizada y llena de sarcasmo.

—No digas eso. Son las cosas que me haces sentir cuando estoy contigo. Eso es lo que me asusta.

—Deja de mentirme.

Pasó justo a su lado y abrió la puerta con fuerza. Con su maleta en la mano, corrió por las escaleras. Samson estaba justo detrás de ella, no dispuesto a dejarla ir.

La puerta de la entrada se abrió un segundo antes de que ella llegara. Una repentina ráfaga de aire frío entró en el vestíbulo y, con ella Ricky y Thomas. Ricky miró a Delilah y después a Samson, que venía a sólo un paso detrás de ella.

—No creo que debas dejarla ir, Samson.

Él cerró la puerta antes de que pudiera salir. Samson oyó el suspiro de frustración, mientras intentaba pasar por Ricky.

—No voy a dejar que se vaya.

—Bien. Porque alguien mató a John Reardon. Y ella podría ser la próxima.

—¿John? — La voz de Delilah fue sólo un suave susurro.

Dejó caer la maleta en el suelo, donde hizo un fuerte golpe.

Samson miró sorprendido a sus dos amigos. ¿Lo conocía?

Delilah se apoyó en el armario. Una fracción de segundo después Samson estaba a su lado, la envolvió con sus brazos y la llevó a la sala de estar. No la dejaría salir, ni ahora ni nunca.

Samson suavemente la sentó en el sofá y se quedó cerca de ella. Manteniendo su brazo alrededor de ella, se sintió aliviado al sentir que no lo alejaba.

—Ricky, sírvele una copa de brandy a Delilah, ¿quieres?

Su amigo cumplió con entusiasmo y le entregó la copa a él unos momentos después. Samson llevó el brandy a los labios de Delilah y la hizo beber de él mientras apartaba un mechón de pelo de su cara.

—Aquí tienes, dulzura.

Su voz adquirió un tono suave mientras le acariciaba el brazo con ternura. Ella no protestó. Él sabía que ella no le había perdonado todavía, pero ahora ella estaba en shock, y haría cualquier cosa para hacerla sentir mejor. Más tarde, buscaría su perdón. Y luego había otro obstáculo por el cual saltar, pero ella no estaba lista para eso todavía.

En el segundo cuando la había seguido por las escaleras, había tomado una decisión. Él no la dejaría regresar a Nueva York. Al diablo el hecho de que ella era un ser humano. Ella era suya. La necesitaba, y la podía hacer feliz. Él lo sabía en lo profundo de su corazón.

Él atrapó a Ricky intercambiando una mirada con Thomas, que asintió con la cabeza. Ninguno de los dos lo había visto en tan tierno escenario con una mujer. Samson le dio un beso suave en la parte superior de la cabeza, sin importarle lo que sus amigos pensaran de su comportamiento.

—Delilah, dime lo que sabes acerca de este hombre. Él fue quien contrató a ese hombre que te atacó.

De repente se le quedó mirando con los ojos abiertos, incrédula.

—¿John? ¿John contrató a ese matón? — Ella miró a Thomas y a Ricky, que asintieron con la cabeza.

—Sí, fue él. ¿Quién era él? — Preguntó nuevamente Samson.

—Deberías saber quién era. Él trabajaba para ti—, dijo Delilah.

—¿Para mí?

—Era un contador en Scanguards—, le anunció, mirando entre Samson y sus amigos.

Samson envió a Ricky y a Thomas a investigar el asesinato del contador. También revisarían los antecedentes de John y cualquiera con los que hubiese trabajado en Scanguards. Amaury se mantuvo en la casa con ellos.

—Creo que está bastante claro que no fue idea de John hacerte daño. Era obvio que estaba trabajando para alguien y ese alguien lo mató—, dijo Samson.

—¿Pero por qué alguien querría hacerme daño? Yo sólo lo conocí hace una semana, y no conozco a nadie más aquí en San Francisco. No tengo enemigos—, protestó Delilah.

—Y esta persona sabía que lo estábamos buscando, no te olvides de eso—, intervino Amaury. —Y llegó a John antes de que nosotros pudiéramos. ¿No crees que eso nos esté diciendo algo?

Samson asintió con la cabeza.

—Eso es correcto. Quienquiera que fuese, él no quería que interrogáramos a John y que averiguáramos quién estaba detrás de esto, o de qué se trataba. ¿Se te ocurre alguna razón por la que él o cualquier otra persona querrían hacerte daño?

La idea de que alguien más estaba fuera, con ganas de lastimar a la mujer que deseaba tan profundamente, rasgaba las cuerdas de su corazón. Si alguien le tocaba un solo pelo de su cabeza, tendría que lidiar con su ira. Sería muy malo lo que le pasaría.

—Sólo estoy aquí para la auditoría, nada más. Estoy acostumbrada a que la gente no esté muy feliz de verme, pero eso no quiere decir que quieran hacerme daño.

—Entonces tiene que ver con la auditoría. Es tu única conexión con John y San Francisco. Es la única explicación. ¿La auditoría ha producido algún resultado? — Samson estaba curioso.

Ella se encogió de hombros.

—Nada inesperado, al menos no hasta ahora. He tenido problemas para llegar a algunos de los documentos de apoyo para algunos de los temas que estoy investigando, pero todavía tengo hasta el miércoles, así que estoy segura que voy a averiguar lo que está mal—. Delilah parecía muy segura de su trabajo—. Siempre he hallado lo que había que encontrar.

—¿Es esa tu reputación? ¿Es por eso que en Nueva York te contrataron? — Samson dejó que sus ojos recorrieran su pequeña figura.

¿Era ella una especie de súper detective? ¿También lo descubriría a él pronto? ¿Cuánto tiempo tenía hasta que ella descubriera su secreto? ¿Cuánto faltaría para que ella saliera corriendo y gritando de su casa?

—Eso es todo lo que hago. Yo no hago auditorías normales. Sólo trabajo en investigaciones especiales. Si alguien está manipulando los libros, lo voy a encontrar. Ya he encontrado algunos indicios de que alguien está estafando a la compañía. Sólo tengo que confirmar quién está detrás de esto.

Había un aire de confianza en ella, casi de orgullo. Él le creyó al instante. Si decía que lo encontraría, lo haría. Por supuesto, esto también significaba, que tenía que ser extremadamente cuidadoso y llegar rápidamente a una estrategia de cómo decirle lo que era. Tenía que decirle que él era un vampiro, porque no iba a dejarla ir.

—Tómate todo el tiempo que necesites, extenderé tu contrato por tiempo indefinido.

Esto debería quitarle la presión del tiempo de encima. El miércoles era demasiado pronto.

—¿Puedes hacer eso? — Delilah lo miró primero y luego a Amaury.

—¿Él puede hacer eso?

—Él es el jefe. Lo que él diga, se hace—. Amaury sonrió.

—Me haces sonar como un tirano—. Dio a su amigo una mirada de regaño.

—Yo te aseguro que no soy nada de eso. Sin embargo, ser el jefe tiene sus ventajas.

Samson le sonrió a ella. —Puedes trabajar desde aquí. Mi oficina está a tu disposición. Vas a tener acceso universal a todos los archivos, no sólo para la sucursal de San Francisco, sino para todas nuestras sucursales. Cualquier información que necesites, la puedo conseguir para ti.

—Eso no va a ser necesario. Puedo trabajar en la oficina en el centro. Además, necesito la caja de documentos de las transacciones que John consiguió. No he terminado con ella. Todavía está en la oficina.

Samson negó con su cabeza.

—Voy hacer que alguien te lo traiga aquí. No te voy a dejar fuera de mi vista. Si alguien fue capaz de llegar a John y matarlo, ellos tratarán de hacerte lo mismo. No puedo correr ese riesgo.

Un escalofrío recorrió por su columna vertebral, con la idea de que alguien podría hacerle daño.

—¿Siempre consigues lo que quieres?

Su voz tenía un filo para él. Entendía por qué. Todavía estaba enojada, por haberla investigado.

—No. Pero esta vez lo haré. No hay discusión. Trabajarás aquí. Uno de nosotros siempre estará contigo.

Él asintió con la cabeza a Amaury, pidiéndole silenciosamente a su amigo que lo apoyara. Por el momento, Delilah parecía más dispuesta a escuchar a alguien más que a él.

—Tiene razón, Delilah. Si alguien piensa que es tan importante deshacerse de ti, no van a parar sólo porque encontramos a John y a su cuñado.

Grandioso, así que ambos se habían confabulado contra ella. Tal vez ella todavía estaba en shock, pero sus pensamientos estaban claros. Delilah todavía estaba furiosa como el infierno con Samson por no confiar en ella. Estaba confundida acerca de las señales contradictorias que estaba recibiendo de él, y se asustó ante la idea de que alguien estaba tras de ella para hacerle daño. Si todo hubiera ido bien entre ella y Samson, no habría tenido ningún problema con esa disposición, pero ahora las cosas eran diferentes. Si él pensaba que, por hacerla quedarse en su casa, podría conseguir meterla de regreso a su cama, entonces tendría un duro despertar.

Se lo diría justo ahora, para que se ubicara en su lugar.

—Está bien. Yo me quedaré aquí hasta el final de la auditoría. Pero yo no salgo con clientes.

De su reacción pudo ver, que él no había esperado su declaración. Su quijada cayó. Se tomó unos segundos para que él encontrara la calma.

—Hablaremos de esto más tarde, en privado—, le dijo Samson indignado.

Demonios que lo harían. Pero mientras menos estuviera a solas con él, sería mejor. Delilah recordó el momento en que Ricky les había dicho acerca de la muerte de John, y cómo Samson había tenido la oportunidad de tomarla en sus brazos. No había tenido la fuerza para protestar, pero ella se sentía mejor ahora. No le daría otra oportunidad de encontrar el camino de regreso a su corazón, sólo para dejar que la hiriera de nuevo. Ella tenía que dejarlo fuera. Esto era sólo un trabajo, nada más. Y así era exactamente como lo trataría de ahora en adelante.

—Será mejor que empiece a trabajar.

—¿Ahora? — Samson levantó una ceja.

—No puedo dormir de todos modos.

Delilah sabía que con todo lo que había sucedido no había manera de que fuera capaz de cerrar los ojos.

—No tienes que quedarte levantado conmigo. Sólo muéstrame tu oficina y dame acceso a los archivos.

La oficina de Samson era más grande que lo que había esperado Delilah. Estaba hecha con paneles de buena madera oscura y había una pared de estanterías completamente repleta de libros de arriba hasta abajo. Había un enorme escritorio con varias pantallas de computadora, un sofá con un par de sillones y una mesa de café.

Ella esperaba que le mostrara el sistema y luego se fuera, pero en cambio ambos, él y Amaury, se quedaron y empezaron a trabajar con ella, ayudándola con la revisión de los archivos, rastreando transacciones y haciendo llamadas telefónicas a Nueva York para verificar la información. Al parecer, incluso en medio de la noche, la gente trabajaba en la sede principal. Con acceso directo a todos los archivos de la compañía, su trabajo sería mucho más fácil. Nadie ponía ninguna restricción sobre ella.

Delilah encontró extraño que de pronto él confiara en ella de esta manera. Samson hizo que uno de sus empleados trajera la caja de almacenamiento de la oficina, en la que ella había estado trabajando durante el día. Ahora, él y Amaury estaban esparciendo los papeles con información sobre la mesa de café, mientras ella se sentaba en su cómoda silla de oficina y revisaba los archivos de su computadora.

Él le había dado sus datos de usuario y contraseña, y tenía acceso libre. Si hubiera querido, podría haber visto todos sus archivos privados y lo que hacía. Pero no lo hizo. No husmearía. No caería tan bajo haciéndole lo que él le había hecho a ella. Esto era diferente que abrir algunos cuantos cajones de su dormitorio.

Delilah miró a Samson, que tenía la cabeza enterrada en los papeles, hablando en voz baja con Amaury. Sus largas pestañas eran tan oscuras como su pelo enmarañado, el cual había hecho un desastre la noche anterior, pasando sus manos violentamente a través de él y jalándolo hacia ella. Incluso ahora, a pesar de lo mucho que le había hecho daño, lo encontró más atractivo que cualquier otro hombre que había conocido.

Como si sintiera su mirada sobre él, de repente alzó los ojos y la miró. ¡Atrapada! Él le dio la más débil de las sonrisas, y ella sintió un flujo de calor en sus mejillas. Este hombre la podía confundir como nadie más. Rápidamente se volvió hacia la pantalla de la computadora. Tenía que mantener la cabeza fría. En pocos días su trabajo estaría terminado, sobre todo si ella trabajaba el fin de semana, y entonces estaría libre de irse. Todo esto no sería más, que un mal recuerdo.

Las horas pasaban, y para su sorpresa, los dos hombres no se cansaban. Sabiendo que Samson apenas había dormido la noche anterior cuando habían… No importa, y había estado en reuniones de negocios durante todo el día. Bueno, no era de su incumbencia de todos modos. Era un adulto. Si él no pensaba que necesitaba el sueño, a ella no tendría por qué importarle. Por lo menos mañana era fin de semana, y nadie tendría que levantarse muy temprano.

De pronto se contuvo un bostezo y miró el reloj.

—Guao, son casi las seis.

Samson y Amaury se miraron el uno al otro.

—Maldita sea—, exclamó Amaury.

Samson le dijo algo a él, que Delilah no pudo oír, y Amaury asintió con la cabeza.

—Será mejor que duerma un poco. Buenas noches—, dijo ella y se levantó, apagando la computadora.

Samson se levantó y la siguió fuera de la habitación.

—Buenas noches, Amaury.

—Buenas noches.

En el pasillo, la maleta estaba en el mismo lugar que ella la había dejado caer antes. Antes de que pudiera recogerla, Samson la tomó y comenzó a subir las escaleras. Cansada, ella lo siguió.

—Tú y Amaury no tenían que quedarse conmigo todo este tiempo. Yo podía haber hecho esto sola.

—No te preocupes por nosotros. Estamos acostumbrados a estar hasta tarde. Y, además, es mi compañía. Tengo un gran interés en averiguar quién está tratando de hacernos una jugada.

Cuando llegaron a la parte superior de las escaleras, él se dirigió a su dormitorio, mientras que ella hizo un movimiento hacia la habitación de invitados. Ella se detuvo cuando vio a dónde iba, sin soltar su maleta.

—Necesito mi maleta—. Delilah estiró la mano, esperando que se la diera.

—Es por eso que la he traído conmigo. Ven.

Abrió la puerta y se volvió esperando a que ella se le uniera.

—Creo que no entiendes: cuando te dije que yo no salgo con clientes, no era una broma.

—Entonces me temo que voy a tener que despedirte.

—No seas ridículo.

—No lo soy. Soy práctico.

Él esperaba con la puerta abierta.

Delilah cruzó los brazos frente a su pecho, asumiendo una posición defensiva. Necesitaba toda la fuerza que podía mostrar.

—Aunque me despidas, no dormiré en tu habitación. Estaré en la habitación de invitados. Ella giró sobre sus talones y se alejó.

—Yo no haría eso si fuera tú—, dijo Samson sin malicia en su voz, sólo una firme determinación.

—Mírame—. Hizo un claro desafío.

Si él realmente pensaba que podía tenerla de regreso así tan fácilmente, tenía que estar completamente loco.

—No me gustaría tener que golpear a Amaury.

—¿Qué?

Se volvió. ¿Qué tenía Amaury que ver con esto? No tenía ni una pizca de sentido para ella. Si su plan era confundirla, lo había logrado. Ella era todo oídos.

—No me gustaría encontrar a los dos juntos en la habitación de invitados. Él se ha quedado ahí. Así que, a menos que quieras comenzar una gran pelea entre dos buenos amigos, te sugiero que te quedes conmigo.

Así que eso era lo que los dos habían estado susurrando en la oficina. La había engañado.

—Estaban planeando esto, ¿no? ¿Sabes qué? Puedo dormir en el sofá de la sala de estar.

Samson negó con la cabeza y sus ojos la miraban llenos de dulzura y calor. No era justo.

—Todavía estoy enojada contigo.

Ella no había querido decir esto, pero acaba de salir de su boca.

—Ya lo sé. Te doy mi palabra: no voy a tocarte. Sé cuando he cometido un error, y sé cuándo tengo que pedir disculpas. Pero, ¿podrías por favor darme la oportunidad de explicarte las cosas, de modo que tal vez puedas perdonarme? — Su tono era suplicante. —No quiero que esto termine.

Delilah le devolvió la mirada. —¿Qué?

—Nosotros—. Extendió su mano libre. —Por favor, habla conmigo.

Vacilante se dirigió hacia él, sus pies no seguían a su cerebro, que le decía que no cayera en sus encantos de nuevo. Segundos más tarde, ella estaba en su dormitorio y le oyó cerrar la puerta cuando entró. Estaba sola con él. Ella necesitaba ser azotada severamente. ¿No se había prometido hace tan sólo cinco minutos, mantenerse alejada de él?

Samson encendió la chimenea y se sentó frente a ella, mirando las llamas.

—Nunca quise hacerte daño.

—Bueno, lo hiciste.

No sería tan fácil para él. Si él quería su perdón, tendría que trabajar para ello. Duro. Sólo verse tan condenadamente irresistible, no lo iba a sacar de ésta.

¡Claro, dile eso a tu cuerpo! ¡Ay, cállate!

—Y lo siento mucho. Sé que no puedo hacer que desaparezca, pero me gustaría que lo vieras desde mi punto de vista también. Te presentaste en mi casa, completamente inesperada y atractiva para mí. Y luego instantáneamente hiciste lo que quisiste conmigo.

—No lo hice—, protestó Delilah, pero por dentro no pudo evitar sonreír.

¿Realmente creía que lo había atrapado? Nadie le había dicho eso antes. Ella no era una tentación. Nunca lo había sido, y nunca lo sería. Ni siquiera sabía por dónde empezar.

Él le sonrió.

—Sí lo hiciste. Y compartiste mi cama, muy dispuesta. Créeme, nadie tiene esta suerte.

Delilah lo miró. ¿Realmente quiso decir eso? ¿Se había mirado en el espejo últimamente? Los tipos como él *sí* tenían esta suerte. Todo el tiempo.

—Eso no es una razón suficiente para ir detrás de mis espaldas.

—No, pero el miedo de otra traición, sí. ¿Cómo es ese dicho? ¿Gato escaldado, del agua huye?

—¿Traición?

Ahora ella sentía curiosidad.

~ ~ ~

—Había una mujer—

Samson la miró para comprobar su reacción. ¿Debería decirle toda la historia, toda? Sería de gran ayuda para hacerla entender, por qué había tenido tanto miedo. ¿Por qué pensar que ella lo traicionaría, lo había enviado a una caída en picada?

—La pelirroja.

Se quedó atónito. ¿Cómo había adivinado?

—Te veías tan tenso, tan lleno de rabia cuando hablabas con ella.

Él extendió su mano para invitarla a que se sentara con él. Delilah le agradeció y se sentó en el piso de almohadas a su lado. Quería sentirla cerca cuando él le dijera lo que había sucedido. Ni siquiera sus amigos conocían los detalles que él estaba dispuesto a compartir con ella. Lo único que sabían, era que había descubierto que ella estaba detrás de su dinero. Nunca le había dicho a nadie acerca de las cosas horribles que la había oído decir por el teléfono.

—Un conocido mutuo nos presentó. Ilona era nueva en la ciudad. Empezamos a salir, y me hizo creer que ella estaba interesada en mí. Yo estaba en un momento de mi vida, donde ya no quería estar solo.

—¿La amabas?

La voz de Delilah fue baja, casi como si no hubiera querido hacer esa pregunta. Ninguna mujer quería oír a un hombre confesar, que había amado a alguien más. Incluso él lo sabía.

—Yo lo creía en ese momento. Todo el mundo me decía, la gran pareja que éramos, así que pensé que si todo el mundo lo veía, tenía que ser verdad. La noche que tenía la intención de proponérselo a ella, la sorprendí. No me estaba esperado. La escuché en el teléfono, hablando con una de sus amigas. Las cosas que dijo...

Samson sintió su suave mano en el antebrazo, acariciándolo con suavidad. Se sentía tan bien tener la mano tibia de Delilah acariciándolo. No se atrevía a tocarla por miedo a que se detuviera. Sus dedos eran reconfortantes y tranquilizadores.

—Dijo que odiaba ser tocada por mí, que no podía soportar hacer el amor conmigo, y que una vez que ella estuviera vin... casada conmigo, no le importaría quién satisficiera mis necesidades sexuales, pero no sería ella. Que vomitaría si tuviera que besarme de nuevo.

Incluso ahora, no podía repetir sus palabras exactas.

Delilah lo miró con los ojos abiertos, en estado de shock.

—Todo lo que quería era mi dinero.

Una vez que ella lo tuviera, haría que alguien se deshiciera de él. No lo podía demostrar, pero lo sospechaba.

—¿Pero no ibas a tener un acuerdo prenupcial? Todo el mundo en California tiene uno.

Él negó con la cabeza.

—Esa no es la forma en que funciona conmigo. No hay acuerdo prenupcial. La mujer con la que me case un día, tendrá los mismos derechos de todo lo que tengo. Será mi pareja, en la vida y en los negocios. Una vez que me comprometa con alguien, será sin reservas.

Un vínculo de sangre, era más que un matrimonio. Un vínculo de sangre, era un matrimonio sin acuerdo prenupcial, sin divorcio. Realmente era hasta que la muerte los separase. Tendría que explicárselo, un día, un día no muy lejano.

—Aaa...

—Pero eso no es todo. Después de que terminé con ella, no pude confiar en otra mujer. No quería ver a nadie, nadie me interesaba.

—Eso es normal después de una ruptura como esa—, dijo en voz baja, la compasión claramente escrita en su hermoso rostro.

Samson negó con la cabeza.

—No es normal para un hombre que, de repente ya no tenga más apetito sexual. Y *definitivamente* no es normal, no tener ninguna erección durante nueve meses.

La boca de Delilah se abrió, con su franca admisión.

—Es verdad—, asintió él, mirándola.

—¿Tus amigos saben todo esto?

—Sólo lo básico, nunca les dije lo que realmente ocurrió y lo que dijo. Tú eres la única persona que lo sabe.

Había confiado en ella y sólo en ella. Sintió que ella se le acercaba.

—Así que tus amigos trataron de ayudarte y te trajeron una stripper...

Delilah tiró la frase al aire.

—Y en lugar de eso, tú apareciste, y de pronto, todo surgió a la vida. No podía creer lo que estaba pasando al principio, pero cuando te besé por primera vez, y estabas luchando contra mí, me excité tanto... de repente, todo lo que había estado inactivo durante tanto tiempo, se despertó.

Sus mejillas se colorearon en un hermoso matiz color rosa.

—¿Puedes imaginarte lo asustado que estaba, cuando Carl encontró los archivos en tu equipaje, y pensé que nuestro encuentro no era una coincidencia? ¿Habías estado jugando conmigo? ¿No me querías a mí, sino a mi dinero? Había empezado a sentir algo de nuevo, y en ese momento, pensé que habías estado...

Era doloroso hablar de ello, incluso ahora. —Por favor, perdóname. Debería haber hablado contigo de inmediato y preguntarte acerca de los archivos. Podría habernos ahorrado todo esto.

Delilah puso uno de sus dedos en sus labios.

—Chh…

¿Cómo podría seguir enojada con él, cuando se había abierto de esa manera? ¿Qué hombre admitiría que tenía problemas de erección, sobre todo a la mujer que quería llevar a la cama? Esto no podía ser un truco barato. Ella miró a sus ojos, en busca de una señal que le dijera que estaba equivocada, que no podía confiar en él, pero no había ninguna. Nadie se rebajaría de esta forma para conseguir lo que quería, ¿verdad? No. Su voz, su rostro, todo parecía y sonaba honesto, abierto. Le había contado todo.

Pero aún había otra pregunta, que no quería hacerle, pero tenía que hacerla. Ella se lo debía a sí misma. Al menos así sabría donde estaba.

—Lo siento, pero tengo que preguntarte. ¿Significa esto que sólo quieres sexo? Quiero decir, si es así, está bien—, añadió a toda prisa.

Ella no quería sonar como una mojigata o muy necesitada también.

—Si eso es todo lo que quieres. Puedo entenderlo, dadas las circunstancias. Quiero decir, ¿a qué hombre no le gustaría ponerse al día, verdad? Nueve meses es mucho tiempo para un hombre. Y los dos somos adultos conscientes. Quiero decir, esto es sólo una aventura. De todos modos, ni siquiera vivo aquí, tengo que regresar a Nueva York...

Ella estaba balbuceando. Sabía que no había futuro en esto. Por lo menos ahora sabía que la razón por la que él la quería, era porque estaba hambriento de sexo. Parecía justo. Eran adultos. Ella podía lidiar con eso, ¿verdad? ¿O no podía?

La mano de Samson fue hacia su cara, el pulgar le acarició su mandíbula. Su mirada se movió de sus labios temblorosos, hacia sus ojos. Ella temblaba, pero no hacía frío.

—Quiero más.

—¿Más sexo? — Su voz temblorosa, evitó su mirada.

—Más de todo. Más de ti, no sólo sexo. Esto ya no se trata de sexo. Voy a demostrártelo. Esta noche.

—Ya es de día.

—Hoy, todo lo que quiero es que duermas en mis brazos. Nada de sexo: sólo quiero estar cerca de ti. Ni siquiera tienes que estar desnuda. De hecho, probablemente es mejor si no lo estás. No espero que me perdones inmediatamente, sé que todavía estás enojada conmigo, pero necesito tenerte cerca. Necesito sentir que respiras junto a mí, necesito tu calor. Por favor.

Por mucho que Samson deseara su cuerpo y estar dentro de ella, le debía tanto. Tenía que demostrarle que no sólo la quería por la gratificación sexual, sino porque él respetaba sus decisiones. Si él podía mantener sus impulsos sexuales durante el día, podría demostrarle que la necesitaba para algo más que sexo, que tenía una oportunidad de hacerla suya para siempre. Valía la pena el sacrificio. *Ella* valía el sacrificio.

—¿Me quieres sólo aquí contigo? ¿No me besarás?

Miró sus labios, entreabiertos y húmedos. Por supuesto que quería besarla, pero ¿cómo iba a parar después de eso? Atrajo a Delilah hacia sus brazos y apretó su cabeza contra su pecho, suavizando su mano sobre su cabello.

—Te prometí cuando viniste aquí esta noche, que no te tocaría. Y eso es lo que pienso hacer.

—Me estás tocando ahora.

—Sabes a lo que me refiero, así que, no le busques la quinta pata al gato.

Él se rio en voz baja, sabiendo que, si lo estaba tentando, ya no podía estar tan enojada.

Samson la dejó que se cambiara en el baño, mientras él se quitó la ropa dejándose sólo los calzoncillos en su dormitorio. Usó el otro baño que estaba en el pasillo para alistarse para dormir, pensando que, como una mujer, ella estaría en el baño del cuarto por más tiempo de lo que él podría mantenerse despierto. El sol había salido ya, y necesitaba dormir un poco. Sintió que su cuerpo rápidamente se cansaba y su energía se agotaba.

Se acostó en la cama, tirando de las cubiertas por encima de él. Sólo tomó un par de minutos hasta que escuchó la puerta del baño abrirse y la vio. Si él había estado cansado antes, de repente todo eso se había borrado. ¿Estaba ella pensando en seducirlo?

Delilah llevaba el baby-doll más sexy que él había visto (el *único* que había visto), cuya tela era demasiado delgada como para dejar algo a la imaginación. No es que él tuviera que imaginarse algo, en primer lugar. Tenía una fotografía mental de cada centímetro de su cuerpo, guardada de manera segura, en su banco de memoria.

Se deslizó por debajo de las cubiertas justo hacia sus brazos, su cuerpo flexible moldeándose al suyo. Samson estaba seguro de que ella había notado la mirada hambrienta con la que la devoró. Esperaba que el sueño lo reclamara pronto, para cumplir su promesa, pero sabía instintivamente que no vendría lo suficientemente rápido.

—Tú dijiste que querías que me durmiera en tus brazos, ¿no?

—Sí, pero también te dije, que no deberías estar desnuda—. Sus manos la envolvieron, presionándola más cerca de él. Podía sentir cada músculo de su cuerpo.

—No estoy desnuda.

—Eso es discutible.

Ella se sentía desnuda para él. Su respuesta fue automática. La sangre subió a su pecho, como si alguien hubiera abierto las puertas de una presa. La presa Hoover.

Ella movió la cabeza cerca de la suya, lo tentó con su dulce aroma.

—¿No recibo un beso de buenas noches?

—Mejor no.

Apenas podía hablar ahora, tratando de contener las ganas de tomarla. Imágenes de su piel reluciente contra la de él, inundaban su mente. Sus cuerpos moviéndose en sincronía, su duro pene atravesándola, bombeando fuerte, chocando contra ella. Sintió perlas de sudor construyéndose en su frente, el calor surgía a través de su cuerpo, mientras trataba de luchar contra su naturaleza.

—¿Ya no me encuentras atractiva?

Ella sabía exactamente lo que estaba haciendo, más aún cuando él sintió su mano explorando desde su pecho al estómago, a sus calzoncillos. No fue capaz de detenerla, no porque no tuviera la fuerza física, sino, porque todos los pensamientos racionales habían salido de su cabeza. Cuando su mano se envolvió alrededor de su erección, él sabía que había perdido la batalla, pero hizo un intento más de cumplir su promesa.

—Deberías parar. Hice una promesa.

Era difícil hablar para él. Todo lo que su cerebro podía pensar, era en su suave mano moviéndose hacia arriba y hacia debajo de su pene.

—Yo no, lo que significa que puedo tocarte todo lo que quiera.

Él no podía creer lo que escuchaba. La razón por la que él le había prometido no tocarla, era para poder ganar su confianza de nuevo y ganar su perdón, ¿y qué hizo? Ella lo sedujo sin pudor.

—No puedes estar hablando en serio. Estás enojada conmigo, ¿recuerdas?

Delilah lo miró y negó con la cabeza.

—Ya no. Si todavía estuviera enojada contigo, no estaría en tu cama ahora mismo. Y yo no te estaría tocando de la manera que lo estoy haciendo.

Su mano se apretó más fuerte alrededor de su pene duro, mientras se movía a lo largo de su longitud de acero. —Por lo tanto, ¿podrías dejar de hacerte el difícil y darme un beso?

—¿Hacerme el difícil? No creo que me hayan llamado de esa manera antes.

De repente la sintió moverse, y en cuestión de segundos estaba encima de él, montándolo. Con un movimiento rápido, levantó su pequeño vestido por la cabeza y lo arrojó fuera de la cama. Sus ojos la vieron por toda su hermosa desnudez, su piel de seda, sus curvas. Él se le quedó viendo a sus pechos redondos que se adaptaban perfectamente a sus manos.

Poco a poco Samson tomó su cara en ambas manos y tiró de ella hacia él.

—Yo hubiera mantenido mi palabra, pero no me dejas otra opción.

Capturó su boca, devorándola. Estaba hambriento, hambriento de su sabor. Por un segundo la retiró.

—Y quiero que sepas, no hay más sexo: a partir de ahora, hacemos el amor.

Era importante para él hacer esa distinción. Había terminado con el sexo sin sentido. Quería un tipo diferente de intimidad con ella. Todo lo que quería, era mostrarle lo que sentía por ella, para ganar su corazón y su confianza, para pronto poder decirle el último de sus secretos y revelar su verdadera identidad.

~ ~ ~

Los labios de Samson volvieron a besarla, y si Delilah había tenido dudas sobre él, las borró a fuerza de besos. Este hombre se había abierto a ella como ningún otro hombre lo había hecho, y aunque ella había eludido sus esfuerzos por mantener su promesa de no tocarla, había visto la sinceridad en él para tratar de mantener su promesa. Era todo lo que necesitaba saber. No había ninguna necesidad de perder la noche, o más bien, el día sin tocarlo. Sólo había un lugar donde lo quería en estos momentos, y era dentro de ella, cautivo entre sus muslos. Por el tiempo que pudiera mantenerlo allí.

Su beso fue más tierno de lo que había sido nunca. Podía sentir su hambre y la necesidad debajo de él, apenas los mantenía bajo control, a punto de salir a la superficie. Pero aún así, la abrumaba con su ternura, con la caricia íntima que su lengua desataba en su boca. Sus dedos enmarcaban su rostro, acariciando suavemente su piel y tentando su cuello sensible, como si él no pudiera soportar soltar su cara.

Había deseo y promesa en su beso, como si le hubiera abierto su corazón y la hubiese invitado a él. Y había otra cosa que no había sentido antes: la sensación de que la necesitaba, no para satisfacer su necesidad carnal, sino para satisfacer su necesidad emocional. Ella le respondió con su propia marca de pasión y necesidad. Su cabeza llena de imágenes de felicidad, ambos bailando en el sol, en un mar de flores.

Samson se hizo hacia atrás y de repente le dio un breve descanso para respirar.

—No puedo tener suficiente de ti. No te vayas el miércoles.

—Pero, tengo que volver cuando la auditoría haya acabado.

Su protesta fue débil. Ella no quería irse, pero no podía quedarse tampoco. Tenía una vida en Nueva York, bueno, ella tenía un apartamento.

—No tengo ninguna razón para...

Un apartamento de alquiler. Realmente sólo un lugar donde guardaba sus pertenencias. Un lugar pequeño, algo que sus antepasados alemanes llamarían un *Wohnklo*, un pequeño estudio con un baño igual de pequeño.

—Te puedo dar mil razones para quedarte.

Él tomó su labio superior entre los suyos y lo succionó despacio.

—Esa es una—. Barrió su lengua por los labios. —Aquí hay otra. Vamos a hablar de ello esta noche. Pero en este momento...

La volcó con maestría y la llevó por debajo de él, mirándola a los ojos durante un largo rato.

~ ~ ~

Samson tomó lo que era suyo, y Delilah se rindió a su boca, su lengua, sus manos, y su cuerpo. Su forma de hacer el amor era más tierna, de lo que él había pensado que fuese capaz de hacer. No había prisa para unir su cuerpo con el suyo. Tendrían un montón de tiempo para explorarse el uno al otro.

Esta vez lo único que quería era sentirla, experimentar el calor de su cuerpo, sentir latir su corazón contra sus labios, con un ritmo emocionado. Bajo sus manos y su boca, la sintió cobrar vida y abrirse.

Delilah se arqueaba hacia él cada vez que sus manos la acariciaban desde el cuello, hasta su ombligo. Al igual que Magallanes, rodeó sus pechos y navegó hacia el sur, sólo para desviarse antes de llegar al Polo Sur. Navegó el pequeño canal entre sus pechos, como el Bósforo, sin poder decidir si concentrar su atención primero en Europa o en Asia. Ambos se veían igualmente atractivos.

Qué montañas tan perfectas con picos de roca dura. Su lengua lamía las carnosas puntas tentando un ahogado gemido de su garganta.

—Dulzura, ni siquiera he empezado todavía.

Se quedó sin aliento. —Oh, piedad.

Piedad no era algo que tenía en mente. No, él se dirigía hacia la copa frondosa más hacia el Sur, que albergaba un tesoro debajo de ella. Uno con el cual estaba decidido a volver a familiarizarse.

Sus dedos encontraron la protuberancia protegida y la rozaron. La pelvis de Delilah se alzó hacia él instantáneamente, empujando su mano sobre sus pétalos húmedos. Incapaz de resistirse, deslizó un dedo hacia su vagina acogedora.

—Te quiero ahora.

Samson nunca había oído su voz con un matiz tan profundo.

—Me tienes. Hizo hincapié en su declaración hundiendo el dedo hacia lo profundo. Ella no tenía idea de cuánto le pertenecía – en cuerpo y alma. Él se lo diría muy pronto.

La urgencia de su cuerpo se hizo más intensa, sus caderas se movían en sincronía con su mano, montándolo, como él sabía que quería hacerlo con su pene. Y podía montarlo cada vez que ella quisiera: él nunca sería capaz de negárselo.

Con movimientos lentos, Samson se acomodó encima de ella, centrando su pene punzante. Y centímetro a centímetro descendió, hasta que se encontró profundamente dentro de ella. Cada empuje hacía su unión más profunda, conectaba sus cuerpos más, hasta que se movían como uno solo.

Ellos no estaban conectados sólo por su erección atravesándola, sino también por sus piernas enredadas, con los brazos entrelazados, sus labios fusionados. Su cuerpo se adaptaba perfectamente al suyo, como si alguien en el cielo la hubiera moldeado para él.

Samson nunca se había sentido más cercano a una mujer que con Delilah en ese momento. Podía sentir como su excitación crecía, mientras su pelvis empezaba a golpear contra él con más urgencia. Él respondió de la misma manera, moviéndose al ritmo que exigía. Se dio cuenta de cómo él se llenaba de alegría, sabiendo que podía complacerla.

Samson se mantuvo a sí mismo justo en el borde, negando su liberación hasta que pudiera estar seguro de que ella estuviera cerca. La urgencia de ella se apoderó, exigiendo que empujara más fuerte y más profundo, y cumplió con muy buena gana a pesar de la fuerza que le costaba contener su propio clímax.

—No pares—. Su deseo fue una orden.

—Ni pensarlo.

Sus talones alrededor de su espalda excavaban en lo más profundo, y sus uñas en la espalda le hubieran sacado sangre, si hubiera tenido la piel frágil de un ser humano. A continuación, su orgasmo lo golpeó, como si el cuerpo de ella estuviera a punto de romperse en mil pedazos. Y como una hilera de fichas de dominó, lo alcanzó llevándoselo con ella, encendiendo su orgasmo, haciéndolo venirse dentro de ella.

Pero no había terminado. No dejaba de moverse dentro de ella, balanceándose hacia adelante y hacia atrás, besándole los labios, sosteniéndola hasta que sintiera el último de sus espasmos.

Mientras fijaba su mirada con la de ella, no podía hablar. Y no quería romper el momento mágico de la felicidad total y absoluta. Se dio la vuelta hacia un lado, llevándosela con él, incapaz de soltarla de su abrazo, indispuesto a salir de su cuerpo.

Cuando por fin habló, su voz resonó en sus oídos: ronco, coloreado por la pasión y el deseo, y algo más que no había sentido en mucho tiempo, cariño.

—Puedo darte un millón de razones para que no te vayas.

Y él usaría cada una de ellas, para convencerla de quedarse.

13

Sucedía con frecuencia que Amaury pasaba tiempo en una cama que no era la suya, pero en general por otras razones que las de ésta ocasión. Para el momento en que él y Samson dejaron de trabajar ayudando a Delilah, estaba demasiado cerca la salida del sol para que se arriesgara a irse a su casa. Por mucho que odiara entrometerse entre los dos amantes, no tenía más remedio que permanecer en la habitación de invitados. La cual, por desgracia, compartía una pared con el dormitorio principal.

Su sensibilidad auditiva escuchó más de lo que quería saber o ser parte, por lo que él hizo unos tapones improvisados de bolas de algodón, que encontró en el cuarto de baño. Ayudó un poco. Por lo menos no podría oír más sus voces. Era un solo asunto, entre el bombardeo que escuchaba de esas emociones, el que lo golpeó. Ellos habían hecho virtualmente imposible que Amaury pudiera desconectarse y dormir. Al parecer, el sexo de reconciliación iba bien.

En todos sus años como un vampiro, nunca había conocido a una mujer que lo hubiese movido tanto como Delilah había afectado a Samson. Amaury era mucho mayor que su amigo por casi 200 años, y lo había probado todo. ¿Cómo había sobrevivido tanto tiempo?, él realmente no estaba muy seguro, sobre todo porque había hecho suficientes enemigos entre los humanos y los vampiros.

Había vivido tiempos difíciles en los años mil quinientos y mil seiscientos en su nativa Francia, antes de sentir que era hora de tener un comienzo fresco en un nuevo continente, donde su reputación como un sinvergüenza y mujeriego no le precediera. Además, había pasado por todas las mujeres de, entre quince hasta cincuenta años, y fue quedándose poco a poco sin compañeras dispuestas a compartir su cama. Era más prolífico que Don Juan o Casanova, a pesar que su nombre no llegó a los libros de historia. Mejor aún, no necesitaba ninguna publicidad.

La habitación de huéspedes era bastante cómoda, pero sus pesadillas personales lo despertaron muy temprano, una hora antes del atardecer. Las pesadillas eran familiares y no habían cambiado mucho en los últimos cientos de años. A pesar de trabajar con el Dr. Drake en la culpa que lo atormentaba, no podía librarse de las imágenes que atormentaban su sueño cada noche.

No había necesidad de quedarse en la cama si no podía volver a dormir. Una ducha rápida fue refrescante y también lo era la sangre que encontró en el refrigerador de la despensa, cuya combinación no era ningún secreto para él. Se había quedado en la casa de Samson lo suficiente, como para estar familiarizado con todos los armarios de la despensa, y por ahora no tenía tiempo suficiente para ir a la caza de una comida fresca. ¿Cómo podía vivir Samson de material empaquetado? Para él no tenía sentido.

Amaury prefería el líquido rojo cálido y sabroso, directamente de una persona con vida. Preferentemente de una mujer con la que podría satisfacer dos deseos a la vez, dos pájaros de un tiro. Y francamente, sus deseos carnales necesitarían un gran alivio pronto. Rara vez pasaba una noche sin ello.

Él no se encontraba en una relación con alguna mujer en particular. En su lugar, tomaba todo lo que podía obtener de cualquier mujer dispuesta. Gracias a su buena apariencia, siempre había mujeres suficientemente interesadas en un revolcón sobre el heno. Bueno, en estos días, ya no era sobre el heno, ya que en realidad prefería un suave colchón con sábanas de algodón egipcio de alta calidad. Integrarse *tenía* sus lujos.

Él se adentró en el periódico que Oliver había llevado al principio del día. No había señales de él en la casa ahora, en cambio, Carl se estaría reportando pronto, poco después del atardecer.

Minutos después de profundizar en el periódico, oyó pasos en las escaleras. No eran los pasos pesados de Samson, sino los pasos mucho más ligeros de Delilah, que se acercaban. Ella apareció en la cocina segundos más tarde, tenía un cálido resplandor.

—Buenos Días—, Delilah le saludó con una sonrisa.

—Buenas tardes, Delilah. ¿Samson se ha levantado ya?

—No. Lo dejé dormir. Parecía agotado.

—No me sorprende—. Él sonrió.

La casa prácticamente se había sacudido como un terremoto, justo con el epicentro en el dormitorio principal. O tal vez era sólo la sensibilidad de Amaury a las emociones, su don especial -y doloroso como el infierno-, que le habían hecho sentir como que San Francisco estaba preparándose para otro temblor más grande.

El sonrojo de Delilah, avergonzaría a un tomate maduro. Ella tendría que acostumbrarse. Si él había leído sus emociones correctamente la noche anterior, ella se convertiría en un elemento permanente en ese hogar.

—Me muero de hambre. ¿Quisieras que te hiciera un sándwich mientras estoy en eso? Delilah abrió la nevera y empezó a tomar un poco de pan, jamón y otros ingredientes.

—No, gracias; alimentos sólidos después de haberme levantado no van conmigo.

No era una mentira. Los alimentos sólidos no iban bien con él, pero no sólo para el desayuno. No es que no le hubiese gustado comerse un filete jugoso si pudiera. Como un francés, la pérdida de la buena comida después de que se había convertido en un vampiro, era el golpe más duro.

Delilah comenzó a lavar unos tomates.

—Sabes, encontré algo en las transacciones de anoche.

—Adelante.

Amaury tenía más que un conocimiento básico de contabilidad y era un buen compañero con quien intercambiar ideas.

—Entonces, imagina que quieres pasar los controles internos para mover activos valiosos fuera de la empresa, ¿qué harías?

Se encogió de hombros.

—No estoy seguro de lo que quieres decir. No puedes mover los activos de la empresa, sin una firma habilitante de puestos más altos, el cual John no tenía. Estoy seguro que sabes eso tan bien como yo.

—De acuerdo, pero John tenía autoridad para firmar otras cosas. Si quisiera desechar una vieja computadora, podía firmarlo, y luego iría a un vendedor que reciclara aparatos electrónicos viejos—, explicó ella, mientras ponía mantequilla a una rebanada de pan.

—Claro, pero tendrías que reciclar un montón de pequeñas cosas para hacerle algún daño a la compañía—, Amaury refutó su idea. —Y además, lo que sea que recicles probablemente tendría muy poco valor de todos modos, ¿cuál es el punto? No veo cómo se puede mover una gran cantidad de activos de la empresa así. Estarías ocupada por años.

—Eso es lo que pensé también en un principio. Pero ¿y si el verdadero valor del activo no es sólo el valor del reciclaje, sino que mucho más?

—¿Cómo?

—Depreciación.

—¿Depreciación? — Amaury no entendía muy bien.

Por supuesto, él estaba familiarizado con el concepto de depreciación de un activo durante su vida útil para reflejar un valor exacto de los libros y reclamar el gasto en la cuenta de ganancias y pérdidas de la empresa. Pero ahí es donde terminaba su conocimiento.

—Sí. John estaba autorizado para reciclar viejos activos con un valor inferior a $2,500 sin necesitar otra firma de la Sede Principal. Él aceleró la depreciación para reducir el valor de estos activos por debajo del umbral que podría firmar, eludiendo así los controles internos.

Esto parecía prometedor, tuvo que admitirlo.

—¿Y entonces?

—Entonces él transfería el activo a alguien fuera de la empresa, que a su vez lo vendía por lo que era su valor real. Le regresaba el valor del reciclaje a la empresa y se quedaba con la diferencia.

Ella mordió su sándwich y lo masticó.

—Pero, ¿cuánto dinero podría realmente haber robado de esa manera? ¿Qué pasa si se asciende a cincuenta o cien mil dólares? Esas sólo son migajas. No es razón suficiente para enviar a alguien detrás de ti a matarte. Lo viste tú misma en los registros que vimos ayer, y esto ha estado sucediendo sólo desde hace un año.

—Pero esto no cambia el hecho de que él estaba claramente defraudando a la compañía. Los documentos de las transacciones lo señalan a él. Su firma está por todos lados. Inició y autorizó las operaciones. Sí, no era exactamente el fraude más sofisticado, y ciertamente no es nuevo, pero tal vez esa cantidad de dinero significaba más que migajas para él. Y tal vez no estaba tratando de matarme, tal vez sólo estaba tratando de asustarme.

—¿Para qué? El siguiente auditor sólo vendría y continuaría el trabajo donde tú lo hubieras dejado. Sería sólo una solución temporal a lo mucho.

—¿Temporal? Mmm—. Ella claramente lo pensó.

—Tal vez tenía algo más bajo la manga.

Ella frunció el ceño.

—¿Quieres decir un mejor fraude?

—¿Por qué no? En algún momento los delincuentes se vuelven codiciosos. Confía en mí, he visto un montón de codicia en mi vida.

Amaury no estaba exagerando. Había visto más que su justa parte de la codicia, en su larga vida.

—Codicia. Mmm. Me recuerda a algo que mi maestro solía decirnos en clase. Si quieres malversar, tienes que malversar en grande. Consigue lo que quieres en un gran golpe y lárgate. Los planes de malversación a largo plazo, nunca funcionan.

—Interesante profesor. ¿A qué tipo de escuela fuiste? — Amaury le dio una sonrisa de asombro.

—Él era mi profesor de contabilidad en la universidad. Lo creas o no, los contadores y auditores necesitan realmente aprender cómo cometer un fraude, con el fin de detectar uno, en los libros.

—Como un especialista en seguridad que habría tenido que irrumpir en algunas cajas fuertes, ¿eh?

—Exactamente. Por lo tanto, ¿es así como Scanguards entrena a su gente?

Delilah había terminado su sándwich y estaba poniendo los alimentos que quedaban, de nuevo en el refrigerador.

Él la miró de reojo. Ella probablemente no tenía idea de lo cerca que su pregunta estaba de la verdad. Scanguards no sólo empleaba a la mayoría de los vampiros, algunos menos dóciles que otros, sino también, un gran número de sus empleados humanos eran criminales reformados.

—Me temo que no podemos revelar nuestros métodos de cómo…

Ella lo interrumpió. —Amaury, era una pregunta retórica.

Dejó escapar una risa nerviosa y cambió de tema.

—¿Sabes lo que me sorprende de John? Pasó a través de ésta complicada situación para robar un poco de dinero, cuando habría sido probablemente mucho más fácil, llegar a los activos líquidos de Scanguards. Estás familiarizada con nuestra hoja de balance. Tenemos muy pocos activos fijos, muchos de los edificios en los que operamos son rentados, los vehículos son generalmente alquilados. Sin embargo, tenemos mucho dinero en efectivo. Así que ¿por qué no ir por él? ¿No habría sido más fácil?

Delilah frunció los labios.

—Sus controles internos en torno al dinero en efectivo son bastante sólidos. Todas las transferencias en efectivo, irían a través de un proceso de doble aprobación. He leído el manual de procedimiento sobre eso. No lo podría haber hecho por sí mismo.

Puso los platos en el fregadero y empezó a limpiarlos.

—Creo que estamos pasando algo por alto. Examinemos los hechos. Tú auditas a la compañía. John se pone nervioso porque estaba malversando fondos de nosotros. Contrata a su cuñado para matarte o...

—... O asustarme ...

—... O alejarte. Y justo cuando vamos tras él, es asesinado. No fue su cuñado, puesto que ya lo habíamos capturado. No fue una matanza indiscriminada. Fue deliberada. Por lo tanto, ¿qué nos hubiera dicho John si hubiésemos llegado antes? ¿Habría confesado que nos estaba robando? Tal vez. Pero eso sólo le haría daño a él mismo.

—Alguien claramente no quería que nos enfrentáramos a él. John conocía a esa persona, y sabía lo que hacía o lo que le dejaría hacer.

—Así es, porque John le ayudaba a él con eso. No hay otra razón para que alguien te quiera muerto, que pensar que ibas a descubrir lo que hicieron, y tiene que ser más grande que la depreciación acelerada y la venta de activos pequeños. Mucho más grande.

Delilah se dio la vuelta para mirarlo, sus ojos relucieron de interés. Aparentemente sin saber que ella sostenía un cuchillo afilado en la mano, hizo un ademán. Mientras el cuchillo resbalaba de su mano, hizo un intento por agarrarlo, pero sólo alcanzó la punta afilada entre sus dedos. La cuál cortó sin esfuerzo, la suave carne de sus dedos antes de que aterrizara en el suelo. La sangre inmediatamente corrió por su mano.

—¡Maldita sea!

—¡Oh, mierda!, exclamó Amaury.

Eso era todo lo que necesitaba… el olor de sangre fresca en el estómago casi vacío…

—Déjame ayudarte a vendarlo.

Cuanto más rápido se sellara la herida, sería mejor para todos. Abrió un cajón y agarró una servilleta limpia.

—Déjame ver.

Ella puso su otra mano sobre su estómago.

—Oh, Dios, no puedo ver.

—Es sólo un poco de sangre—, le aseguró él, y no pudo dejar de notar que se había puesto pálida.

Amaury tomó su mano para ver qué tan profunda era la herida, mientras sostenía la servilleta por debajo de él, para detener la sangre que goteaba en el suelo. Contuvo la respiración para no ser dominado por el olor completamente atractivo.

~ ~ ~

Samson olió la sangre tan pronto como salió de su dormitorio, recién duchado y vestido. No había duda de quién era la sangre y de dónde provenía. Sus fosas nasales se abrieron, y su cuerpo se tensó.

¡Delilah!

Él sabía del amor que Amaury tenía por la sangre caliente mejor que nadie y se maldijo por haber dejado que se quedara, mientras Delilah estaba con él.

Mientras volaba por las escaleras e irrumpía en la cocina, estaba listo para la batalla…para salvar a su mujer de su mejor amigo. Si Amaury la había mordido, lo mataría. La furia lo atravesó, mientras sus ojos se centraron en la escena en la cocina: Amaury inclinado sobre la mano sangrante de Delilah.

Sin pensarlo, Samson se abalanzó sobre su mejor amigo y con un ruido sordo, ambos se estrellaron en el duro piso de la cocina.

—¡*Noooooooo!*— Samson gritó y se hizo eco en la cocina. Mostró sus colmillos y gruñó, manteniendo a Amaury debajo de él mientras lo golpeaba con los puños. Los brazos de su amigo se alzaron en su defensa, tratando de protegerse el rostro.

—¡Alto!

Pero la voz de Amaury fue ahogada por el rugido feroz de Samson. El puño de Samson se conectaba con la mandíbula de su amigo, una vez más. Desviando su próximo golpe, Amaury lo detuvo.

—Samson.

La voz de Delilah finalmente penetró en su cabeza.

—Yo no hice nada—, susurró Amaury.

—¡Samson! ¿Qué está pasando?

Sacudió la cabeza y al instante supo que no debió haberse dado vuelta hacia ella cuando la vio reaccionar a él. En su aturdimiento se había olvidado de todo. No se había dado cuenta de lo que ella iba a ver: su lado vampiro.

Delilah gritó con los ojos y la boca bien abiertos, su mano sosteniéndose en la isla de la cocina mientras se alejaba de ellos.

—¡Oh, Dios mío! — Su pecho se contraía como si no pudiera obtener suficiente aire. —Oh, Dios mío, ¿qué eres?

En realidad, no era una pregunta. Se trataba más de una declaración.

Él estaba bien jodido.

~ ~ ~

Los ojos de Samson eran de color rojo. ¡Brillaban completamente!

Se veían de la misma forma que en aquella ocasión en la ducha cuando Ricky los había interrumpido. No se había equivocado, no importando cuántas excusas pusiera. Pero no podía explicarlo, ya no, no cuando ella vio a su boca, en la cual dos dientes sobresalían.

No, no eran dientes.

¡Colmillos!

Colmillos puntiagudos y afilados como los de un animal. Como un tigre dientes de sable.

Ella no podía pensarlo, no, porque al pensarlo lo haría real. No podía ser real. Eso no existe. Él no existe, no así.

¿Era este uno de sus extraños sueños otra vez? ¿Cuándo despertaría de esta pesadilla? ¿Cuándo? Delilah se agarró de la barra a sus espaldas más fuerte para balancear sus rodillas temblorosas y sintió dolor en el dedo, donde se había cortado. No, esto no era una pesadilla, era la realidad. Una realidad extraña.

Vio cómo Samson se levantaba, liberando Amaury de su agarre, moviéndose lentamente hacia ella.

—¡No! — Contuvo el aliento en el pecho.

Necesito aire. Necesito aire y ahora.

—Delilah, todo está bien—. Su voz era tan suave como lo había sido la noche anterior.

—¡Aléjate de mí!

Ella se alejó más hacia atrás, hasta que chocó contra la pared que estaba detrás. No había otro lugar a donde ir. Había conseguido arrinconarse en una esquina. Y él venía hacia ella, lento, pero constantemente. *¡Oh, Jesucristo!* Su garganta se secó. Sus cuerdas vocales se congelaron. Tenía que enfrentarse a los hechos ahora. Ella no podía negarlo por más tiempo.

Había hecho el amor con un vampiro, una y otra vez.

Drácula. Un vampiro.

Samson era un vampiro, un vampiro cuya boca la había devorado, cuyos colmillos habían estado tan cerca de su yugular, podría haberla matado de una mordida.

—No voy a hacerte daño.

Ella soltó una carcajada histérica.

—No, sólo me vas a morder. Eso es lo que quieres, ¿no? Oh Dios, ¿cómo pude haber sido tan estúpida?

Realmente, ¿cómo podría haber sido tan tonta? ¿Por qué no vio esto venir? Se sentía como una de esas heroínas estúpidas en una película de terror de bajo presupuesto, corriendo por las escaleras en su pequeño vestido transparente, con el asesino pisándole los talones.

Delilah frenéticamente vio a su alrededor para tomar cualquier cosa que pudiera usar como arma.

—Amaury, nos das un momento a solas—, pidió Samson.

—¿Crees que es una buena idea? — Amaury se frotó la mandíbula.

—Quiero que Amaury se quede—, dijo Delilah rápidamente, con la esperanza de que al menos le podría proporcionar cierta protección contra Samson.

Samson le dio una mirada de sorpresa.

—¿Así que piensas que tener dos vampiros en la habitación, es más seguro que uno?

Fue entonces cuando cayó en cuenta. Ella contuvo el aliento. Los dos eran peligrosos, los dos eran vampiros. Amaury no mostraba sus colmillos, y ahora que ella miraba nuevamente a Samson, sus colmillos también se habían retraído. Sus ojos eran de color avellana como de costumbre.

¿Lo había alucinado? ¿Estaba tan siquiera despierta?

—Samson, yo no la estaba atacando. Sólo estaba ayudándola a vendar su herida.

Ellos intercambiaron miradas, hasta que Samson finalmente asintió con la cabeza.

—Siento mucho haberte juzgado mal, pero no podía correr el riesgo de que alguien la dañara. La situación…

—No soy tan hambriento de sangre como piensas, y nunca tocaría a tu mujer.

Amaury sonó un poco dañado. ¿Un vampiro herido por las palabras de otra persona?

¡Vuelve a la realidad! Te estás volviendo loca.

Delilah se movía lentamente a lo largo de la pared, mientras que los dos vampiros tenían su conversación. Apenas escuchaba mientras se deslizaba por lo largo de la pared hacia la puerta de la cocina. Sólo unos pocos pasos más y llegaría a la puerta.

—¿A dónde vas Delilah?

Se detuvo en seco. Ahí iba su huida. Se mordió el labio.

—Vamos a vendarte primero la mano, antes de que el olor de la sangre conduzca a uno de nosotros al borde.

Su voz parecía tranquila, pero podría ser un truco. Por lo que sabía, él la dejaría seca, tan pronto como viera gotear la sangre de sus dedos.

Samson dio unos pasos hacia ella, y ella se apretó más contra la pared. Pero no había otro lugar adonde ir. Estaba a sólo unos centímetros de distancia de ella ahora.

—Por favor, siento mucho que tuvieras que enterarte de esta forma. Yo estaba planeando decírtelo

—¿Cuándo? ¿Antes o después de que me mordieras?

Ella no debería mostrarle su miedo. La haría incluso más vulnerable, pero no tenía idea de cómo ocultarlo. Y animales como él, se abalanzarían tan pronto como olieran el miedo, ¿no? ¿Lo haría? ¿La atacaría cuando se diera cuenta de que se estaba cagando de miedo?

Podía sentir su aliento en la cara. Le recordaba la forma en que la había besado, cómo le había hecho el amor, cómo la había tocado. ¿Cómo podría ser el mismo hombre? No, él no era un hombre, era un vampiro.

¡Despierta y huele la sangre!

—Nunca te haría daño, dulzura. Estaba tratando de protegerte. Olí la sangre y pensé que Amaury te había atacado.

¿Tenía que verse tan endemoniadamente sexy mientras se encontraba a sólo unos centímetros de distancia de ella? No era justo.

Sintió su mano acercándose a la de ella y trató de apartarla, pero él la agarró.

—Amaury, las curitas están en el cajón de arriba al lado de la cocina.

Segundos después, su amigo le entregó la caja de curitas. Samson llevó su mano a la boca. Delilah gritó. Él iba a beber su sangre. ¡Lo sabía! Era exactamente igual que en su pesadilla.

Él reconoció su mirada asustada.

—Voy a lamer tu herida. Mi saliva la sellará, y dejará de sangrar. Confía en mí.

¿Confiar en él? ¿Era una broma?

No había manera que confiara en él, pero él le sujetaba la mano con un agarre de hierro, y ella no podía liberarse. Sin poder hacer nada, Delilah vio como su lengua lamía suavemente sobre sus cortes, lamiendo la sangre. Sintió una caliente sensación de hormigueo en los dedos y se dio cuenta de que el flujo de sangre se detuvo al instante. Samson colocó la curita sobre el corte sellado. Cuando cerró la boca, ella lo vio tragar y respirar fuerte.

Sus ojos de repente se fijaron en los suyos.

—Oh Dios, incluso tu sangre sabe a lavanda.

Lo vio bajar su boca, pero no pudo detenerlo. Sus labios rozaron ligeramente los suyos antes de tomar su boca y capturarla. Fue entonces cuando supo con absoluta certeza que no estaba soñando. Ella conocía su tacto, su sabor, su olor. Él era real, y era un vampiro.

No podía parar a su cuerpo de reaccionar a él, de la misma forma que había reaccionado la noche anterior, y permitió que su lengua entrara y la acariciara.

Pero esto no era como la noche anterior, él no era el mismo. Era un vampiro, no el hombre que ella pensaba que era. Tenía que alejarse de él.

Samson estaba tan absorto besándola, que la patada en la ingle le golpeó como un tren. Inmediatamente la soltó y se dobló. Demonios, nadie nunca lo había pateado en la ingle. Justo donde más le dolía. Las náuseas lo abrumaron. Como un vampiro él podía resistir el dolor, pero incluso para él, esto estaba a la altura del dolor de arrancarle las uñas de los dedos.

Cuando miró hacia arriba, alcanzó a ver a Delilah mientras corría fuera de la cocina. Sin poder correr atrás de ella justo ahora, cuando aún luchaba con las náuseas, le dio a su amigo una orden.

—Tráela de vuelta.

Para cuando Amaury volvió con ella, Samson se había recuperado del dolor y fue capaz de ponerse de pie otra vez. Amaury la mantenía agarrada, demasiado apretado para el gusto de Samson. Una punzada de celos lo golpeó. Esto no era bueno.

—Dulzura, tienes que parar de golpearme. Estoy seguro que podemos encontrar otra manera de que me muestres tu afecto.

Tenía que domarla. Ella tenía agallas, y domesticarla sería divertido, agotador y probablemente a veces doloroso.

—¡Yo no soy tu dulzura!

Ah, eso estaba mejor. No le gustaba el aspecto temeroso que había mostrado antes. Él prefería que fuera una luchadora. Algo con lo cual podría trabajar.

—¿Te puede soltar Amaury ahora, o vas a enloquecer de nuevo?

Delilah sacudió el brazo de Amaury mientras Samson asintió con la cabeza hacia él. De inmediato se cruzó de brazos. Definitivamente lista para la batalla. No es que fuera a ganar. Nunca. Pero él la dejaría intentarlo.

—¿Podemos hablar ahora?

Delilah no respondió y, en cambio, apretó los labios con más fuerza. Él sabía exactamente cómo podría conseguir abrir esos labios nuevamente, pero probablemente era mejor no intentarlo cuando ella aún estaba enojada con él. A él no le apetecía otra patada en las bolas.

—¿Debería dejarlos solos?

Él asintió con la cabeza a su amigo.

—Gracias. Ponte cómodo en la sala de estar. Esto tomará un tiempo.

Una vez que estuvieron solos, él la miró. Su expresión no había cambiado. Podía ver la tensión en su cara y en su cuerpo, la feroz determinación a dejar que nada llegara a ella. No estaba dispuesta a escucharlo, él lo sabía. Pero tenía que intentarlo de todos modos.

—Delilah, sigo siendo el mismo hombre.

Ella negó con la cabeza sin decir una palabra. Ah, la ley del hielo. Una mujer con poder.

—Lo que tenemos juntos…

—No tenemos nada juntos—, ella lo interrumpió. —Me mentiste.

Por lo menos estaba hablando ahora. Era un comienzo.

—Yo quería decirte. Pero esto no es exactamente la cosa más fácil de explicar. ¿Qué debería haber dicho? 'Hola cariño, deja que te lleve a cenar, ¡ah!, y, por cierto, soy un vampiro, así que ordena cualquier cosa que quieras, mientras yo bebo un vaso de sangre.'

—Nunca tuviste la intención de decírmelo. Todo lo que querías era un pequeño juguete sexual.

—Eso no es cierto, y tú lo sabes. Te lo dije anoche…

—Mentiras, eso es lo que me dijiste—, ella lo interrumpió. —Incluso caí por tu linda historia acerca de tu problema de erección. ¿Es eso lo que le dices a las demás?

Delilah bajó sus brazos y puso sus puños en la cintura.

—No, sólo existes tú. Y lo que te dije anoche es verdad.

—Tonterías. ¿Es por eso que la pelirroja te dejó? ¿Ella se enteró de que eras un vampiro?

—En primer lugar, ella es un vampiro también, y, en segundo lugar, yo la dejé.

Miró su rostro conmocionado. Era evidente que no esperaba escuchar que Ilona era un vampiro, pero se contuvo rápidamente.

—Entonces, qué, ¿te quedaste sin mujeres vampiro y tenías que cogerte a una humana?

—No se trata de sexo, al menos no después de la primera noche.

—Mentiroso.

—Ya me dijiste eso.

—Porque sigues diciendo las mismas historias.

—Porque es verdad. Lo admito, la primera noche fue todo sobre el sexo, pero después de eso, maldita sea, ya no lo era. Yo te quería, y no sólo por el placer físico. No puedes decirme que no sentiste eso cuando hacíamos el amor.

~ ~ ~

Delilah lo había sentido, pero tenía que ser una ilusión. Él la había engañado. Se había acostado con un vampiro, lo dejó entrar, no sólo en su cuerpo, sino también en su corazón. Personas como él no deberían existir. Algo estaba muy mal en este mundo.

—Tú eres un vampiro. Eres un vampiro.

Como si diciéndolo, se iría, pero no. Él era un vampiro, y estaba parado en su cocina mirándola, haciéndola sentir como si se hubiera golpeado la cabeza y estaba saliendo de un mareo. Pero no se había golpeado la cabeza. Él era real.

—Me acosté con un vampiro. Dejó caer sus brazos y sus hombros a sus costados.

Samson asintió con la cabeza.

—Y te gustó tanto como a mí.

—No.

Ella tenía que negarlo para mantener su cordura. ¿Qué pasaría con su mundo si de repente tuviera que admitir que le había gustado, no, que le había *encantado* dormir con un vampiro? Todo a su alrededor se desmoronaría. ¡Criaturas como él no deberían…no podían!... Existir. Los vampiros eran mitos, folklore, historias que se cuentan alrededor de una fogata para asustar a la gente. Sólo vivían en las películas, nunca en la vida real. ¡Todos los niños lo sabían! Al igual que todo el mundo sabía que no había Conejo de Pascua. Esto no podía suceder. Nada de esto podía ser verdad. Negarlo, era la única manera de proceder.

—Me tengo que ir. Tengo que regresar a Nueva York ahora mismo.

Él movió lentamente la cabeza y se acercó.

—No. No te irás—, negó él y con los nudillos, le acarició la mejilla con suavidad. —Te necesito.

—Eres un vampiro.

—¿No crees que lo sé? No cambia lo que siento por ti.

—¡Aléjate de mí!

Ella usó todas sus fuerzas para rechazarlo, cuando su cuerpo estaba tratando de apoyarse en él. Todavía tenía el mismo poder sobre ella, el que había tenido desde que lo conoció. Todavía lo quería, quería lamer cada parte de su piel con la lengua. Quería tener su fuerte cuerpo presionado contra el de ella y sentirlo atravesándola, ¡cuando lo que debería de querer era *atravesarlo* con una estaca de madera justo en el corazón! Si es que tenía un corazón.

—¡No me toques!

En su arrebato, él inmediatamente retiró su mano, como si ella lo hubiera abofeteado. Pudo ver la ira creciendo en él, sus ojos de repente parpadearon de color rojo. Parecía como si tomara toda su fuerza para controlarse a sí mismo.

—¡Amaury! Ven aquí—gritó Samson fuertemente.

Ella se estremeció. ¿Arremetería contra ella? ¿Le pegaría? ¿La mordería?

Su amigo apareció al instante.

—Cuídala—, ordenó Samson y salió corriendo de la cocina.

Sus ojos lo siguieron antes de que ella volviera a ver a Amaury, que se apoyaba casualmente sobre la isla de la cocina como si nada hubiera pasado.

—Él quería matarme, ¿no?

Amaury asintió con la cabeza.

—Sí, y lo hará…entre las sábanas, una y otra vez—. Sonrió diabólicamente.

Ella le dio una mirada indignada.

—Ey, no me culpes, solo estoy leyendo sus emociones.

¿Leyendo sus emociones? ¿De qué diablos estaba hablando Amaury? Su aspecto debió haber sido totalmente confundido, porque él alzó las manos.

—Es un don especial. Un dolor en el trasero—. Entonces él le guiñó un ojo. —Y no te preocupes, no voy a decirle lo que sientes. Tendrá que sacártelo por sí solo.

Escuchó los pasos por encima de ella. Samson se paseaba por su cuarto.

—No te preocupes por él. Va a calmarse. Por lo tanto, volvamos a la conversación que teníamos antes de que fuera tan groseramente interrumpida. ¿Ha…

—¿Quieres hablar de la auditoria como si nada hubiera pasado?

—Por supuesto, todavía tenemos que resolver esa cuestión. El hecho de que ahora sepas que somos vampiros, no cambia el hecho de que alguien está jugando con la compañía de Samson y que quiere hacerte daño.

Delilah negó con la cabeza.

—¿Qué *son* ustedes? ¿Cómo puedes pensar en negocios en este momento? ¿No deberías estar mordiéndome y bebiendo mi sangre ahora?

—Gracias por la oferta, pero Samson patearía mi trasero si hiciera eso, y sí, probablemente me convertiría en polvo. Por lo tanto, no gracias. Estás a salvo de mí.

—Yo no estaba ofreciendo...

¿Ella estaba realmente a salvo de Amaury? Parecía muy relajado, apoyado contra el mostrador de la cocina, como para estar listo para atacarla.

—Ya lo sé. De todos modos, mientras Samson y tú tenían su pelea de amantes, estaba pensando. ¿Has visto qué otra cosa pudo haber hecho John, además de las entradas de la depreciación?

Si quería hablar de la auditoría, estaba bien. Por lo menos traería un poco de normalidad a su vida destrozada.

—¿Qué quieres decir?

—¿Qué otras operaciones él autorizó? ¿A qué otra información tuvo acceso? Creo que tenemos que ver todo lo que hizo.

Delilah tuvo una idea.

—¿El sistema rastrea cuáles inicios de sesión han tenido acceso a ciertos archivos?

—Claro que sí—. Asintió con la cabeza Amaury, obviamente, comprendiendo lo que ella estaba pensando.

—Entonces vamos a ver lo que él ha estado haciendo.

14

Al final, sus antiguas alfombras mostrarían el desgaste por sus pesados pasos, pero a Samson no le importaba. Había metido la pata. No estaba enojado con Delilah, sino consigo mismo por no manejar la situación adecuadamente. Desde que había traicionado su confianza antes, cuando había revisado sus antecedentes y había sido atrapado in fraganti, ella obviamente, no le daría más cuerda.

En realidad, no podía culparla. Tener que aceptar que se había acostado con un vampiro -y que le había gustado-, era probablemente demasiado para tragarlo de una sola vez. Pero tenía que hacerla aceptar el hecho. Y no sólo eso, tenía que hacer que lo acogiera, lo abrazara, porque sabía que no podía renunciar a ella. Cuando había olido su sangre, ya se había dado cuenta de que estaba perdido, pero cuando había probado su sabor, había entendido que sólo había una solución aceptable para su situación: un vínculo de sangre.

A pesar de que el Dr. Drake no le había ayudado a resolver ningún problema antes, había tenido razón en una cosa. Un vampiro podía sentir un vínculo con la persona con la que estaba destinado a vincularse por sangre, incluso antes de que el ritual se llevara a cabo.

Samson sintió este vínculo especial con Delilah. No podía describir la sensación, sino que simplemente sabía que tenía razón. Casi…*instintiva*... fue la palabra que se le vino a la mente. Cada vez que miraba sus ojos, se perdía en ellos y sabía que ella tenía que sentirlo también. Había tenido esa comprensión en sus ojos la noche anterior, y estaba seguro de que no estaba equivocado.

Pero incluso si trataba de explicarle todo esto, pensó que ella no lo escucharía. No en este momento. Pero tal vez ella escucharía a un profesional. Él tenía que intentarlo.

Amaury y Delilah ya no estaban en la cocina. Samson escuchó débiles voces procedentes de su oficina. ¿Qué estaban haciendo? La encontró sentada en su silla detrás del escritorio con su amigo detrás de su hombro, mientras observaban la pantalla de su computadora.

A pesar de que sabía que Amaury nunca haría una jugada con su mujer, a Samson no le gustaba lo cerca que su cuerpo estaba del de ella. Se le hizo un nudo en el estómago. ¿Estaría siempre celoso cuando otro hombre estuviera cerca de ella? ¿Era esto lo que significa amar a alguien?

Se detuvo en la puerta sin hacer ruido.

—No estoy seguro de por qué iba a acceder a este archivo—, dijo Amaury.

—¿No sería esto parte de su trabajo?

—En realidad no.

—¿Puedes ver qué otras transacciones codificadas presentó?

—Por supuesto. Sin embargo, no será fácil. Probablemente debería traer a Thomas para que nos ayude: él es el experto en Informática, no yo.

Delilah, dulzura.

Ella miró como si hubiera oído su voz, a pesar de que no había hablado. Sus ojos se encontraron. Sí, ella sintió la conexión también, probablemente sin darse cuenta de lo que era.

—¿En qué están trabajando? — Samson entró en la oficina.

—Estamos buscando los archivos en los que había accedido recientemente John—, respondió Amaury.

Delilah había quedado en silencio al verlo entrar en el cuarto.

Samson levantó una ceja. —Buena idea, Amaury.

—No fue mía, fue de Delilah.

Samson la vio con aprobación. —Aún mejor. Chequéalo. Pero tengo que robarte a Delilah por un momento. Tenemos que hablar.

Él la miró, pero ella no hizo ningún ademán de levantarse.

—No tenemos nada de qué hablar. Voy a terminar la auditoría, y luego me voy. Cuanto antes, mejor—, replicó ella con un tono duro, inflexible en su voz.

—Tenemos mucho de qué hablar. Es hora de resolver nuestros problemas de relación.

Samson caminó alrededor de la mesa, mientras Amaury se apartaba de ella.

Delilah lo miró, con ojos desafiantes.

—No tenemos problemas en la relación, porque no tenemos ninguna relación. No saldré con un vampiro.

—Créeme, hay mucho más que puedes hacer con este vampiro que sólo salir. Vamos. El Dr. Drake nos espera.

La tomó del brazo y la sacó de la silla. Ella trató de quitárselo de encima, pero él la sujetó con mano firme.

—¡Oh, Dios mío! ¡Estás tratando de que me convierta en un vampiro! Qué es él, ¿un cirujano maligno que convierte a la gente en vampiro? — le gritó a él con el pánico claramente escrito en toda su cara.

—¡Delilah, nunca te convertiría en un vampiro! ¿Cómo puedes pensar eso de mí? ¿De verdad crees que desearía esto a alguien que me importa?

Samson estaba indignado ante la idea. —El Dr. Drake es mi psiquiatra.

~ ~ ~

Delilah jadeó mientras trataba de digerir sus palabras.

—¿Tienes un loquero?

¿Desde cuándo los vampiros se acostaban en un sofá? Un ataúd sería más adecuado. Esto era demasiado extraño. En primer lugar, los vampiros no deberían existir en absoluto. No eran más que folklore, el mito, o como la gente lo llame. Y, en segundo lugar, los vampiros no viven una vida normal como los seres humanos, ¡con visitas al loquero!

—Sí, lo tengo, aunque estoy seguro de que prefiere ser llamado psiquiatra—. Una leve sonrisa se deslizó sobre sus labios.

—Es un buen médico, a pesar de que sus métodos pueden ser un poco ortodoxos—, señaló Amaury detrás de ella.

—¿Tú también lo estás viendo?

Ella no pudo ocultar su sorpresa. Los dos estaban *muy locos*.

—Ey, todos tenemos nuestros problemas. No es fácil vivir como un vampiro—. Amaury levantó los brazos.

—¿En qué tipo de universo paralelo aterricé? Ustedes están locos, ¿verdad?

Estaba atrapada en una casa con dos locos… aspirantes a vampiros.

—Yo te aseguro que estoy perfectamente sano, no es que pueda decir lo mismo de mi amigo. Samson le dio una sonrisa de satisfacción.

Bueno, tal vez sólo un loco aspirando a vampiro. ¡Sí, claro!

En lugar de una respuesta, Amaury se limitó a mover la cabeza y rodó sus ojos.

—Vamos. No queremos llegar tarde a la sesión de terapia de pareja.

Samson la sacó de la habitación y la llevó escaleras abajo hasta el garaje. Para su sorpresa, no estaba Carl para conducirlos. Abrió la puerta del copiloto de un coche Audi deportivo modelo R8 en colores plateado y negro. El coche parecía pertenecer a una pista de carreras, no a una calle de San Francisco.

Samson se metió en el asiento del conductor después de haber cerrado la puerta del pasajero detrás de ella como un perfecto caballero. Segundos después salió disparado del garaje, ella le dio una mirada de reojo.

No podía encontrarle sentido a todo de lo que se había enterado. Si él era un vampiro, ¿por qué no la mordía? ¿No era eso lo que todos los vampiros hacían? ¿No deberían él y Amaury estar colgados en su cuello, bebiendo de su sangre?

Y para el caso, ¿por qué demonios no era frío? Los vampiros eran muertos, ¿verdad? O no muertos. De cualquier manera, no debería de tener una temperatura corporal normal, ¿verdad? A veces, él era absolutamente *caliente*. Ella sacudió su cabeza para dispersar las imágenes de Samson sobre ella, detrás de ella, a su lado, con su pene atravesándola, empujando… ¡Maldita sea! Suficiente con *esa* línea de razonamiento. De todos modos, era sólo una pregunta entre un millón, que tenía en ese momento.

La idea de que Samson operaba una empresa de seguridad, no tenía ningún sentido tampoco. ¿No debería él, como un vampiro, atacar a la gente en lugar de protegerla? ¿Y por qué no estaba viviendo en una cueva con murciélagos? Muy bien, tal vez ese era Batman. Superhéroe equivocado.

No, no era un superhéroe. Era un monstruo. Seguro, él era un monstruo.

Y, demoni*ooos*…, ¿desde cuándo los monstruos se veían tan condenadamente hermosos y sexys? Cuando la había arrastrado detrás de él por las escaleras, hacia el garaje, había sido incapaz de apartar sus ojos de su trasero. Y más que nada, quería clavarle las manos, tal vez incluso morderlo un poco. ¿Le gustaría eso?

¡Alto!

No más pensamientos como ese. Por lo menos estaba convencida de que no tenía miedo de él. Parecía que no hacía ningún intento de atacarla. Incluso se había mostrado disgustado cuando ella lo acusó de querer convertirla en un vampiro. Como si esa fuera la idea más lejana de su mente.

Delilah miró su mano. La curita estaba aún en sus dedos, pero ella sabía que los cortes se habían cerrado cuando él le había lamido con su lengua. La sensación de hormigueo que había sentido, se había extendido a través de todo su cuerpo, no sólo en la mano. Tan sólo recordarlo, le ponía la piel de gallina en los brazos.

Samson activó el sistema de calefacción.

—Vas a entrar en calor en un segundo. Lo siento, debí haber traído un suéter para ti.

Su preocupación por ella era evidente. Su mano rozó la de ella ligeramente, antes de ponerla de nuevo en el volante. El momento fue tan breve que pudo haberlo soñado, pero la persistente sensación de hormigueo agradable en su piel, le dijo que no lo había hecho. Su toque era tan real como él.

Sus instintos estaban en lo cierto en la ducha, cuando ella había visto sus ojos parpadeando en rojo. Y ahora entendía por qué no había espejo en el baño. Si era cierto que los vampiros no se reflejaban en los espejos, entonces no había necesidad de que él tuviera uno. No es de extrañarse que no hubiera sido capaz de estar con ella durante el día. Si él era un vampiro de verdad, no podía estar afuera, en la luz del sol, sin convertirse en cenizas.

Cuando él y Amaury se habían quedado con ella toda la noche, no se habían cansado. Todo era tan claro ahora. Incluso cuando él había enviado a Carl a comprar algo de comida para ella, apostaba a que no había habido ningún elemento comestible en el refrigerador. Los pequeños signos habían estado allí, pero ella no los había visto o no había querido verlos. Incluso su gran fuerza cuando había pateado el arma de la mano del matón, era probablemente debido a que era un vampiro.

Y cada vez que él la había cargado, le había parecido que no había tenido que gastar fuerza alguna, como si fuera liviana como una pluma, lo cual sabía que, sin duda, no lo era. Estaban esas libras de más, persistentes en su cintura, de las cuales ella nunca pudo deshacerse.

No puedo dejarte embarazada.

Delilah pronto recordó sus palabras, cuando se dio cuenta de que el condón se había roto. Así que era cierto: como Samson era un vampiro, no podía engendrar hijos. ¿Por qué no estaba aliviada por esto? ¿No debería estar contenta de que al menos no estaría embarazada y no estaría cargando el engendro de un vampiro? Curiosamente la idea de eso, la llenó de pesar, en lugar de aliviarla.

De pronto se acordó de los sueños extraños que había tenido. La casa que había visto en sus sueños era la de Samson, estaba segura ahora. ¿Y la mordida en el cuello que ella había soñado? ¿Se trataba de una advertencia de lo que sucedería? ¿La mordería una noche estando dormida y la dejaría seca? Si ella era inteligente, escucharía la advertencia.

Cuando el coche se detuvo en un semáforo en rojo, ella se preguntaba por qué no escapaba. Podría abrir la puerta del coche y saltar. Él no sabría qué lo había golpeado. Era rápida y sería capaz de hacerlo. Sería fácil. Miró a la manija de la puerta y extendió la mano.

—Por favor. No huyas.

La voz de Samson no era una orden, era una súplica. Ella le sostuvo la mirada y notó que sus ojos brillaban como el oro, de la misma manera que la había mirado cuando le hacía el amor por la mañana. Delilah puso su mano de nuevo en su regazo y apartó los ojos. No debería mirarla de esa manera. Era confuso como el infierno. Deseaba que mostrara sus colmillos una vez más, así tendría el coraje de correr, pero cuando él la miraba de esa manera, las cosas no tenían sentido. Nada tenía sentido. ¿Tendría algo sentido de nuevo?

Cuando finalmente estacionó el coche frente a una casa eduardiana, ella sabía que había llegado a su destino. Él no la llevó a través de la puerta principal, sino que le mostró una puerta lateral, que los llevaba al sótano del edificio. Vaciló en la puerta.

—Nadie te hará daño—, le susurró a sus espaldas. —Te doy mi palabra.

La palabra de un vampiro. Ella tenía que estar loca para creerle, después de todas las mentiras en las cuales lo había atrapado. La rubia tonta en el escritorio de la recepción, apenas la miró y en su lugar miró directamente a Samson.

—Él está terminando con su último paciente. Va a llevar un par de minutos.

Les señaló en el sofá. Delilah no hizo ademán de sentarse, y Samson permaneció a su lado. Miró alrededor de la sala de espera. Había varias sillas cómodas, una mesa de café con los periódicos... ¿Había visto bien? *Crónicas de Vampiros de San Francisco,* decía uno de los periódicos. ¿Tenían su propio periódico? Le dio a Samson una mirada curiosa y se dio cuenta de que la había estado vigilando.

—Nosotros leemos, sabes.

¡Sabelotodo!

Se apartó de él y continuó viendo la habitación, no estaba de humor para iniciar ninguna conversación. Su mirada se detuvo en la máquina expendedora. De repente, sintió sed. Tal vez podía conseguir una botella de agua o jugo. Cuando ella dio un paso hacia la máquina expendedora, sintió la mano de Samson en el brazo. Ella le dirigió una mirada de fastidio, pero él sólo meneó la cabeza lentamente.

—Te voy a conseguir algo de beber cuando lleguemos a casa—, le dijo.

—Quiero un poco ahora.

Sabía que sonaba como un niño mimado, pero no le importaba.

—No creo que te guste lo que ofrecen.

Delilah volvió a mirar a la máquina expendedora y se centró en las botellas detrás del vidrio. Botellas pequeñas de plástico con jugo rojo. ¿Jugo de tomate?

Dio un paso más cerca. Oh, no. ¡Esto no podía ser lo que parecía! Las etiquetas de las botellas simplemente decían: A, B, AB y O.

El estómago se le hundió. Sangre. ¡Sangre en una máquina expendedora!

Le dio a Samson una mirada atónita. Él simplemente se encogió de hombros.

Antes de que pudiera decir algo, la puerta se abrió y un hombre salió. Parecía reconocer a Samson y le dio una breve sonrisa.

—¿Cómo estás, Samson? — Se estrecharon sus manos. —No me dirás que ésta... —. Hizo un gesto hacia el consultorio.

Samson sacudió la cabeza. —Ni lo digas. Me alegro de verte, G.

Tan pronto como el hombre, que parecía extrañamente familiar para ella, pasó a su lado, de repente se detuvo y respiró hondo. Se volvió a Samson y sonrió.

—¿Una mortal? ¿Tú, entre todas las personas?

Él la miró de arriba abajo, generando un sonido de agradecimiento. Al instante Samson puso un brazo protector alrededor de la cintura y la atrajo hacia él.

—No te preocupes, viejo amigo. Yo sé bien que no hay que tocar lo que es tuyo. Pero si quieres que yo haga los honores, con gusto yo...

Samson asintió, pero no la soltó. —Yo que tú, no me atrevería.

El hombre se fue, y ella finalmente se dio cuenta de que lo había visto antes. —Ese era el…

—El alcalde de San Francisco, sí.

Ella le lanzó una mirada inquisitiva. —¿También es...?

Samson asintió con la cabeza. —Sí, lo es.

—¿Qué quiso decir con: hacer los honores?

—Te lo diré después.

—El Dr. Drake los verá ahora—, la rubia tonta interrumpió. —Pasen.

—Dímelo ahora.

—Más tarde.

Delilah no estaba segura de qué esperar en la oficina del Dr. Drake, pero ciertamente no era el sofá ataúd. Si Samson no la hubiera obligado a caminar a través de la puerta y bloqueado su salida, ella se abría dado vuelta sobre sus talones y habría escapado.

Todavía estaba digiriendo la noticia de que el alcalde de San Francisco era un vampiro. El hecho de que Samson la hubiera jalado inmediata y posesivamente hacia él cuando le había mostrado más que un interés pasajero, no se le había escapado tampoco.

Casi había sentido sus celos físicamente, y un escalofrío había pasado por ella con la misma intensidad. No había sentido que era prudente alejarse de Samson en ese momento, y lo dejó pasar.

Por lo menos Samson no parecía querer hacerle daño físicamente. Tampoco quería compartirla. Mejor el vampiro que ya conoces...

Y si ella era verdaderamente honesta consigo misma, tenía que admitir que se sentía reconfortada con su toque, pero no estaba dispuesta a ser honesta consigo misma. Tampoco quería ser honesta con el psiquiatra, si es que acaso era un médico de verdad. Delilah miró al hombre. Parecía normal y humano, a pesar de que estaba segura de que no lo era. Lo vio inhalar profundamente. No, definitivamente no era humano. ¿Tenían todos que olerla como si fueran perros?

—Ah, la mujer humana supongo, ¿Delilah?

Ella se sorprendió que supiera su nombre. ¿Cuánto le había dicho Samson sobre ella?

—Sí, ella es Delilah.

Había algo en la voz de Samson que no había oído antes. ¿Orgullo?

Samson la llevó a un sillón y la sentó mientras él se apoyaba en un armario cerca de ella.

El médico la olió de nuevo, luego levantó las cejas.

—¿Cómo te puedo ayudar esta vez?

—Esa pregunta implicaría que me ayudó la última vez—, respondió Samson con sarcasmo.

El médico no parecía ofenderse.

—Sé que mi consejo obviamente funcionó. Todavía puedo olerte en ella. De hecho, ella esta apestando a ti.

—Doctor, le agradecería si mantuviera esos comentarios para sí mismo. Delilah y yo estamos aquí, porque necesitamos algo de ayuda con nuestra relación.

—¿Relación? — preguntó el psiquiatra.

—¡No tenemos ninguna relación! — protestó Delilah. Era mejor dejar las cosas claras de inmediato.

—Ah, creo que veo dónde está el problema—, dedujo el médico rápidamente.

—No, no. Usted me dijo que solo durmiera con ella, y todo estaría bien otra vez.

—Bueno, ¿tuviste una erección? ¿Fuiste capaz de actuar?

Delilah se sintió avergonzada por el franco intercambio de palabras y sintió el calor subiendo hacia sus mejillas. Así que era cierto. Había visto al psiquiatra para superar su problema de erección. Por lo menos no había mentido sobre eso.

—Sí.

—Entonces, no veo dónde está el problema.

—El problema es que no puedo tener suficiente de ella. Cada vez que la miro, quiero más. Cada vez que la toco, no puedo parar. Cuando estoy lejos de ella, la extraño. Cuando otro hombre la mira, yo lo podría matar. ¿Puede ver el cuadro?

—No puedes demandarme por eso. Te dije que durmieras con ella una vez, y luego que siguieras adelante—. El doctor levantó las manos.

—¡Oh, cállate, curandero! — interrumpió ella. —¿Qué tipo de médico le dice a su paciente que duerma con alguien? ¿Dónde estudió medicina? ¿En una casa de putas? Si él había estudiado medicina, ella lo dudaba.

Drake quiso protestar, pero ella continuó.

—¿Qué? ¿Estoy demasiado cerca de la verdad? No te molestes en contestar, porque no me importa lo que tengas que decir. ¿No podías prescribirle Viagra en su lugar? No, tenías que decirle que durmiera con un ser humano.

—El Viagra no funciona en los vampiros—, intervino Samson.

—Puedo ver por qué te gusta—, dio el doctor a Samson una mirada de complicidad. —Ella se parece mucho a ti.

—¡Yo no soy como él, para nada!

—Otro punto a mi favor. Iguales de obstinados e insolentes. No me sorprende en lo absoluto que ustedes dos se sientan atraídos el uno al otro.

—No me siento atraída por él. No quiero una relación con un vampiro. Maldita sea, me arrastró hasta aquí.

El médico negó con la cabeza.

—Eso es lo que tu cabeza te dice, pero tu cuerpo habla más fuerte. ¿Cómo has llegado hasta aquí?

—¿Qué tiene eso que ver con esto?

Desafiante, Delilah se cruzó de brazos. Si él estaba tratando de engañarla en algo, estaría en guardia.

—¿Cómo has llegado hasta aquí?

—En mi coche—, respondió Samson en su lugar.

—Viniste por tu gusto.

—No.

—¿La vinculaste?

¿Tenían que hablar de ella, como si no estuviera en la habitación?

Samson negó con la cabeza.

—Delilah tuvo un montón de oportunidades para salirse.

—Sin embargo, no lo hiciste… porque no querías alejarte. No de él y no de esta relación.

—¡Eso no es cierto! —, le gritó ella.

—El hecho de hablar cada vez más fuerte, no significa que estés en lo cierto. ¿A quién estás tratando de convencer? ¿A mí? ¿A Samson? ¿O tal vez a ti misma?

Delilah no respondió. Odiaba cuando la gente encontraba sus botones y los apretaba.

—Volvamos al principio entonces. Supongo que has tenido relaciones sexuales con otros, ¿no sabías que Samson no era un ser humano?

—En eso estás en lo cierto.

De ninguna manera en el infierno, ella se hubiera acostado con él si lo hubiera sabido. ¿No?

—Bueno, ¿sentiste que algo andaba mal cuando tuviste relaciones sexuales con él?

—¿Mal? No, nada se sintió mal.

Hacer el amor con él fue perfecto.

—Fue perfecto—, dijo Samson suavemente.

Ella lo miró, sin saber si contestarle o no.

—Nunca sentí algo mejor en mi vida—. Era como si le arrancaran los pensamientos directamente desde su cabeza.

Sus mejillas se calentaron con la admisión de Samson, y se alejó. No era justo que él la hiciera sentir tan caliente por dentro.

—Así que tuvieron relaciones sexuales, ¿y después? ¿Qué pasó? — dijo el doctor y se inclinó hacia adelante.

—Tuvimos relaciones sexuales, una y otra vez. ¿Debo continuar? — Sonrió Samson.

¿Estaba realmente disfrutando esta sesión?

El médico le indicó que se detuviera.

—Creo que me hago una idea.

—Estás dejando de lado algo importante—, dijo ella. —Revisaste mis antecedentes, ya que no confiabas en mí. Pensaste que yo estaba detrás de tu maldito dinero. ¡Parece que yo debería haberte investigado a *ti*!

—Te expliqué por qué lo hice, y te pedí disculpas por ello.

—¡Y entonces te diste la vuelta y seguiste mintiendo acerca de lo que eres!

—¿Qué esperabas que hiciera? Por primera vez en mi vida me encuentro con una mujer que me hace sentir cosas que nunca había sentido antes, que me lleva a otro lugar cuando me besa, que me hace sentir el sol en la piel... ¿y luego supuestamente le tengo que decir algo que la haría huir de mí? Así que tenía la esperanza de que, si te hacía amarme primero, entonces tal vez tenía la posibilidad de que te quedaras conmigo una vez que te lo dijera. Necesitaba más tiempo. Iba a decírtelo.

La voz de Samson era suplicante, rogándole que le escuchara. Ella no sabía cómo responder.

—Háblame del sol en tu piel—, exigió el psiquiatra. —Tengo curiosidad.

Samson la miró cuando respondía la pregunta.

—Cuando me besas, me transportas a un prado de lavanda. Puedo sentir el sol sobre mi piel, pero no quema, mi piel no se ampolla. Siento el calor, y puedo oler el aroma de la lavanda en el aire como si estuviera realmente allí, caminando sobre la hierba.

Con cada palabra, Delilah reconoció lo que él estaba describiendo. Era un lugar real, un lugar que conocía, un lugar en el que ella había estado. No había una explicación de cómo podía saberlo. No era posible.

—¿Cómo te enteraste de ese lugar?

Ella tenía que saber si la verificación de antecedentes había revelado el lugar, por imposible que pareciera. Nadie sabía lo que representaba el prado para ella. Era todo lo que le quedaba de su infancia. Los únicos recuerdos buenos que le quedaban de su hermano pequeño, antes de que lo impensable hubiera sucedido.

Dudaba de que incluso sus padres supieran lo que ese lugar significaba para ella. Un lugar donde se sentía en paz con el mundo. Feliz.

Samson le dio una mirada de incredulidad.

—¿Quieres decir que el lugar existe?

—¡Por supuesto que sí! ¿Cómo te enteraste? ¿En mi verificación de antecedentes?

Él negó con la cabeza.

—No. Ya te dije, cuando me besas, me llevas allí. Lo siento. Es como si me tele transportaras ahí. Puedo sentirlo con todos mis sentidos. Puedo olerlo, puedo tocarlo, puedo escuchar los sonidos, ver el sol. Todo eso.

—No es posible. Estás mintiendo.

El psiquiatra interrumpió.

—Háblanos de ese lugar. ¿Cuál es su significado?

—Yo no comparto este recuerdo con nadie. Es privado—. Ella bajó sus ojos.

Samson se acercó a ella y se agachó delante de su silla, mirándola.

—Lo has compartido conmigo antes. Me has llevado allí antes. ¿No significa eso, que querías mostrármelo?

Ella sacudió la cabeza. Esto estaba demasiado cerca. Si ella lo dejaba acercarse tanto, él le haría daño.

—No me dejes fuera, por favor.

—¿Qué quieres de mí? — dijo Delilah y se levantó de su silla. —¿No puedes encontrar otro juguete sexual con el cual jugar?

—No estoy jugando contigo. Y no se trata de sexo.

—¿Esto no es sobre el sexo? — interrumpió el doctor.

—¿Qué te hace pensar que se trataba de sexo? — Samson dio a su psiquiatra una mirada frustrada. —¿Alguien ha estado escuchando una sola palabra de lo que he dicho? ¿Para qué diablos te pago? ¿Tengo que explicarte esto? Esto es acerca de mí, y de que quiero hacer el vínculo de sangre con Delilah.

15

Ilona paseaba a todo lo largo de su apartamento en la octava planta, con su teléfono celular pegado a la oreja. Sin interés miraba hacia la ciudad por sus ventanas que iban desde el piso al techo. Esta noche, ella no estaba de humor para admirar las impresionantes vistas.

—No, no estás escuchando. ¡Lo tenía, tonto incompetente! — Su voz dejó escapar un resoplido frustrado. —Si lo hubiéramos hecho a mi manera, en primer lugar, no estaríamos en esta situación. Pero, no, pensaste que podías manejarlo mejor. No te atrevas a interrumpirme.

Hizo una pausa breve, pero la persona que llamaba en el otro extremo, había comenzado por fin a escucharla y no dijo ni pío.

—Bien. Esto es lo que harás, y realmente no me importa cómo, siempre y cuando lo hagas esta noche. Yo quiero que ella desaparezca. No sólo ella va a averiguar lo que estamos tratando de hacerle a su compañía, ahora incluso, él la ha hecho su amante. ¿Sabes cómo duele eso? ¿Lo sabes?

No hubo respuesta.

—Estoy hablando contigo.

Estaba furiosa. Con razón todo estaba hecho pedazos, si tuvo que confiar en un familiar.

—Pensé que no querías que dijera nada más—, dijo su hermano finalmente, en el otro extremo.

¿Tenían realmente algún ADN en común? Era difícil de creer.

—¡Idiota! No puedo creer que esté emparentada contigo.

—Hey, yo no soy tan estúpido como me haces parecer. Te conseguí toda la información interna que querías. No te olvides de eso. Por lo menos puedo mantener mi boca cerrada, no como tú.

—No te atrevas a sacármelo de nuevo

Su propio fracaso seguía siendo doloroso, incluso después de nueve meses. ¡Había estado tan cerca! Prácticamente había sido capaz de saborear la victoria.

Su hermano se encendió.

—Ah, sí, lo haré. Si hubieras solo continuado chupando su pene hasta que tuvieras un vínculo de sangre con él, todo su dinero hubiera sido tuyo, y simplemente pudiste haberme dejado matarlo, pero no, mi hermana mayor no puede tragar, ¿no?

—¡Tal vez tu deberías haberle chupado el pene en mi lugar!

—Yo no soy su tipo. Así que no hagas esto sonar como que si fui yo el que metió la pata. Tú misma te has metido en esta situación. ¿Tienes alguna idea sobre las cosas que tengo que pasar, para solucionar este problema para ti? Crees que es muy fácil.

Ilona pisó fuerte, su hermano no lo sabía, pero necesitaba una salida a su frustración. Mucho tiempo había trabajado en esto, y, finalmente, el premio estaba a su alcance otra vez. Sólo unos días más y todo el dinero de Samson sería de ella.

—Ah, deja de lloriquear. Una vez que todo esto haya terminado, estarás nadando en dinero. ¿Estás a punto de terminar con la carga?

—Estoy trabajando en la encriptación. Unas pocas horas más de trabajo y entonces puedo empezar a autorizar. Ya casi estamos allí.

Ilona dejó escapar un suspiro de alivio.

—Bien. Pero todavía tenemos que hacernos cargo de ella. No podemos arriesgarnos a que descubra lo que estamos haciendo y nos detenga justo antes de llegar a la meta.

—Voy a deshacerme de ella. Menos mal que la ha hecho su amante. Samson estará tan devastado, que ni siquiera se dará cuenta de lo que está pasándole a su empresa. Irá bien con nuestros planes.

¿De qué estaba hablando su hermano?

—¿Devastado? Él sólo se la está cogiendo.

—¿Sólo cogiéndosela? Sigue soñando. Está enamorado de ella, la llama "su mujer". Al parecer finalmente se olvidó de ti. Le tomó suficiente tiempo. Te llamaré cuando esté listo.

—Espera—, trató de detenerlo, pero él ya se había desconectado de la llamada.

¿Samson estaba enamorado de esa pequeña perra? A ella no le importaba un comino la vida amorosa de Samson, ¿pero ser reemplazada por un ser humano? Ahora, eso dolía. ¡Hijo de puta!

Ilona lanzó su teléfono al sofá y se quitó sus tacones de aguja de una patada. En el camino a su habitación se sacó su vestido por los hombros y lo dejó caer al suelo. Su personal lo limpiaría después. Tenía cosas más importantes que hacer.

~ ~ ~

Amaury marcó el teléfono celular de Thomas y se conectó al instante.

—Necesito tu experiencia.

—¿Qué pasa? — Thomas sonaba distraído.

En el fondo se podía escuchar a alguien más.

—Necesito que revises algunos archivos para mí. Tú eres mejor en informática que yo.

Era cierto. Thomas era residente experto en Informática en todo lo relacionado con Scanguards. Lo que fuera necesario, Thomas sabía cómo hacerlo.

—¿Ahora? Estoy en medio de algo.

Amaury rodó sus ojos.

—Deja de coger a Milo y pon tu culo en marcha. He encontrado algo que me hace pensar que John Reardon estaba involucrado en algo más grande que sólo el desvío de unos pocos miles de dólares. Subió unos archivos encriptados al servidor central, y tengo que saber qué hay en ellos.

—No me necesitas para eso. Sé que eres capaz de descifrar la encriptación tú mismo—, Thomas respondió.

—Sé que puedo. Es sólo que me está tomando más tiempo del que te llevaría a ti. Así que hazlo.

Thomas estaba claramente vacilante, hasta que finalmente aceptó.

—Está bien. Voy a hacerlo. ¿Cuál es la ubicación de los archivos?

Amaury le informó de la ubicación del servidor y el código por el cual tenía que identificar los archivos de John.

—Vamos a dividir el trabajo. Voy a empezar desde el fondo hacia arriba. Tú tomarás la parte superior. Llámame cuando encuentres algo—, Amaury le ordenó y terminó la llamada.

Era una buena cosa que Amaury fuera más viejo que Thomas. Cuando presionaba, Amaury normalmente ganaba la discusión. También ayudaba que era el amigo más cercano y más antiguo de Samson.

Había pasado la última hora revisando a través del historial en el que John había trabajado en el último mes, concretamente los archivos en los cuales él había accedido.

La sugerencia de Delilah de revisar todos los archivos en los que John había accedido bajo su sesión, habían tenido éxito. Él había estado en todos lados, metiendo las narices en los archivos que no tenían nada que ver con su posición, archivos que otro personal tendría que haber trabajado, no él.

Carl asomó la cabeza en la oficina.

—Amaury, ¿está el Sr. Woodford con usted?

Él negó con la cabeza. —Puedes llamarlo Samson, ya lo sabes. Sé que te lo ha dicho varias veces.

—Preferiría no hacerlo.

—Salió con Delilah. ¿Qué necesitas?

—He recordado algo que me ha estado molestando—. Carl pasó de un pie al otro.

Amaury señaló la silla frente al escritorio en silencio, pidiendo a Carl tomar asiento.

—Tiene que ver con la señorita Ilona.

—¿Ilona?

Amaury no pudo reprimir su sorpresa. Nadie había mencionado su nombre en la casa de Samson en más de nueve meses. Menos mal que no estaba en casa. Y esperaba que no estuviera en los próximos cinco minutos. Si escuchaba pronunciar su nombre en su casa, no se sabría cómo reaccionaría.

—Pasó mucho tiempo aquí. Sé que nunca le gusté, así que me quedé fuera de su camino tanto como pude. No quería molestar al Sr. Woodford, y después de que ella se fue, no hubo un buen momento para mencionarlo. El Sr. Woodford fue tan inaccesible por un largo tiempo.

Amaury recordaba eso muy bien. Su amigo se había aislado y prefería su propia compañía, a la de sus amigos. Había acumulado una gran cantidad de ira y la ira se había convertido en depresión, hasta que finalmente había regresado a lo que parecía su estado normal. Excepto por el hecho de que había rechazado la compañía de las mujeres después de eso.

—Y luego me olvidé de eso, pensé que no era realmente importante.

—Carl, estás vacilando.

Amaury estaba ansioso por volver a analizar los archivos cifrados.

—Lo siento, Amaury. Es sólo que yo ni siquiera sé si es importante.

Amaury le dio una mirada inconfundible. Ya sea para que hablara o se saliera de la habitación.

—La señorita Ilona. La vi en su computadora un día, cuando él estaba afuera. No estoy seguro si pudo acceder o no, pero cuando me vio, fingió que estaba buscando un lápiz y un papel. Más tarde esa misma noche, el Sr. Woodford la echó. Cuando vi a la señorita Delilah sentarse en la computadora anoche, lo recordé de nuevo.

—No me di cuenta que regresaste a la casa anoche.

—Todos ustedes estaban tan absortos en su trabajo, que no me escucharon. No quería molestar.

Amaury asintió. Es cierto, estaban tan absortos que se habían olvidado del tiempo y del amanecer.

—No le menciones nada acerca de Ilona a Samson. Sólo lo molestaras. Creo que deberíamos guardárnoslo. Voy a hacer algunas consultas, a ver qué puedo encontrar.

Carl se levantó. —Gracias, Amaury. Estoy seguro de que no es nada. Era sólo algo extraño. Especialmente teniendo en cuenta que nunca dejaba que otras personas tocaran sus computadoras, a excepción de usted, y ahora de la señorita Delilah.

—Creo que todos debemos estar preparados para mucho más que él dejará que Delilah haga—. Amaury sonrió.

—¿Crees que se convertirá en la ama de la casa?

—¿Ama? Supongo que eso es una definición tan buena como cualquier otra. Ella sí que lo tiene en la palma de su mano. No es que ella tenga la menor idea.

Amaury sacudió la cabeza y sonrió. ¿Cómo una mujer podía estar tan ajena a los efectos que tenía en un hombre?, estaba más allá de su entendimiento.

—No será fácil de ocultar lo que somos si se queda.

Dio una mirada sorprendida a Carl, luego dio una palmada en su frente.

—Ah, es verdad. No lo sabes todavía.

—No sé, ¿qué?

—Se enteró hace un par de horas.

Ahora era Carl el que tenía una mirada aturdida en su rostro.

—¿Y ella todavía está con él?

Un ruido fuerte les dijo que alguien había cerrado la puerta. Segundos después la puerta se abrió de nuevo y se estrelló por segunda vez.

—¡No hemos terminado de hablar!

Escucharon la voz furiosa de Samson.

—Ah, sí, ya terminamos. No me voy a casar con un vampiro—, Delilah le gritó en respuesta.

Carl y Amaury intercambiaron sonrisas.

—Cien dólares a que no se casará con él—, sugirió Carl.

Amaury negó con la cabeza.

—Tienes que aprender mucho más acerca de las mujeres. No sólo se casará, sino que hará el vínculo de sangre con él.

Él extendió su mano para sellar la apuesta, y Carl la tomó.

—Y tienes que aprender más sobre el Sr. Woodford. No hay nada más que le guste, que su paz y tranquilidad en su hogar. Y por como esto suena, ella no le dará eso.

Amaury se rió en voz alta. Carl podría haber pasado más tiempo con Samson en los últimos dieciocho años, que él, pero Amaury era el que realmente conocía a su mejor amigo. Y paz y tranquilidad no era lo que más le gustaba a Samson en su hogar. Ni remotamente.

Había una cosa que su amigo anhelaba más que nada en su vida, algo que nunca había tenido desde que era un vampiro, a pesar de las amistades que había formado: una familia. Pero Carl no podía saber eso. Su amigo nunca había verbalizado su deseo más profundo, pero Amaury siempre lo había sentido.

Otra puerta se cerró, y sabía que Delilah había entrado en el dormitorio de Samson.

~ ~ ~

Por segunda vez en dos días Delilah abrió su maleta sobre la cama y tiró en ella las pocas cosas que había sacado antes. Trató de no mirar a las sábanas enredadas en la cama, la evidencia de su noche de pasión.

¿Cómo pudo haber sucedido esto? Ella estaba en la casa de un vampiro. Había tenido relaciones sexuales con él, alucinante sexo, y la había arrastrado al loquero, donde había anunciado que quería casarse con ella. Y no sólo eso. Quería hacer un vínculo de sangre, lo que fuera que eso significase. Ella no había esperado una explicación.

No es que a una chica no le gustara tener una propuesta de vez en cuando, ¿pero de un vampiro? ¿En la oficina de su psiquiatra? No podía ser más extraño. ¿Había realmente pensado Samson que ella estaría saltando con la idea?

No podía comparar al hombre con el que había hecho el amor, con el vampiro que había lamido la sangre de su mano. Eran dos personas distintas. Ella sabía que se estaba enamorando de uno, el otro ni siquiera lo conocía.

El dolor en su pecho al saber que tenía que dejarlo, se sentía insoportable. Pero tenía que hacerlo, y hacerlo ahora. Este hombre le había mentido en todo momento. Ella nunca estaría segura de cuál era la verdad.

—No me dejes afuera— La voz de Samson se oyó a sus espaldas. Ella no le había oído entrar.

—Delilah, por favor, háblame.

Su voz se sentía por su cuello. Ella sacudió la cabeza

—¿A qué le tienes miedo? Sé que no me tienes miedo a mí. Lo puedo sentir—. Samson le tocó la mano con la suya, y entrelazó sus dedos con los de ella.

Su toque era lo último que su psique podía sentir.

—Por favor, déjame ir. No puedo estar contigo.

—No puedo dejar que te vayas. Estoy conectado contigo. Y tú estás conectada a mí. ¿No lo sientes? Nunca me sentí tan cerca de alguien. Puedo sentir cosas tuyas... el prado de lavanda... es como si yo estuviera en tu cabeza...

—No, por favor.

—Hay más. Puedo sentir la tristeza, pero no lo entiendo. Es ahí cuando piensas en la pradera. Es como si hubiera dolor asociado con ella. Delilah, déjame entrar...

¿Cómo podía saber acerca del dolor, cuando ella misma lo había tratado de enterrar en lo profundo de sus recuerdos?

—No puedo.

—Dulzura, necesito entenderte. Necesito saberlo.

—No se puede saber. Nadie puede saber lo que era. ¡Que hice!

—Estoy aquí para ti. Por favor, dime lo que está causando tu dolor. Lo puedo sentir aquí.

Él le apretó la mano en su corazón.

Delilah no podía explicar por qué conocía algo de su pasado, pero ella misma había tenido visiones extrañas que estaban relacionadas con él.

—La pradera—ella comenzó —, que está situada cerca de un pequeño pueblo de Francia.

Ella miró su cara, pero no lo vio. Todo lo que vio fue la pradera y ella misma como una niña de ocho años de edad...

Delilah acunó a su hermano bebé en sus brazos.

—Cuidado—advirtió su madre. —Él es frágil. Levántale la cabeza con el brazo.

—Yo puedo hacerlo, mamá, no te preocupes. Soy una chica grande. ¿Ves?

Ella mostró a su madre que sabía cómo sostener al pequeño Peter y dijo:

—Él es tan pequeño. ¿Yo era tan pequeña, también?— Con grandes ojos miró a su madre, quien le dio una cálida sonrisa.

—Así de pequeña. Y tan linda como es él—. Su madre le dio un beso en la cabeza.

—Bueno, ¡ahí están mis dos chicas favoritas!

La voz de su padre pronto se hizo eco del camino que conducía a la pradera de lavanda, mientras se acercaba a ellas.

Casi todas las tardes, cuando había terminado de dar clases, las encontraba descansando en el prado, disfrutando de los largos días de verano. Ellos pasaban sus tardes riendo, jugando y hablando, la familia perfecta. Una madre amorosa, el padre y un hermano bebé. Era todo lo que siempre había querido.

La infancia de Delilah había sido perfecta. No le importaba el hecho de que vivían en un país cuyo idioma apenas hablaba, y que tenía que hacer nuevos amigos en la escuela. Todas las dificultades fueron olvidadas cuando su hermano nació. Él hizo su pequeña familia perfecta.

Era como un pequeño muñeco con el que jugaría todo el día. Y nunca se aburrió de él. Ella amaba a su hermano, más que todos sus juguetes juntos.

Sus padres se lo confiaban. Una noche al final del verano, sus padres querían celebrar su aniversario yendo a comer a un restaurante local. Estaba a sólo una cuadra de su casa, así que dejaron a Delilah a cargo de su hermano.

Sería una cena temprana, y no permanecerían afuera más de una hora. Peter estaba durmiendo cuando se fueron. Lo habían alimentado y bañado y era un niño feliz cuando se durmió. Delilah debía de llamar a la anciana que vivía debajo si su hermano se despertaba, y ella a su vez irlos a buscar al restaurante.

Todo estaba tranquilo después de que sus padres la dejaron para irse al restaurante. Delilah jugaba con sus muñecas. Lo miró para asegurarse de que estaba cubierto por la manta. Y fue entonces cuando se dio cuenta de algo.

Peter estaba demasiado tranquilo. Ella no podía oír nada. Él estaba acostado en la cuna, rodeado de silencio. Ella lo sacudió.

—Peter, despierta.

No se despertó como normalmente lo haría cuando escuchaba voces. Ella lo sacudió de nuevo, pero no respondió. Tal vez estaba realmente dormido. Tal vez estaba tan cansado que no podía oírla.

Sin embargo, no estaba cansado, y no estaba dormido. El miedo la paralizó donde estaba parada, mirando su cuerpo quieto. No había respiración, no había ningún movimiento de él. Y Delilah se quedó allí, en estado de shock, incapaz de moverse, incapaz de tomar una decisión. No estaba preparada. Ella sólo se quedó allí.

Delilah no se había movido del lado en que se había quedado, al lado de la cuna, cuando sus padres regresaron veinte minutos más tarde. Apenas escuchó los gritos de su madre cuando su padre levantó el cuerpo sin vida de Peter, de su pequeña cama.

Se había ido, porque ella había vacilado. Tenía la culpa. Estaba a cargo de él, defraudó a sus padres y destruyó la familia.

Después de la muerte de Peter, se regresaron a los Estados Unidos. Sus padres nunca la culparon abiertamente, pero ella sabía que era su culpa. Nunca vio reír a su madre de nuevo. Y su padre, lo intentó todo para hacer frente a la pérdida y ayudar a su mujer lo mejor que pudo, pero la pérdida de su hijo era demasiado para él también, y parecía que toda la alegría lo había abandonado.

Delilah dejó de llorar, cuando sintió los fuertes brazos de Samson envolviéndola.

—Tenías ocho años de edad.

—No cambia nada. Me quedé helada. Yo no hice nada, cuando podría haberlo salvado.

Él negó con la cabeza.

—No, dulzura. Nunca debería haber sido tu responsabilidad.

—Pero lo era.

Su abrazo se sentía bien, pero ella sabía que era sólo temporal. Quería disfrutarlo tanto como pudiera, antes que tuviera que dejarlo.

—Chh. Piensa en la pradera. Piensa en lo feliz que eras entonces. Yo estaba allí contigo.

Ella levantó la vista.

—Pero, ¿cómo? No es posible.

—Cada vez que me besas, me llevas allí. Porque ahí es donde fuiste feliz, y eso es lo que querías mostrarme. Un lugar para ser feliz. Llévame allí ahora, Delilah.

Samson le puso la mano bajo la barbilla y movió su cabeza hacia arriba. Sus labios se encontraron con los suyos para un toque suave, a continuación, una conexión más profunda, antes de que repentinamente se alejara de él.

—No puedo. No puedo quedarme contigo.

—¿Pero por qué?

—Yo no te conozco. Has estado mintiéndome muchas veces. No es una base para una relación.

—He pedido disculpas por eso, y te he explicado por qué lo hice.

Delilah sacudió la cabeza y se escabulló de su mano.

—Quieres el siempre de mí. No puedo darte un para siempre. Ni siquiera sé cómo me sentiré mañana o en una semana a partir de hoy.

—Sé que es difícil de aceptar lo que soy, pero sabes que nunca te voy a hacer daño.

—Ese no es el punto. Quieres que tome una decisión que afectará al resto de mi vida. Sólo te he conocido por tres días. ¿Cómo quieres un compromiso de por vida de mí, después de un tiempo tan corto? ¿Cómo puedes estar tan seguro?

Ella vio una sonrisa formarse en sus labios. Su rostro era suave y gentil.

—Siento el vínculo entre nosotros. Sé que eres la única. Es algo que nunca he sentido…

No con Ilona o con nadie antes que ella. Sé que estamos destinados a estar juntos. Estar vinculados de sangre.

—Hablas de esto con tal certeza. Yo no tengo eso. ¿Y un vínculo de sangre? Ni siquiera sé lo que significa. No sé nada de tu vida. ¿Cómo puedes hacerme elegir entre mi vida anterior y una nueva, cuando yo ni siquiera sé lo que estoy eligiendo?

Delilah se sentía confundida. Nada tenía sentido. Lo que Samson quería de ella era demasiado. Era algo que no podía controlar.

—Un vínculo de sangre es una conexión única entre dos personas que se aman. Nos unirá por toda la eternidad. Vamos a pertenecernos el uno al otro. Todo lo que es mío será tuyo.

—Yo no quiero tu dinero. No quiero nada. No sé lo que quiero. ¿No lo entiendes? Esto es demasiado, demasiado pronto—. Sintió que las lágrimas se acumulaban en sus ojos.

—¿Cómo puedes estar seguro de que me amas? No sabes nada de mí.

Samson sacudió la cabeza.

—Yo sé todo sobre ti. Puso su mano donde estaba su corazón. Puedo sentirte dentro de mí. Cuando tienes dolor, puedo sentir tu dolor. Cuando estás feliz, yo tomo parte de tu felicidad.

—No es posible. Sólo me quieres porque estabas hambriento de sexo, lo necesitabas como una droga para arreglar tus 'condiciones'. Lo que sientes ahora va a desaparecer, ¿y entonces? ¿Qué vas a hacer entonces? ¿Desecharme? No, no puedo hacer esto.

—Delilah, lo que yo siento por ti es verdadero. No va a desaparecer. ¿Y qué si sólo nos hemos conocido durante tres días? ¿Nunca has oído hablar de amor a primera vista? Me enamoré de ti en el momento que caíste en mis brazos cuando abrí la puerta. Yo no lo sabía entonces. Cuando estoy contigo, mi mundo es perfecto. Las cosas que me haces sentir... Nunca he sido un hombre tierno, pero contigo, yo anhelo ser tierno y amoroso. Sacas lo mejor de mí. Me calmas, calientas mi corazón. Sé que he cometido errores, pero voy a empezar todo de nuevo para ti. Te voy a dar lo que sea en este mundo que desees. Haré cualquier cosa para hacerte feliz.

Sus palabras la tocaron. Ella no podía negarlo. Pero no estaba lista para tomar una decisión como esa, una decisión que no podría revertir. Por siempre, era un concepto demasiado extraño.

—Samson, no puedo…

Un fuerte golpe en la puerta los interrumpió.

—¡Samson! — Era Amaury.

—¡Ahora no! — respondió Samson. —Por favor, Delilah, quédate conmigo. Se mía. Déjame ser tuyo.

—¡Tenemos un traidor entre nosotros! — La voz de Amaury era insistente.

Samson abrió la puerta de un tirón.

—Creo que es Thomas, él está detrás de eso.

La cara de Samson se congeló.

—Ay, Dios, no.

Miró hacia atrás sobre su hombro.

—Vamos a hablar más tarde, Delilah. Tú eres mi vida ahora, ya sea que lo quieras o no.

~ ~ ~

Delilah no dio ninguna indicación de creerle, pero Samson no podía esperar más. Las lágrimas derramadas en sus ojos, hicieron que su corazón se contrajera, y más que nada quería abrazarla, pero tenía que hacerse cargo de este problema ahora. Thomas, entre todas las personas. No quería creerlo.

Bajó corriendo a su despacho, al lado de Amaury.

—Muéstrame.

Amaury se detuvo en las pantallas de transacción y le explicó lo que estaba sucediendo.

—Aquí, mira, Thomas está adentro del sistema en estos momentos, y está autorizando todas las transacciones cifradas de John Reardon.

La pantalla se llenó de ventanas emergentes mostrando notificaciones de aprobación.

—¿Qué son? — Samson escaneaba la pantalla.

—Transferencias bancarias. Está transfiriendo todo nuestro dinero a cuentas en el extranjero.

—¿Todas?

—Sí, todo lo que pueda tomar. Millones de dólares. Si no lo detenemos, tendrás que cerrar la empresa mañana… no seremos capaces ni siquiera de pagar la nómina de la próxima semana.

La noticia era devastadora. Thomas, su amigo de casi cien años lo estaba traicionando, le estaba robando. Y no sólo eso, era él, quien había intentado hacerle daño a Delilah.

No importa cuánto tiempo su amistad con él había durado, sólo había una cosa que hacer ahora.

—Vamos—le ordenó a Amaury.

—¡Carl! — gritó en el pasillo, mientras salían corriendo.

Carl apareció de la nada. —¿Sí, señor?

—Protege a Delilah.

—Sí, señor.

Saltaron al Porsche de Amaury, que estaba estacionado en la calle y corrieron hacia la casa de Thomas. Samson sacó su teléfono celular y dio instrucciones a Ricky para que los encontrara ahí y trajera a dos de sus hombres. Necesitaba toda la ayuda que pudiera conseguir. Un vampiro fuera de control era un animal peligroso. Tenían que estar preparados para todo.

—¿No puedes hacer que esta cosa vaya más rápido? — Samson no pudo contener su impaciencia.

—Voy tan rápido como puedo sin matar a nadie. Estoy tan enojado como tú—, confesó Amaury.

—Lo sé.

Samson miró por la ventana, recordando lo que Delilah le había dicho.

—¿La amas?

La pregunta de Amaury fue inesperada. Samson le dio una mirada de reojo.

—Más que a mi vida. Pero ella no entiende lo que eso significa. Se resiste. No creo que ella me haya perdonado por ocultarle las cosas.

—¿Sabe ella que nunca le harías daño?

Él asintió: —Y le dije que le daría cualquier cosa que ella quisiera. Le expliqué que tendría derecho a todo lo que es mío.

Amaury negó con la cabeza.

—A veces eres tan denso, que ni siquiera es gracioso.

¿De qué demonios estaba hablando su amigo?

—Yo no soy denso.

—Claro que sí. Una mujer como Delilah no quiere dinero o bienes materiales. Ella quiere un hombre que siempre le sea fiel. Alguien que nunca le mienta, alguien en quien siempre pueda confiar.

—Pero le he dicho que la amo. Le dije que nunca le haría daño. Incluso me disculpé por haberle mentido. He hecho todo lo que puedo—Samson se sintió agotado.

—Palabras. Son todas, palabras. Ella no confía en tus palabras. Sólo confía en tus acciones. Vas a tener que mostrarle lo que sientes. Tienes que hacer algo por ella, que pruebe lo que dices.

—Pero, ¿qué?

—¿Cómo voy a saberlo? Tú has pasado los últimos días con ella. Sabes lo que es importante para ella. Sientes el vínculo con ella.

—¿Lo sabías?

—Se te olvida que puedo sentir tus emociones. Sé que sientes el vínculo con ella. Utiliza el vínculo para encontrar una manera de convencerla. Dale lo que ella quiere, lo que verdaderamente quiere en su corazón, y ella será tuya.

Las palabras de su amigo tenían sentido. Samson cerró los ojos y abrió su corazón para llegar a ella. Demasiado dolor había nublado su corazón. Ella tenía que renunciar a ese dolor, antes que pudiera reconocer qué otra cosa su corazón estaba escondiendo. Tenía que ayudarla con este viaje. De repente, sabía lo que tenía que hacer, y él esperaba que fuera lo correcto.

Samson marcó el número de Gabriel Giles en Nueva York. Su llamado fue respondido de inmediato.

—Gabriel, necesito tu ayuda en algo.

~ ~ ~

Thomas vivía en una casa construida en una colina, a los pies de Twin Peaks, que ofrecía las vistas más impresionantes de San Francisco. La casa era moderna, con ventanas desde el piso al techo, con vista a la ciudad y una cueva oculta excavada en la montaña detrás. Aquí era donde el dormitorio de Thomas estaba, al abrigo de cualquier luz del día.

Ricky llegó al mismo tiempo que Samson y Amaury y estaba acompañado por otros dos vampiros empleados de Samson. Esta situación debía ser manejada con delicadeza, y Samson estaba complacido en ver que Ricky había elegido a dos de sus empleados más fieles y discretos. Mientras que Samson no conocía muchos de sus empleados humanos, conocía a casi todos los vampiros del personal. Ricky estaba a cargo de la contratación de vampiros en Scanguards y seleccionaba personalmente a todos los vampiros.

Todos asintieron entre sí. La cara normalmente alegre de Ricky, se vio ensombrecida por la solemnidad. La cual reflejaba la de Amaury. Nadie ansiaba lo que tenían que hacer. Eran un grupo muy unido, saber que uno de ellos era un traidor, los había golpeado igual de fuerte a todos.

—Amaury, ¿puedes sentirlo? — Samson preguntó a su amigo.

Amaury miró la casa y cerró los ojos.

—Sí, él está aquí.

—Vamos—, ordenó Samson.

—¡Esperen!

La voz de Amaury era una orden, deteniendo a los otros cuatro vampiros en seco.

—Algo está mal. Sus emociones no tienen sentido.

—¿Qué quieres decir? — preguntó Samson.

—Demasiadas emociones a la vez. Todas revueltas.

—¿Podría ser que él no esté solo? — Ricky interrumpió.

Amaury negó con la cabeza.

—Sólo puedo sentirlo a él.

—Tenemos que ir ahora.

Samson sacó una estaca de madera de su bolsillo. Lo que tenía que hacer era doloroso, pero no había otra solución. Thomas había sido su amigo desde hace muchos años, por lo menos iba a hacerlo rápido. No habría tortura, no habría dolor para Thomas. Le debía eso.

Samson vio la mirada de sus amigos, mientras estos miraban la estaca, y se estremeció por dentro. Pero no podía mostrar debilidad ahora. Esta traición justificaba el más alto de los castigos.

Los dos vampiros que Ricky había traído, se colocaron fuera de la casa para evitar el escape de Thomas.

Ricky abrió la puerta con su llave de repuesto. Una medida de seguridad que habían puesto en marcha años atrás, asegurándose de que los cuatro amigos pudieran tener acceso a sus respectivos hogares en situaciones de emergencia. Tranquilidad y oscuridad recibieron su entrada.

Los ojos de Samson se ajustaron a la penumbra y escanearon el interior. La gran sala en la que se encontraban, estaba vacía al igual que la cocina contigua y la zona del bar. Un muro con una puerta, separaba la casa en dos partes: la zona abierta y pública, y los cuartos privados y oscuros.

Samson hizo una señal a Amaury y a Ricky, indicando que iba a entrar primero. El pasillo estaba aún más oscuro que la parte delantera de la casa, pero igual de vacío y silencioso. Se hizo hacia adelante, tratando de no hacer sonido con sus pies.

Detrás de él, Ricky y Amaury eran tan silenciosos como él. Una pequeña porción de luz procedía de debajo de la puerta, la cual Samson sabía que era el dormitorio de Thomas. Se detuvieron frente a ella.

Samson sabía que a pesar de que los tres habían estado en silencio, Thomas los habría escuchado. La audición de un vampiro era sensible, y Thomas habría sentido algunos o todos los ruidos que habían hecho. Era extraño que él no hiciera un movimiento todavía, a menos que, por supuesto, él les hubiera tendido una trampa.

Samson se preparó cuando giró el picaporte y abrió la puerta. En una fracción de segundo había entrado en la habitación y contempló la escena. Ricky y Amaury hicieron lo mismo, colocándose de manera que los tres formaban un triángulo en los bordes exteriores de la habitación. En esta formación se podría atacar.

Solo que, no había nadie para atacar. La habitación estaba vacía. Thomas no estaba.

—¿Amaury?

La pregunta de Samson estaba clara como si lo hubiera dicho.

—Aún puedo sentirlo. Está en la casa—. Amaury cerró los ojos, concentrándose. —En la planta baja en el garaje.

La casa tenía un garaje y otras cuevas en la colina.

—Ya debería estar alerta de nuestra presencia—, afirmó Ricky.

Samson asintió con la cabeza.

—No me gusta.

Acecharon la planta baja y se abrieron paso a través del garaje que estaba lleno de diversas motocicletas y un coche deportivo. Nada fuera de lo común.

—Detrás de esta puerta. Puedo sentirlo.

Samson estaba a punto de poner su mano sobre de la puerta cuando Amaury lo echó hacia atrás.

—¡No!

Samson le dio una mirada inquisitiva.

—Thomas está con dolor.

—¿Con dolor?

—Plata.

Todos ellos se quedaron viendo la manecilla de la puerta, y ahora Samson se daba cuenta. La manecilla estaba cubierta con papel de plata. Se sacó la chaqueta y se envolvió la mano, antes de abrirla. Podía sentir el efecto de la plata, incluso a través de la tela gruesa, pero lo disminuía.

La plata era el único metal capaz de quemar la piel de un vampiro. Servía como la única manera de retener a un vampiro.

Samson hizo una seña a sus amigos, y luego tiró de la puerta. Ante ellos, estaba el calabozo. Samson siempre había sospechado que Thomas tenía una habitación donde desataba algunas de sus fantasías más profundas, pero nunca había esperado que fuese como una exposición que podía ser vista en la Feria de Folsom Street. Azotes en abundancia. No era para los débiles de corazón.

Samson se precipitó en la habitación con poca luz, Ricky y Amaury sobre sus talones. La fuente del dolor de Thomas fue evidente de inmediato. Estaba retenido contra una pared, sostenido por cadenas de plata. Cadenas que sería incapaz de romper. Su piel estaba cubierta de dolorosas llagas donde la plata lo tocaba.

El alivio inundó a Samson al instante. Thomas no lo había traicionado. Alguien le había vencido.

—Thomas.

La cabeza de Thomas se levantó una pulgada, pero parecía demasiado débil como para mirarlos.

—Ricky, Amaury—, ordenó Samson con un gesto de su cabeza, hacia las cadenas.

Ricky y Amaury hicieron lo que Samson, y se quitaron las chaquetas y las envolvieron en torno a sus manos, para trabajar en liberarlo de las cadenas.

Cuando la última cadena cayó, Samson atrapó el cuerpo lesionado de Thomas en sus brazos y lo colocó en la silla de la esquina.

—Ricky, tráele un poco de sangre. En el piso de arriba.

Con la mano, acarició el rostro quemado de Thomas y escuchó un gemido de dolor.

—¿Quién te hizo esto? — La voz de Samson era baja.

Los labios de Thomas se movieron.

—Milo.

—Amaury, encuéntralo.

La mano de Thomas al instante se apoderó de Amaury para detenerlo.

—No.

Samson miró a Thomas, sin entender.

—Es peligroso.

Ricky llegó con la sangre.

—Bebe.

Llevó una botella de sangre a los labios de Thomas y lo dejó tragársela. Los segundos pasaron. Y la impaciencia de Amaury se mostró.

—Milo robó mi contraseña. Va a arruinarte—, Thomas agregó. —Lo siento Samson, no lo vi venir.

Verdadero pesar inundó los ojos de Thomas.

—Ninguno de nosotros lo hizo. Lo atraparemos, no te preocupes.

La voz de Samson estaba más tranquila ahora. Saber que no tendría que matar a su amigo, había disminuido su dolor.

—Puedo revertirlo. Llévenme arriba, a mi computadora. Puedo hacerlo.

Samson y Amaury le ayudaron a levantarse.

—¿Puedes levantarte?

Thomas asintió.

—Estoy mejor. Pero hay que darse prisa. Milo se escapará, y también Ilona.

—¿Ilona? — Samson se detuvo en seco.

—Sí. Es su hermana. Él está haciendo esto para ella. Ella ha estado detrás de tu dinero todo el tiempo.

Así que no había renunciado después de que él la dejó. Él debería haberlo sabido.

—¿Cómo te enteraste?

—Sólo una corazonada de que Milo estaba ocultándome algo. Y luego, cuando Ricky y yo fuimos a encontrar a John... Cuando llegamos a su casa...—, vaciló y miró directamente a Ricky. —Sé que debí haber dicho algo en ese momento, pero ahí fue cuando la esposa de John gritó y corrimos hacia el interior.

—¿Qué pasó? — preguntó Samson.

—Sentí un olor familiar. Era débil, pero pensé que lo reconocía. Ahora sé con certeza. Era Milo. Mató al contador.

Samson tragó saliva.

—Recuerdo que tenía prisa en salir del almacén. Debería haberlo previsto, pero yo no estaba pensando con claridad.

—Ninguno de nosotros se dio cuenta... y de todas las personas, yo debería haberlo atrapado a él mucho antes. Pasé la mayor parte del tiempo con él. Lo debería de haber notado—, dijo Thomas culpándose a sí mismo.

Ricky le indicó en desaprobación.

—Él te engañó. No es tu culpa.

Amaury asintió en acuerdo.

—En todo caso, yo debería haber sentido sus emociones. Debí haberlo imaginado.

—Alto, todo el mundo—, dijo Samson y miró a Amaury. —Lo hecho, hecho está. Milo hubiera guardado sus emociones de ti. Él sabía acerca de tu don. En cuanto a engañar a un amante, todos hemos estado en el mismo lugar alguna que otra vez. No tienes la culpa Thomas. Me alegro de que no te matara.

Puso su mano sobre el hombro de Thomas y lo apretó en certeza.

—¿Qué pasó entonces?

—Creo que es algo bueno que sea del tipo celoso—. Dio una risa amarga. —Me las arreglé para poner un chip en su teléfono celular ayer y grabar sus conversaciones. Yo estaba simplemente reproduciéndolo cuando Amaury me llamó para que le ayudara con los archivos cifrados.

—Pensé que había escuchado la voz de Milo en el fondo—. Amaury aseguró.

Thomas asintió con la cabeza.

—Reconocí la voz de Ilona, cuando habló con ella. Ellos son hermanos. Nunca vi el parecido, pero ahora que lo sé, puedo ver las similitudes, los gestos que tienen en común—. Le dio a Samson una mirada de caza. —Tienes suerte de que nunca te vinculaste con ella. Si lo hubieras hecho, estarías muerto ahora.

El darse cuenta de eso, golpeó duro a Samson.

—¿Muerto? ¿Asesinado por una pareja con vínculo de sangre?

—No. Asesinado por su hermano. Ella habría sido incapaz de mantener sus pensamientos asesinos disfrazados, una vez que estuvieran unidos por sangre. Lo habrías detectado. Pero si ella tenía todo arreglado de antemano con Milo, habría permanecido en la oscuridad acerca de sus intenciones—, explicó Amaury en lugar de Thomas.

—¿Todo esto por dinero? — Samson sacudió la cabeza.

—Pareces sorprendido—, indicó Amaury.

—Yo no debería estarlo.

—Ilona no se detendrá ante nada para conseguir lo que quiere. Es por eso que Milo se infiltró en nuestro grupo. Todo tiene sentido ahora, incluso el tiempo.

Thomas los miró. —Justo después de que la botaste, Milo apareció. En primer lugar, se ganó mi confianza, y luego trató de encontrar la manera de llegar a tu dinero. Le llevó el tiempo suficiente. Él se da cuenta de a quién tiene que chantajear para obtener los libros, por un lado, y luego me roba mi información de acceso y la contraseña para terminar. No era de extrañarse que no quisiera que habláramos con el contador.

—¿Sabes dónde está él ahora?

Thomas negó.

—No, pero podemos tratar de rastrear el chip. Si él todavía tiene su teléfono celular con él, lo voy a encontrar.

Llegaron arriba a la oficina de Thomas, y se dejó caer en su silla. Sus manos de inmediato volaron sobre el teclado, mientras varias pantallas aparecían.

—Está en algún lugar cerca de la casa de Ilona. Ellos están probablemente en camino de empacar y marcharse de la ciudad. Tienes que ir, ahora.

—¿Crees que puedes revertir las transacciones?

—Sí, confía en mí. Las transacciones se encuentran en un círculo de retraso de tiempo. Es un pequeño programa que puse en marcha un par de semanas atrás para mayor seguridad. Vamos a conseguir todo tu dinero de vuelta. No van a salirse con la suya. Sólo asegúrate de atraparlos antes de que puedan herir a alguien más.

Samson le puso la mano sobre el hombro y lo apretó.

Un minuto después estaban fuera.

—Ricky, llama a los refuerzos. Necesitamos una docena de guardias para acercarse a ellos. Nos tomará mucho tiempo llegar a su casa desde aquí. Se habrán ido para entonces.

Ricky instantáneamente marcó desde su celular y les dio órdenes a sus subordinados.

El celular de Samson vibró en su bolsillo.

—¿Carl?

—La señorita Delilah se ha ido.

La garganta de Samson se cerró y su corazón se congeló, mientras toda la fuerza fluía fuera de su cuerpo.

16

El desfile de Año Nuevo Chino estaba en pleno apogeo, y las masas de gente mirando las festividades se apretaban a través de las estrechas calles del Barrio Chino. El colorido dragón cargado por aún más coloridos jóvenes chinos, se abría camino por las calles de fiesta. Linternas y luces colgaban de cada tienda y restaurante por el camino.

Delilah había engañado a Carl. Ella le había enviado a hacer una tontería a la farmacia… pretendiendo tener calambres en el estómago… y se había sorprendido por la facilidad con que había caído con sus mentiras. Ella sabía que Samson probablemente lo castigaría por dejarla sola, pero no podía permitirse sentir lástima por él ahora. Tenía que escapar.

Un futuro con Samson no era posible, y cuanto más rápido le pusiera fin a todo esto, mejor sería para todos los involucrados. El último día había puesto a prueba seriamente su creencia en la realidad. De repente, ella había tenido que enfrentarse a un mundo en el que no sólo existían los vampiros, sino que fingían llevar una vida similar a los humanos.

Y en los últimos días también había tenido que darse cuenta de que todas las paredes que había construido en torno a ella, habían comenzado a desmoronarse. Nunca le había dicho a nadie sobre el dolor que había llevado con ella durante tanto tiempo, y aún no podía entender por qué le había dicho eso a Samson. De todas las personas, él no merecía su confianza.

Le había mentido una y otra vez. Y lo seguiría haciendo. En sus ojos había visto su desesperación por tenerla, consumirla. ¿Qué otras mentiras le diría, con tal de que ella se quedara? Apenas lo conocía, y la idea de pasar la eternidad con él era demasiado extraña, demasiado, demasiado pronto. Mientras ella estaba con él, sabía que no podía pensar con claridad. Él se aseguraría de eso, seduciéndola una y otra vez. Y Delilah sabía que sería incapaz de resistirse a él.

Pero ella no podía tomar una decisión importante como esa, una decisión que significaba estar con un vampiro para siempre, mientras estuvo en sus brazos, su cerebro se desconectaba totalmente.

Era pura suerte que Amaury los había interrumpido, y lo tomó como una señal de que tenía que escapar. Era ahora o nunca. Finalmente tuvo que pensar con la cabeza y aplastó la pequeña voz que salía de su corazón la voz que seguía insistiendo en que ella estaba cometiendo un gran error.

Delilah sabía que no podía llegar al aeropuerto para tomar el último vuelo, ya era demasiado tarde, pero se escondería en un pequeño hotel, un lugar donde él no podría encontrarla. Daría un nombre falso, pagaría en efectivo. Y mañana por la mañana, estaría en el primer vuelo a Nueva York. Estaba muy segura de que había considerado todas las precauciones que debía tomar, porque en todo caso, Samson tenía muchos recursos e intentaría cualquier cosa para encontrarla.

Delilah se había olvidado del desfile. La multitud hacía difícil atravesar las calles, pero no había ningún taxi. Tenía que llegar abajo, hacia Union Square, donde esperaba tendría una mejor oportunidad de encontrar el transporte.

Su maleta se sentía más y más pesada, mientras la rodaba detrás de ella. Había tomado todo lo que era suyo, no quería tener una excusa para volver. Su resolución era lo bastante débil ya como estaba.

La música y el ruido de la multitud ahogaron algunos de sus pensamientos, mientras trataba de apurar su paso por la acera. Cada pocos segundos era golpeada por alguien o sentía otro pie sobre el de ella. Los dedos de sus pies ya estaban sangrando, estaba segura.

En otras circunstancias podría haber disfrutado del colorido desfile, probado alguna de las comidas exóticas, e incluso compraría una baratija o dos, pero un recorrido turístico en San Francisco, era la última cosa en su mente.

Diferentes idiomas pasaban por sus oídos, mientras avanzaba hacia adelante a través de la multitud. Rostros jóvenes y viejos le pasaban, hombres y mujeres, niños y ancianos, caucásicos y asiáticos. Se tardó más de quince minutos para avanzar una cuadra.

Delilah se sintió aliviada cuando finalmente atravesó el ruido mundanal y se encontró en un callejón tranquilo. Sería capaz de tomar un atajo sin gente y encontrar su camino a Union Square colina abajo.

El sonido de las ruedas de su maleta en la calle empedrada, hicieron eco a través del callejón. En el fondo, la música se mezclaba con ella y luego el sonido de los coches y motos.

Otro leve sonido le hizo dar vuelta, pero no vio nada. Todavía estaba demasiado nerviosa. Se calmaría pronto. Su imaginación estaba jugándole una mala pasada.

Delilah dobló hacia la calle siguiente, la cual era más ancha que en el callejón que había venido. A la izquierda, un callejón sin salida, por lo que giró a la derecha. La calle estaba llena de casas de apartamentos de tres pisos de altura, y sus entradas estaban bloqueadas con puertas de hierro, las puntas penetrantes acusadoras, se extendían hacia el cielo. Caminaba por la acera y se perdió en sus pensamientos de nuevo.

Tenía que convencerse de que ella estaba haciendo lo correcto al dejarlo. Demasiado tarde, Delilah escuchó el sonido detrás de ella, el motor de una motocicleta. Ella volvió la cabeza y lo vio dirigirse directamente a ella. Fue incapaz de distinguir la figura oscura montándola.

Sus pies se aceleraron, e instintivamente soltó su maleta. Ella corrió, pero la moto la alcanzaba, el sonido del motor era más fuerte, a medida que se acercaba. Más fuerte y más amenazante con cada segundo. Nunca podría dejarlo atrás. Frenéticamente miró a ambos lados para encontrar un escondite donde la motocicleta no pudiera seguirla.

De reojo vio un movimiento, pero era demasiado rápido para que ella se diera cuenta de lo que era.

—¡Delilah!

El grito resonó a través de la calle y rebotó en los edificios. Un grito de alguien claramente horrorizado. Antes de que pudiera darse vuelta, sintió unos brazos empujándola fuera del camino, golpeándola sobre el asfalto. Cayó fuertemente. El impacto hizo que sus costillas le dolieran, y se quejó en voz alta.

Las luces de la moto la cegaron por un segundo, mientras volteaba su cabeza, justo a tiempo para ver la moto golpeando a la persona que la había empujado fuera del camino. Vio la figura volar por el aire como si fuera un muñeco de trapo, y luego estrellándose. La caída fue detenida por las puntas de la puerta de hierro.

El cuerpo colgaba, atravesado.

La motocicleta se deslizó, una figura cayó al suelo, rodando, y luego parándose, evidentemente, sin lesiones. El motor de repente se paró y todo quedó en silencio.

El costado de Delilah dolía mientras trataba de moverse, pero tenía que hacerlo. El ciclista se dirigía a ella después de echar un vistazo breve a la figura empalada en la puerta.

Delilah tropezó con sus pies. Estaba demasiado oscuro para que ella reconociera quién era la persona que estaba en la puerta, pero, sin embargo, ella lo sabía. Le había oído gritar su nombre con una voz que le era muy familiar. Él la empujó fuera del camino y le salvó la vida, aunque sólo por unos minutos. Pero no quería aceptar quién era. Porque si lo hacía, todo su mundo se vendría abajo. La persona que la había empujado fuera del camino de la motocicleta, tratando de salvarla, estaba empalada ahora en la puerta, aparentemente sin vida.

Delilah trató de moverse, pero sus pies se congelaron firmemente en el lugar, mientras el motociclista se acercaba a ella, como si alguien la mantuviera en su lugar con hilos invisibles. Trató de levantar un pie delante del otro, pero no pudo. Nada se movía. Estaba paralizada.

Algo llamó su atención y la hizo voltear la cabeza a su derecha. Fue entonces cuando los vio: varios hombres vestidos de negro corriendo hacia la escena. Fue entonces cuando se dio cuenta que no tenía ninguna posibilidad. Todo había terminado. Ellos venían por ella. La matarían, de la misma forma en que el motociclista había matado a su salvador.

Delilah volvió a mirar al motociclista que de repente se apartó de ella y corrió en dirección opuesta, lejos de los hombres. ¿Qué?

—¡Delilah!

Escuchó decir, proveniente de otra voz familiar. Un segundo después, Amaury estaba junto a ella.

—¿Estás bien?

Ella asintió con la cabeza, aturdida. De repente, sus músculos se movieron de nuevo, y casi se desplomó. Amaury la atrapó.

—¿Samson?

Inclinó la cabeza hacia la dirección de la puerta de hierro. Ella no quería oír la respuesta. Vio con horror como dos de los hombres lo bajaban de los picos de la puerta y lo acostaban en el suelo. Un ligero movimiento le llamó la atención. ¿Se había movido por sí mismo?

—¡Samson!

Delilah trató de correr hacia el hombre que habían puesto sobre el pavimento. Samson. Una mano fuerte tiró de ella.

—No—, dijo Amaury. —No querrás verlo así.

Ella tiró de su brazo fuera de su agarre.

—¡Él está herido por mi culpa!

Ella corrió hacia él, se dejó caer junto a él. El cuerpo de Samson estaba flojo en el suelo, la sangre salía de varias heridas de gran tamaño. ¡Tanta sangre! Pero para su sorpresa, ella no sentía el mareo habitual en el estómago que normalmente le sucedía cuando veía sangre.

Delilah lo miró a la cara. Estaba manchado de sangre. Pero sus ojos estaban abiertos.

—Samson.

Ella acarició su mejilla. Sus ojos se llenaron de lágrimas ante el dolor que aparecía en su rostro. Nunca había visto a nadie en esa agonía, con tanto dolor físico.

En el fondo escuchó a Amaury dando órdenes, pero lo único que veía era a Samson, el hombre de quien había tratado de huir. ¿Por qué? No podía recordarlo.

—¡Alguien ayúdelo! Tenemos que llevarlo a un médico

Delilah llamó a Amaury. Un frío miedo se apoderó de ella, mientras él le daba una mirada de muerte.

—Un donante viene en camino.

Ella no entendía.

—¿Un donante?

Samson intentó hablar, pero su voz era un murmullo apenas. Delilah se inclinó hacia él tratando de calmarlo. Pero no sabía qué hacer. No tenía conocimiento de primeros auxilios, e incluso si lo hiciera, ¿funcionaría en un vampiro? Ella no podía hacer nada.

—No trates de hablar. Vamos a conseguirte ayuda. Todo va a estar bien, por favor, aguanta—lo animaba, a sabiendas de que sus palabras eran una mentira, sonaban huecas en sus oídos.

Samson movió su cabeza de lado a lado.

—¡No! — gritó ella, comprendiendo lo que quería decir. —¡Amaury, dime qué hacer!

Amaury estaba a su lado.

—Sus heridas son demasiado extensas. Él lo sabe. Lo siento, pero va a morir si no recibe sangre humana inmediatamente.

—Entonces traigan una ambulancia, y denle una transfusión.

De repente se acordó de la máquina expendedora en el consultorio del Dr. Drake.

—¿No puedes conseguir un poco de sangre embotellada en alguna parte?

—La sangre embotellada no va a funcionar, no esta vez. Sus heridas son demasiado graves. Necesita sangre procedente directamente de la vena de un ser humano. Él necesita la fuerza de la vida de un ser humano, para ayudarle a regenerarse.

—Le daré la mía.

Sin dudarlo Delilah empujó la manga de su suéter.

—No...

La voz de Samson era débil, pero decidida. Sus ojos le lanzaron una mirada de súplica en dirección de Amaury.

—No te dejará—, explicó Amaury.

Delilah le dio una mirada de sorpresa y sacudió la cabeza. Por una vez le importaba un comino lo que alguien hacía o no quería que hiciera. No se quedaría de brazos cruzados dejándolo morir.

—No me importa. Él va a tomar mi sangre.

—No puedo dejar que lo hagas, Delilah. Samson lo prohíbe.

Las lágrimas brotaron de sus ojos y corrían por sus mejillas cuando volvió a mirar a Samson. —No voy a dejar que te mueras.

Parecía como si él tratara de sonreír, pero su rostro se deformaba de dolor en su lugar.

Le llevó la muñeca a su boca.

—Muérdela—, le ordenó con feroz determinación.

Pero él no la mordió. En cambio, apartó su cabeza de la muñeca.

—¡Vampiro terco! Muy bien, no muerdas, voy a hacer que uno de tus amigos me muerda, y luego te voy a alimentar a la fuerza con mi sangre. ¿Entiendes?

La ira coloreó su voz, y vio algo en los ojos de Samson. ¿Incredulidad?

—Amaury, muérdeme la muñeca—, le ordenó, y extendió su muñeca hacia Amaury.

Él se negó.

—No puedo.

Ella le lanzó una mirada penetrante.

—¿Alguien más, entonces? ¡Usted! —, gritó a uno de los hombres que habían ayudado a tomar a Samson de la puerta.

—Tú eres un vampiro muérdeme, maldita sea, así podré alimentar a Samson.

El vampiro vaciló y miró a ella, a Samson y a Amaury.

De repente, Delilah sintió una mano en su otro brazo y se volvió. La mano de Samson la había agarrado.

—...No quiero... hacerte daño...—emitió con voz apenas audible.

¿*Ahora* había decidido que no quería hacerle daño? ¿Qué pasó cuando le había mentido? El juicio de este hombre apesta. Mucho. Tendría que hablar con él sobre eso, pero más tarde.

—Sólo me lastimarás si me dejas. No me dejes, por favor.

Puso la muñeca en su boca de nuevo, pero no hizo ningún movimiento. Fue entonces cuando perdió la calma. La ira se apoderó de ella.

—¡Muérdeme, maldita sea, o te patearé en las bolas tan fuerte que gritarás hasta el próximo siglo! ¿Entiendes?

Un segundo después sintió el agudo dolor de su piel rompiéndose y el líquido que goteaba. Una fracción de segundo más tarde el dolor había desaparecido, y los colmillos de Samson estaban firmemente atascados en su muñeca. Ella lo sintió chupar, con los ojos cerrados.

Con la mano libre le apartó el pelo hacia atrás de su cara manchada de sangre.

—Toma lo que necesites, mi amor.

Delilah sintió más que escuchar su suspiro. Dejó caer su cabeza en la suya, y le dio un beso en la frente.

—Estoy aquí, Samson, estoy aquí.

Amaury la ayudó a levantar la cabeza de Samson hacia su regazo, para que fuera más fácil para ella darle de comer.

—Gracias.

Amaury negó con la cabeza.

—Samson es un hombre muy afortunado al tenerte.

La conmoción detrás de ella le hizo volver la cabeza.

Dos vampiros llevaban al motociclista luchando con ellos. El casco se había ido, y se reveló una cabeza de pelo largo y rojizo. Ella había visto a esa mujer antes, en el teatro.

Ilona Hampstead, la ex novia de Samson.

Ilona trató de escapar de la mano de los dos vampiros, pero a pesar de su lucha, no podía. Eran más fuertes que ella. Su expresión se puso furiosa.

La mujer miró justo a Delilah, viendo cómo Samson bebía su sangre.

—¿Qué, crees que va a ser tuyo sólo porque le permitas beber tu sangre? ¡Sueña, hermana! Su voz estaba mezclada con veneno.

Delilah le devolvió su vil mirada, con una mirada asesina de ella.

—¡Perra! ¡Voy a tratar contigo más tarde!

Ella quería retorcerle el cuello a la mujer por herir a Samson, por casi haberlo matado. Delilah lo miró mientras se alimentaba de su muñeca y vio cómo los ojos de Samson se abrían en estado de shock.

—Todo va a estar bien, mi amor, ya la tienen. Ella no puede hacerte daño nunca más—le susurró.

Sus ojos se cerraron de nuevo, y luego soltó su muñeca. Miró a Amaury, alarmada.

—Está bien. Él va a tomar lo que su cuerpo pueda procesar a la vez. Él necesitará más, mas adelante. Vamos a tener un donante para entonces—, le aseguró Amaury.

Ella sacudió la cabeza.

—No. Yo no lo permitiré.

—Qué lindo—, escupió Ilona.

Delilah la ignoró.

—Él sólo beberá de mí, y de nadie más.

—Pero es muy peligroso. Necesita mucha sangre—, Amaury le advirtió.

Levantó la mano en señal de protesta.

—Sólo de mí.

Luego le dio a Ilona otra mirada y se quitó la chaqueta. La enrolló y descansó la cabeza de Samson en ella, antes de que se pusiera de pie todavía tambaleante. Le dolían las costillas, y se llevó la mano a su lado para apoyar sus movimientos.

Amaury ofreció su brazo para sostenerla, y Delilah lo tomó con mucho gusto.

—¿Qué vamos a hacer con ella? — Delilah le preguntó.

—¿Vamos? — Amaury le dirigió una mirada atónita.

—Sí, 'nosotros'. Y ni siquiera pienses en excluirme. Tengo todo el derecho

—No vas a dejar que una pequeña mortal te diga lo que tienes que hacer, ¿verdad? — Se burló Ilona de Amaury, mientras luchaba en las garras de los dos vampiros deteniéndola.

—¡Debilucho!

Amaury le dio una sonrisa despreocupada.

—Debes saber que no soy susceptible a tus insultos, Ilona.

—¿Vas a cogerla también, una vez que Samson la descarte? ¿O tal vez antes?

—Creo que deberías callarte, mientras todavía tengas una lengua—, Amaury le advirtió. Delilah le lanzó una mirada de sorpresa.

—Oh, sí perra. Eso es lo que él hace, el gran y poderoso Amaury. Se coge las sobras de Samson.

—Como si tú no lo hubieras pedido—, replicó él.

Ilona dejó escapar una risa amarga.

—Me pregunto si tu amigo lo sabe. Tal vez alguien debería decirle.

La mirada de Delilah rebotaba entre los dos. Era evidente que se conocían más íntimamente de lo que nadie habría imaginado. ¿Amaury había estado de alguna manera involucrado con la ruptura de Ilona y Samson? ¿Había traicionado a su mejor amigo?

—No está funcionando, Ilona. No puedes salirte de ésta. Así que, ¿dónde está Milo?

—¿Milo? — hizo eco Delilah.

Amaury le dio una mirada de reojo.

—Hemos descubierto que es la hermana de Milo, y está detrás de todo esto para robar millones de dólares de la empresa de Samson. Engañó a Thomas y obtuvo acceso a su contraseña.

Delilah se quedó mirándolo en estado de shock.

—¿Milo era el cerebro de esto?

Ilona sopló un molesto uff.

—Ese idiota no puede planear nada. Ni siquiera pudo ejecutar lo que le dije, de lo contrario perra, serías alimento de gusanos ahora. Pero no, tenía que dejar el trabajo a algún humano idiota, que metió la pata en todo momento. Debería haberlo hecho yo misma en primer lugar—, vociferó ella.

—Tendría, debería, podría—, contestó sarcásticamente Delilah.

Ilona le gruñó.

—¿Crees que puedes tenerlo y a todo su dinero? Piénsalo otra vez. Él sólo está jugando contigo: Samson nunca amó a nadie más que a sí mismo. Es un hombre egoísta y un amante aún más egoísta. Él se cansará de ti, y entonces él va a botarte.

—El hecho de que no pudieras darle lo que necesitaba, no quiere decir que yo no pueda. Y en cuanto a ser egoísta, ¿por qué no te miras en el espejo en algún momento, y ves quién es la egoísta? Ay, lo siento, se me olvidaba: no puedes mirarte en el espejo, ¿verdad? Entonces supongo que no sabes *cuán* fea en realidad eres, así que sólo te daré una idea… eres una bruja de mierda.

Ilona silbó y luchó para liberarse de sus dos guardias, había muerte en sus ojos.

—¡Sólo déjame llevar mis colmillos sobre ti, puta…te mostraré *realmente* lo fea que puedo ser!

—¡Basta! ¿Dónde está Milo?

Amaury hizo una seña a los dos vampiros, para que la agarraran más fuerte, torciéndole los brazos a Ilona hacia atrás, en posición incómoda y dolorosa. Ella hizo una mueca de dolor.

—Yo no sé dónde está ese idiota.

—Está bien, entonces no tenemos más necesidad de ti.

Delilah miró a Amaury.

—No vamos a dejar que se vaya, ¿verdad?

—¿Dejarla ir? No. La vamos a matar.

Amaury sacó una estaca de madera del bolsillo de su chaqueta. Delilah se quedó mirando la estaca y después a Ilona, cuyos ojos se habían agrandado. Ella sabía lo que venía. Sí, iba a morir, pero Delilah quería ser la que diera el golpe final. Era su hombre a quien casi había matado Ilona, por lo que sería justo para ella, castigar a la mujer.

Delilah agarró la estaca de las manos de Amaury, pero él la detuvo.

—No, será mi placer. Samson es lo mejor que me ha pasado en la vida. Cualquiera que quiera hacerle daño, mejor que me derrote primero.

Delilah tuvo que aceptar. La determinación de Amaury era palpable.

—Gracias por el buen sexo, pero como he dicho antes, no tenía sentido. Nos vemos en el infierno.

Los ojos de Ilona se abrieron como si ella no pudiera creer que realmente lo haría. Sus labios se abrieron, pero las palabras no salieron. Amaury levantó su brazo y clavó la estaca en su corazón. En una fracción de segundo, la incredulidad se extendió sobre la cara de Ilona. Un segundo más tarde era polvo. El aire recogió los granos diminutos de polvo y se los llevó.

Cuando Amaury se volvió a Delilah, le dirigió una larga mirada.

—Sin emociones, todo es sin sentido.

Amaury organizó el transporte de Samson para regresar a la casa, mientras más vampiros fueron enviados a cazar a Milo.

Carl los esperaba a su regreso y había preparado el dormitorio de Samson, colocando sábanas limpias en la cama. Carl y Amaury ayudaron a cortar las ropas rasgadas del cuerpo de Samson y limpiaron sus heridas antes de colocarlo sobre la cama, y pusieron una sábana blanca sobre su cuerpo.

—Necesitará sangre fresca cada dos horas—, aconsejó Amaury. —Puedes cambiar de opinión, ya lo sabes. Él no esperaría que tú hicieras esto. De hecho, él querría que yo te disuadiera de continuar con esto.

Delilah negó.

—Él está herido por mi culpa. Voy a darle lo que necesita.

Ella se había puesto una camiseta y calzas y se sentó junto a él en su cama.

Amaury asintió.

—Carl, vamos a tener que darle a Delilah algún tónico para fortalecer y regenerar su sangre más rápido. Debemos tener todo lo que necesitamos en la cocina.

Samson se movió.

—Él te necesita ahora.

Amaury y Carl salieron de la habitación, y Delilah se inclinó hacia Samson, colocando la muñeca en su boca. Sin abrir los ojos, sus colmillos se hundieron en su piel.

—Sí, bebe, mi amor. Estamos en casa ahora.

Le acunaba la cabeza en su regazo, mientras le daba de comer. Ya podía ver que algunas de las heridas se habían comenzado a cerrar. El flujo de sangre se había detenido, y la sangre se coagulaba, creando una corteza sobre las heridas. El proceso de curación había comenzado.

La sensación de succión en la muñeca no era dolorosa, por el contrario, la llenaba de paz.

Cuando Samson finalmente soltó la muñeca, sus labios se movieron.

—Delilah—susurró, pero se quedó inconsciente inmediatamente.

Delilah lo sostuvo mientras observaba cada movimiento de su cuerpo. Esta vez no había dudado cuando se requería acción por parte de ella. Esta vez no se había quedado parada dejando que alguien que amaba muriera. Había actuado. Se había sorprendido de lo fuerte que había sido allí en esa calle. El coraje que había sentido cuando se enfrentó a Ilona había sido nuevo para ella, pero le había ayudado el saber que todos los vampiros que la habían rodeado estaban de su parte.

Amaury volvió a la habitación, trayéndole una mezcla de aspecto desagradable, con un olor más desagradable.

—¿Qué es esto?

—Tú no quieres saberlo. Pero te ayudará a mantener la pérdida de sangre.

Delilah le creyó. ¿Cómo había cambiado su mundo de ésta manera? Estaba acostada en la cama con un vampiro, y le daría tanta sangre como necesitase y de buena gana bebió el líquido más vil que sus labios habían tocado nunca, confiando en el vampiro que se lo había entregado.

—Voy a hacerte compañía—. Amaury acercó el sillón a la cama, antes de sentarse. —Va a necesitar alrededor de veinticuatro horas para recuperarse.

—Pero va a salir adelante, ¿no es así?

—Con tu ayuda, lo hará.

Amaury apoyó la cabeza en el alto respaldo de la silla.

—Cuéntame lo que pasó. Delilah quería saber.

Amaury asintió con la cabeza. —¿Samson te habló de Ilona, acerca de su ruptura?

—Sí. Me habló de ella. Pero no mencionó que ella y tú...— Delilah se aclaró la garganta.

—Él no lo sabía.

Su mirada, cuando la miró a los ojos era sincera. —Escucha, no hay necesidad de que lo sepa. Yo no lo traicioné. Ella vino a mí después de que él la había expulsado de su vida. Hey, no estoy orgulloso de ello, pero no soy muy exigente cuando se trata de mujeres.

—La mataste como si no sintieras nada por ella.

La idea la hizo estremecerse. ¿Qué te llevó a ser un amante tan frío? Cuando volvió a mirar sus ojos, reconoció el dolor.

—El sexo es sólo sexo para mí. Nada más. Es algo que necesito, y no me importa quién lo provea. No quiero aturdirte, pero eso es lo que soy. No cambia dónde permanece mi lealtad.

Su mirada se desvió a Samson, y ella comprendió.

—Sin Samson, yo no estaría aquí hoy. Me salvó la vida en numerosas ocasiones. Es un buen hombre.

Ella asintió con la cabeza y acarició la mejilla de Samson.

—Y él es mío—. Miró de nuevo a Amaury justo a tiempo para ver su cálida sonrisa. —¿Cuál era el plan de Ilona?

Él suspiró.

—Ella quería ser dueña de una fortuna de varios millones de dólares. Quería lo que es de él. Si Samson hubiera hecho el vínculo de sangre con ella, Milo lo habría matado. Y todo el dinero habría sido de Ilona.

—Oh, Dios mío, ¿ella lo quería muerto?

Un miedo frío se apoderó de ella.

—Eso es lo que la avaricia le hace a la gente. Vivir de su fortuna no era suficiente para ella.

—¿Qué quieres decir?

—Cuando un vampiro hace un vínculo de sangre, su compañero tiene derecho a todo lo que es suyo. Se convertirán en copropietarios. Obviamente no era suficiente. Lo quería todo. Cuando Samson rompió con ella, su sueño se convirtió en humo. Así que tenía que planear algo más.

Delilah sacudió la cabeza, tratando de deshacerse de las imágenes en su mente.

—¿Qué estaba planeando?

—En primer lugar, hizo que su hermano, Milo, se infiltrara. No teníamos ni idea. Ella era nueva en la ciudad, de repente apareció Milo y…. bueno, supongo que no fue tan difícil para él seducir a Thomas. Es un blando de corazón, y, francamente, incluso en San Francisco, no hay muchos vampiros gay. Así que sus opciones eran siempre un poco limitadas.

—Milo había averiguado lo suficiente sobre el funcionamiento interno de Scanguards, para saber que robar la contraseña de Thomas, no era suficiente. Así que husmeó en los registros, y debió haber descubierto el pequeño fraude de depreciación de John y lo utilizó para chantajearlo. Era bastante fácil. Tú estabas en el camino correcto, ya sabes, con la auditoría. Lo habrías encontrado con el tiempo.

Él le dio una mirada de aprobación.

—Hiciste la mitad del trabajo—, reconoció ella.

—Sólo después de que me mostraste el camino a seguir. Ilona era inteligente. Carl me dijo hoy, que en ese entonces la vio en el equipo de Samson una vez, posiblemente tratando de entrar en el sistema, pero nunca le había dado su información de acceso ni contraseña. Así que, obviamente, esa idea la tenía desde antes.

—¿Estás seguro? Me la dio a mí, y él me conoce mucho menos tiempo que a ella.

—Ni siquiera yo sé su contraseña, y soy su mejor amigo. Él confía en ti como si nunca pudiera confiar en nadie más. No creo que *alguna vez* le tuviera confianza a Ilona, a pesar de que estaba dispuesto a casarse con ella. Supongo que la soledad finalmente lo estaba alcanzando. Siempre quiso una familia.

Amaury sonrió suavemente, su mirada se dirigió a Samson en la cama.

—Una vez que Milo tuvo la contraseña de John, fue capaz de cargar las transferencias bancarias cifradas. Después, sólo tenía que regresar de nuevo con la contraseña de Thomas y autorizarlos.

—Thomas debe estar devastado.

—Milo lo venció hace un rato y lo encadenó con plata.

—¿Con plata?

—Es el único metal que no podemos romper o doblar. Los vampiros no pueden escapar de las cadenas de plata. Se les quema la piel. Tuvimos la suerte de llegar a tiempo donde Thomas. Él estaba con un gran dolor, pero va a estar bien. Personalmente, estoy sorprendido que Milo no lo matara. Tal vez había algunos sentimientos involucrados, después de todo...

—Lo siento por Thomas por haber sido engañado de esa manera por su amante. ¿Crees que John sabía lo que Milo estaba haciendo?

—Probablemente no—, adivinó Amaury. —E incluso si hubiera sospechado, es probable que sólo lo ignorara, pensando que entre menos supiera, mejor. John era realmente un títere en este juego. No del todo inocente, pero ciertamente no merecía morir.

—¿Qué va a pasar con su familia? Tenía una esposa e hijos.

Delilah sólo podía imaginar el dolor que su esposa estaba experimentando.

—Samson se hará cargo de ellos. Tenemos un fondo de caridad que ayuda a las familias de los empleados que mueren en el cumplimiento de su deber. Esto ocurre, ya sabes, con algunos de nuestros escoltas. Y aunque John no murió en el cumplimiento del deber, Samson hará lo correcto por él.

—¿Y el hombre que nos atacó?

—He enviado a dos de nuestros hombres a que lo liberen. Tienen instrucciones para borrar su memoria de todo lo relacionado con Samson, tú, o cualquier otro vampiro. No hay necesidad de castigarlo más. La esposa de John tendrá todo el apoyo que pueda conseguir.

—Otros en esta situación, no serían tan amables.

—¿Quieres decir porque somos vampiros?

No había ninguna acusación en la voz de Amaury.

—Incluso los seres humanos serían más crueles. Desde luego, no me esperaba este tipo de consideración de los vampiros, sin ánimo de ofender.

Amaury negó con la cabeza.

—No tiene nada que ver con ser un vampiro o no. Hay buenos y malos entre nosotros, al igual que hay buenos y malos entre los seres humanos. Convertirse en un vampiro no te hace malo. Y ser humano, no te hace bueno.

—Y tú y Samson, son buenos.

—No somos santos, pero tratamos de ser tan buenos como nos sea posible. Es una lucha constante, pero ganamos más de lo que perdemos.

—¿Cómo me encontró Samson a tiempo? — Delilah le sonrió.

—Tu olor. Podría haberte seguido por toda la ciudad. Él conocía tu olor tan bien, y luego, por supuesto, lamió la sangre de tu mano, eso sólo lo intensificó. Cuando Carl le dijo que te habías ido, sabíamos que Milo e Ilona estaban sueltos por la ciudad... Yo nunca lo había visto tan asustado en mi vida. Estaba dispuesto a matar a alguien.

—Lo siento.

Ella realmente lo sentía.

—La próxima vez que planees dejarlo, házmelo saber, ¿lo harías? Para que yo pueda salir de la línea de fuego.

Ella no lo dejaría de nuevo. Si aún la quería, sería suya. Le dio un beso en la frente a Samson y le pasó la mano por el pelo.

—Eso no va a ser necesario, Amaury—. Le sonrió y vio que lo había comprendido.

—Se alegrará de saber eso cuando despierte. ¿Por qué no duermes un poco? Voy a cuidar de él y asegurarme de que se alimente cuando lo necesite.

—Gracias, Amaury, eres un gran amigo.

Tenía los párpados pesados, y en pocos minutos estaba fuera, hundiéndose de nuevo en la almohada, mientras mantenía la cabeza de Samson acunada en su regazo.

17

—Delilah, despierta—, dijo la voz de Amaury, a través de sus sueños.

Ella trató de ignorarlo, pero no se detuvo.

—Delilah.

Abrió los ojos y miró a Amaury con un vaso del mismo líquido horrible que la había hecho beber dos veces. No tenía idea de lo que había en él y no tenía ninguna intención de saberlo. Por lo que sabía, sería estofado de sapo, o simplemente el sapo.

—¿Otra vez? — Casi vomitó la última vez que lo bebió.

—Lo siento, pero lo necesitas. Él ha estado tomando una gran cantidad de sangre de ti.

Bebió, tratando de ignorar el mal sabor.

Entonces Delilah siguió la mirada de Amaury, la cual descansaba sobre Samson a su lado. Él se veía mejor. Sus heridas se habían cerrado, y la nueva piel estaba creciendo por encima de ellas.

—¿Cuánto tiempo más?

—Muy pronto. Mientras tanto, te necesitamos en la planta baja en su oficina. Hay alguien que quiere hablar contigo.

Ella le lanzó una mirada inquisitiva.

—¿Quién?

—Ya lo verás.

Su mirada se desvió de nuevo a Samson, no queriendo dejarlo.

—¿Qué pasa si se despierta mientras no estoy?

—Voy a estar aquí. Te llamo de inmediato.

De mala gana se levantó de la cama. Se sintió mareada cuando de pronto se puso de pie. Su cuerpo se balanceaba, y Amaury inmediatamente la agarró. Un gruñido salió de la cama.

Tanto ella como Amaury volvieron la cabeza para mirar a Samson. Él estaba aparentemente dormido, mostrando sus colmillos. Amaury inmediatamente soltó el brazo de Delilah. Los colmillos de Samson se retiraron y cerró los labios.

—Puede sentirte, incluso en sus sueños. No le gusta que seas tocada por otro hombre.

—Pero, sólo estabas tratando de ayudarme—, protestó Delilah.

—Cuando un vampiro ha encontrado a su pareja, es muy posesivo.

Delilah le sonrió a Samson. Incluso en su sueño, él estaba tratando de protegerla.

—Estaré de vuelta en poco tiempo, mi amor.

Ella vio una forma de sonrisa contenida alrededor de los labios de Samson, como si él pudiera oírla.

Carl la esperaba en la oficina de Samson.

—Por favor, tome asiento aquí, delante de la computadora señorita Delilah.

—Carl.

Él la miró inquisitivamente.

—Lo siento. ¿Lo metí en problemas con Samson? Voy a hablar con él cuando esté mejor. No quiero que sea castigado por dejarme escapar—, dijo con tristeza.

—No importa lo que me pase, siempre y cuando el Sr. Woodford esté bien.

—¿Qué te hará a ti?

—Se me ordenó que la protegiera, y fallé. Todo lo que importa es que él llegó a usted a tiempo.

—Pero fue mi culpa. Te engañé.

—No importa, señorita, no debería haber dejado que me engañara. Si me permite decírselo, para ser un humano, es muy inteligente—. Él le dijo y le dio una leve sonrisa.

—Y si me permites decirlo, para ser un vampiro, es usted muy amable.

Él asintió con la cabeza.

—El Sr. Woodford ha organizado una teleconferencia para usted.

Carl señaló la pantalla de la computadora. La sentó en la silla que tenía para ella.

—Una teleconferencia. ¿Para qué?

Carl encendió el monitor. Una imagen de lo que parecía ser una habitación de hospital quedó a la vista. Se ajustó la pequeña cámara en la parte superior de la pantalla y apuntó directamente a Delilah.

—Hay alguien con quien el Sr. Woodford quiere que hables.

—¿Estamos conectados?

Se oyó una voz por el altavoz, y un segundo después, un hombre alto apareció a la vista.

—Sí, podemos escuchar y verlo con claridad Gabriel—, dijo Carl. —Señorita Delilah, éste es Gabriel Giles. Dirige la sede principal de Scanguards en Nueva York. Gabriel es uno de nosotros.

—¿Un...?

Ella examinaba al hombre en el monitor. Su largo cabello estaba peinado hacia atrás en una cola y de no ser por una fea cicatriz desde la oreja hasta la barbilla, su rostro mostraría belleza. Sí, de alguna manera imaginó que era uno de ellos.

Gabriel asintió.

—Sí, señorita Sheridan, soy un vampiro. Es un placer presentarme a usted. Espero tener la oportunidad de conocerla en persona en algún momento. Samson habla muy bien de usted.

Delilah reconoció su voz como la del hombre con el cual hablaban por el altavoz, la noche anterior.

—Gracias. ¿Usted quiere hablar de la auditoría conmigo?

—No. Todo se ha resuelto en relación con la auditoría. Estamos conscientes de lo que Milo y su hermana Ilona estaban tratando de hacer, y estamos trabajando en revertir todas sus acciones. No. Este es un asunto mucho más personal—. Él se aclaró la garganta. —Samson me ha pedido que viera a su padre.

—¿Mi padre? — exclamó Delilah.

¿Estaban intentando hacerle daño? Ella alejó ese mal pensamiento al instante. Después de su conversación con Amaury, no tenía ninguna razón para creer que alguien querría hacerle daño a ella o a su familia.

—¿Qué están tratando de hacer con él?

—No se alarme, señorita Sheridan. Usted tiene mi palabra y la de Samson que su padre está a salvo. Entendemos que él está en las últimas etapas de la enfermedad de Alzheimer y ya no la reconoce. Pero hay algo que usted tiene que hablar con él, algo que usted se ha guardado durante más de veinte años. Es necesario que lo cierre, y sólo su padre la puede ayudar.

Delilah negó con la cabeza. Ella entendía lo que él estaba queriendo decir, pero no importaba.

—Nunca habrá cierre. Usted mismo lo dijo. Mi padre no me reconoce. Él no tiene ningún recuerdo de lo que pasó.

—Eso no es del todo cierto. Todavía tiene recuerdos, es sólo que están guardados.

—Sr. Giles, siento que esté perdiendo su tiempo, pero no puedo hablar con mi padre nunca más.

—Por favor, escúcheme. Puedo abrir sus recuerdos el tiempo suficiente para que pueda hablar con él como si estuviera sano otra vez. Le daré la oportunidad de decirle lo que tenga que decirle.

—Eso es imposible.

—No es así. Algunos de nosotros tenemos dones especiales. Este es el mío. Estoy feliz de poder usarlo para este propósito. Sin embargo, sólo tendrá unos pocos minutos, antes de que su mente se nuble de nuevo, así que use el tiempo sabiamente. Sólo dígaselo.

Delilah tragó saliva. La cámara se alejó de Gabriel, a una silla. Reconoció a su padre al instante. Su mirada estaba en blanco, los hombros caídos. Las lágrimas se formaron en sus ojos, al verlo así. Nada podría traerlo de vuelta. Nunca podría pedirle perdón.

Gabriel se puso detrás de su padre y puso sus manos a varios centímetros sobre la cabeza del anciano. Los ojos de Gabriel se cerraron. A los pocos segundos los ojos de su padre, de repente cobraron vida, y miraron fijamente a la cámara.

—Delilah—, exclamó su padre. —Cariño, es tan bueno verte.

—¿Papi?

Su voz se quebró. Él la había reconocido. Después de tantos años, finalmente la conoció de nuevo.

—¿Qué pasa cariño? ¿Por qué lloras? ¿Alguien te lastimó? — le dijo su padre, lleno de preocupación.

—No, papi, estoy feliz de verte.

—Yo también, yo también.

Él le dio una sonrisa encantadora, recordándole la manera que siempre la había mirado a ella cuando solo era una niña pequeña.

—Ha pasado largo tiempo. Tu madre y yo te echamos de menos. Estás trabajando demasiado, ¿lo sabías?

Delilah parpadeó. Él no sabía que su madre estaba muerta. No tenía ningún recuerdo de eso. Tenía mucho sentido. Su madre había muerto cuando él ya tenía la enfermedad de Alzheimer. No había necesidad de que trajera eso ahora. Ella no quería causarle ningún dolor indebido.

—Lo sé, papi. Iré a visitarte y a mamá el próximo fin de semana libre que tenga. ¿Está bien? — ella mintió, incapaz de decirle la verdad.

—Eso suena como un buen plan.

Delilah se aclaró la garganta. No sabía cómo hablarle. Había cargado por muchos años esa culpa, y ahora tenía la oportunidad de decirle a su padre acerca de esto, estaba perdida buscando las palabras. No había una buena forma para iniciar esta conversación.

—¿Todavía piensas a veces en nuestro tiempo en Francia?

—Muchas veces, cariño—. Sonrió.

—Yo también. Pienso mucho en ello.

—Eras una niña tan pequeña entonces, me sorprende que recuerdes tanto—. Su voz era suave, pero también mezclada con dolor.

—Recuerdo todo lo que pasó entonces.

Levantó la mano para detenerla.

—Hay muchas cosas que es mejor olvidar.

—Pero, ¿cómo olvidarlo?

—Sólo piensa en las cosas buenas, no te detengas en lo malo.

Ella sacudió la cabeza, con un nudo en la garganta muy grande como para poder hablar.

—¿Alguna vez te he dicho la alegría que eras para tu madre y para mí? Todavía puedo escuchar tu risa cuando te empujaba en el columpio, y exigías ir más alto y más. Fuiste una niña aventurera. Tan valiente. Siempre muy valiente—. Él le dio una gran sonrisa.

—No siempre soy así.

—En mis ojos, lo eres.

—¡Oh, papi, lo siento mucho!

Las lágrimas comenzaron a formarse en sus ojos.

Él frunció el ceño.

—¿Lo siento, por qué? ¿Qué pasa, cariño?

—Peter—, presionó ella—. Yo debí haber hecho algo. Yo...

Una sola lágrima rodó por su mejilla, dejando un rastro caliente en su piel.

—¿Peter? — Su voz sonaba sorprendida. —Pero, mi amor, no podías haber evitado su muerte, tampoco pudo haberlo hecho tu madre o yo. Murió por muerte súbita del lactante. Incluso si hubiéramos estado allí esa noche, no podríamos haber hecho nada. Siempre nos culpamos por dejarte a ti a cargo de él. Nunca olvidaré el horror que vimos en tu cara esa noche. Me gustaría que hubiésemos podido evitarte todo eso. Nunca deberías haberlo visto morir. Estábamos tan preocupados por ti.

—Pero, mamá estaba tan triste todo el tiempo. Creí que me culpaba.

—¿Culparte? Oh Dios, Delilah, no—. El se sentó más adelante en su silla, retorciéndose las manos. —Nos culpábamos a nosotros mismos. Si no te hubiéramos tenido a ti, tu madre y yo nunca hubiésemos podido atravesar ese tiempo oscuro. Tú fuiste la única luz que teníamos. Eras nuestro único sol, pero nos sentíamos tan culpables que tuvieras esas pesadillas, viéndolo muerto en su cuna una y otra vez. No sabíamos qué hacer, así que nunca hablamos de ello.

Siempre habíamos pensado que el tiempo curaba todas las heridas, y que los niños se olvidaban. En retrospectiva, deberíamos haberte conseguido ayuda profesional, pero no sabíamos qué hacer. Siento mucho que te hubiésemos fallado. Por favor, perdónanos.

Los ojos de su padre, se llenaron de lágrimas. Los ojos de Delilah soltaron finalmente todas las lágrimas que habían retenido a lo largo de todos estos años.

—Ay, papi. No hay nada que perdonar. Te adoro.

—Yo también te adoro, mi amor, y también tu madre. Prométeme algo.

—Cualquier cosa—, ella estuvo de acuerdo sin dudarlo.

—Deja de vivir en el pasado y piensa en el futuro. Tu futuro.

—Te lo prometo.

—Adiós, Delilah—, dijo, y sus ojos se quedaron en blanco otra vez.

Delilah se desplomó en su silla y dio rienda suelta a su llanto. Su padre la amaba y no la culpaba por la muerte de Peter. Ella era libre, por fin libre de la culpa que había llevado durante tanto tiempo.

Unos fuertes brazos la levantaron y la llevaron hasta el sofá. Abrió sus ojos llorosos y miró al hombre que la llevaba.

—Samson!

—No llores, dulzura—, susurró, y se sentó en el sofá, manteniéndola en su regazo.

Llevaba una larga túnica y se miraba tan vibrante como siempre.

—Lo siento mucho, Samson, te puse en tanto peligro—. Sus lágrimas fluían libremente al decirle.

—Me salvaste la vida.

Él atrajo su cabeza cerca de la suya y bajó sus labios a los de ella, la besó suavemente.

—Pensé que te había perdido—, dijo ella.

Samson sacudió la cabeza y se rio entre dientes.

—Soy muy difícil de matar, aunque esta vez estuve cerca, demasiado cerca. Sin tu sangre…

Puso un dedo en los labios de él.

—Chh. Te lo debía.

Su rostro adquirió una expresión severa.

—¿Te sentiste obligada? ¿Es por eso que me salvaste?

Sus hombros se hundieron, como si toda la energía había abandonado su cuerpo.

—No podía dejarte morir. Te puse en esta situación. Si no me hubiera escapado, nunca hubieses sido herido.

—Ya veo.

~ ~ ~

¿Así que ella lo había hecho por la culpa? ¿Eso era todo lo que sentía? Samson sintió que su corazón se contraía dolorosamente. Ella lo había salvado, sólo para matarlo dejándolo de nuevo. Sintió la misma sangre de Delilah correr por sus venas, sintió su esencia misma, pero al mismo tiempo escuchaba sus palabras. Palabras que no quería oír. Ella lo había salvado, porque se lo debía.

Abruptamente la sacó de su regazo y la sentó en el sofá mientras se levantaba.

—Lamento que te sientas así. No me debes nada. Le pediré a Carl que haga los arreglos para que puedas regresar a Nueva York.

Apenas había terminado de hablar, cuando salió de la habitación y subió corriendo las escaleras. Segundos después, cerró con fuerza la puerta de su dormitorio. Delilah no lo amaba. Él la había malinterpretado completamente. Ella sólo le había dado su sangre, porque lo había puesto en peligro en primer lugar, no porque ella no pudiera vivir sin él.

¡Qué noble de su parte!

Un amargo sabor se propagó por su boca. Tenía que sacarla de su vida ahora, antes de que le arrancara el corazón y alimentara a los leones con él. Todo lo que le recordaba a ella tendría que irse. Tiró abriendo su escritorio y sacó su cuaderno de dibujo.

Los dibujos que había hecho de Delilah durante su primera noche cayeron al suelo. Samson se inclinó y acarició los dibujos con sus manos, como si la tocara en su lugar. Añoraba esos momentos de nuevo, cuando la tenía en sus brazos.

—Son hermosos—, susurró Delilah con voz suave detrás de él.

¿Cómo había sido capaz de colarse detrás de él sin que la escuchara? Le tenía que atribuir esto a su estado de recuperación.

—Me dibujaste ahí.

No era una pregunta, sólo una simple declaración.

Él se dio vuelta.

—Estabas dormida. Quería capturar tu belleza.

Parecía haber sido hace mucho tiempo atrás. —Si quieres hacer las maletas, te dejaré hacerlo.

Tomó los dibujos y se paró y se dio vuelta, pero sintió su mano sobre su brazo.

—Por favor, mírame—le rogó ella, con voz suave y apacible.

Samson cumplió y se volteó.

—Si piensas que le daría mi sangre a cualquiera y después sólo me iría, estás equivocado. ¿De verdad quieres saber por qué no dejé que te murieras? ¿Quieres? — Hizo una pausa. —Es porque, por una vez, quería hacer algo que fuese sólo para mí, y no me importaban las consecuencias. Cuando estabas acostado allí muriendo, lo único que podía pensar era en mí misma. Dime egoísta, pero no podía imaginar una vida sin ti. Es por eso que yo te di mi sangre, porque te quería. Y todavía te quiero.

La quijada de Samson cayó, sus dedos soltaron los dibujos, dispersándolos por el suelo una vez más.

—¿Me quieres? ¿Sin importar qué?

Delilah asintió.

—Te amo, y si eso significa que tendrás que convertirme en un vampiro para poder estar contigo, que así sea.

—¿Convertirte...? ¡No! — Él la tomó en sus brazos. —No. Te amo demasiado para hacerte eso. Hundió sus labios en ella, reclamándola. Este no era el tierno beso que le había plantado en su oficina, era el beso posesivo de un vampiro reclamando a su compañera. Delilah era suya.

—Haz el vínculo de sangre conmigo—. La miró profundamente a los ojos.

—Por favor, explícamelo otra vez. La última vez no estaba de humor para escuchar.

—Esto significa que serás mía para siempre, y yo seré tuyo.

—¿Para siempre? Pero voy a envejecer y tú no lo harás.

—No, no lo harás—. Samson le sonrió. —Una vez que nos hayamos unido por sangre, tú tomarás de mi esencia. Seguirás siendo humana, pero no envejecerás mientras esté vivo. Sólo voy a beber de tu sangre, y tú sólo beberás de la mía. Serás capaz de sentirme porque mi sangre correrá por tus venas. Vamos a estar conectados. Siempre sabrás lo que siento y yo voy a saber lo que sientes.

—¿Pero todavía seré humana?

—Sí, todavía verás salir el sol. Todavía comerás, comida de verdad. Pero vas a ser mi esposa, mi compañera de por vida, y nunca te dejaré ir. No hay vuelta atrás una vez que lo hayas decidido. Vamos a formar parte el uno del otro, uno estará incompleto sin el otro, dos mitades de un todo.

Ella tenía los ojos clavados en los suyos. No hubo duda en su respuesta. Movió su pelo hacia un lado y le expuso su cuello.

—Muérdeme, entonces.

Un segundo más tarde, la habitación se llenó con sus risas. Era como una liberación para él. Con su manera peculiar, ella había aceptado.

—Dulzura, hay un poco más en este ritual que sólo una mordida. Y créeme, vas a disfrutar cada segundo de eso.

La puerta de entrada se estrelló ruidosamente. Los oídos de Samson se agudizaron. Varios hombres habían entrado en su casa. Todos ellos vampiros. Podía sentirlos claramente.

—Tenemos visitantes.

Rápidamente se puso un par de jeans y una camiseta, antes de que tomara la mano de Delilah con la suya, entrelazándola con sus dedos.

La conmoción en la sala se hizo más fuerte. Cuando Samson y Delilah llegaron al vestíbulo, ya sabían quiénes estaban reunidos: Ricky, Amaury, Carl, y Milo, este último agarrado por dos fuertes guardias vampiros.

—Así que lo encontraron—. Samson entró en la sala, asintiendo con la cabeza a sus amigos.

Miró a Milo, que tenía una mueca de desagrado en su cara.

—Tu hermana te envió un saludo antes de irse al infierno—, Samson le dijo dándole la bienvenida.

Milo le gruñó a Delilah.

—¡Perra!

—Si estás hablando de tu hermana, estoy de acuerdo. De lo contrario, es mejor que mantengas tu lengua quieta, o te la voy a cortar.

—Hazlo. Ya que me vas a matar de todos modos, acabemos con esto de una vez—, dijo Milo con voz fría e impaciente.

—No te voy a matar—, dijo Samson lentamente, viendo como Milo exhalaba bruscamente, haciéndole experimentar un breve momento de alivio. —Voy a hacer que Thomas lo haga. Estaría enfadado conmigo si yo lo privo de ello.

Se veía la cara de Milo aturdida. Por un instante, obviamente, había pensado que podía escapar ileso.

—Todo fue culpa de mi hermana. Ella estaba tras de esto. Me obligó a hacerlo—, se quejó Milo. —Ya la has matado. Así que ya tuviste tu venganza.

La puerta principal se abrió y se cerró de nuevo.

—Me aseguraré de que tengas todo tu dinero de regreso. Tengo acceso a las cuentas en las Islas Caimán. Lo transferiré todo de regreso.

—Eso no va a ser necesario—, dijo la voz de Thomas desde el pasillo, quien quedó a la vista, un instante después. —He revertido todas las transacciones. Samson, el dinero está a salvo en tu cuenta.

—Gracias, Thomas.

—¿Cómo? — Sonó Milo confundido.

Thomas se acercó, parándose a centímetros de él.

—Es posible que me hayas engañado acerca de tus sentimientos por mí, pero cuando se trata de informática, no te puedes comparar conmigo. Yo revertí cada una de tus transacciones.

—Thomas—, Samson se dirigió a él.

Por primera vez, Thomas lo miró directamente a los ojos.

—¿Sí, Samson?

—¿Qué quieres hacer con él?

—¿Yo?

—Sí, él te ha traicionado. Tú serás su juez. Amaury se hizo cargo de Ilona. Y gracias a la insistencia de Delilah de darme de beber su sangre, sobreviví al ataque de ella, así que no tengo más necesidad de venganza. Sin embargo, es posible que quieras la tuya.

Thomas dio a Delilah una mirada de admiración.

—No me puedo imaginar a nadie más digno de ser compañero de Samson que tú. Él es muy afortunado.

Samson atrapó la sonrisa tímida formándose alrededor de los labios de Delilah y le apretó la mano en acuerdo.

—Sé que lo soy, y más aún desde que Delilah ha aceptado hacer el vínculo de sangre conmigo.

De repente todo el mundo estaba hablando sobre eso. La emoción en el aire era palpable.

—Ves, te lo dije.

—¿Quién lo hubiera pensado?

—¡Me debes cien dólares, Carl!

—¡Felicitaciones!

—¡Estoy muy feliz por los dos!

—¿Cuáles cien dólares?

—Teníamos una apuesta.

—¿Cuándo es el feliz acontecimiento?

—Oh, maldita sea, sólo mátenme ahora, antes de que vomite—, gritó Milo e hizo callar a todo el mundo.

—Parece como si alguien no comparte nuestra alegría por tu unión, Samson—, dijo Ricky.

—Por suerte no me importa una mierda lo que Milo piense.

Se contuvo y miró a Delilah.

—Lo siento, dulzura, no debí maldecir delante de ti.

Ella le dio una sonora carcajada.

—Eres gracioso, ¿lo sabías? ¿Crees realmente que una mala palabra o dos pueden sorprenderme, después de todo lo que he pasado en los últimos días? Si puedo casarme con un vampiro, creo que puedo hacer frente a unas pocas malas palabras.

—Ay, qué linda—, dijo Milo con sarcasmo.

—¡Cállate, cabrón! — Delilah reaccionó.

La sala estalló en risas, todos a excepción de Milo. Samson la envolvió en sus brazos y acercó su cara hacia la suya.

—Puedo ver que vamos a tener mucha diversión en nuestras vidas juntos.

Él se abstuvo de devorarla justo ahí delante de sus amigos. Lo que había entre ellos era privado. Pronto podría estar a solas con ella, y sería suya por siempre. La idea calentaba su corazón como nunca antes.

——¿Has tomado una decisión, Thomas?

Thomas asintió y se dirigió a su amante.

—Te ganaste mi confianza con falsas pretensiones. Me traicionaste, me robaste, y me engañaste. Casi me matas, y mataste a seres humanos inocentes. Y tus acciones amenazaron a las personas que son más queridas para mí. Eres escoria, alimaña. Lamento el día en que puse los ojos en ti. El mundo sería mucho mejor sin gente como tú. Pero yo no soy un asesino, y no me vas a convertir en uno. No eres bienvenido aquí nunca más. Voy a enviar un mensaje a todas las hermandades en los Estados Unidos: si alguien te da refugio, voy a ir detrás de ellos y después de ti. Si alguna vez pones un pie en este país de nuevo, te *voy* a destruir.

Milo parecía sorprendido por el veredicto de Thomas.

—¿No vas a matarme?

Thomas se dirigió a los dos guardias.

—Acompáñenlo fuera de la ciudad, y asegúrense de que abandone el país.

Los dos guardias miraron a Samson para su aprobación, y él asintió. Unos segundos más tarde se llevaron a Milo fuera de la casa.

Samson puso su mano sobre el hombro de Thomas.

—Fue una decisión sabia. Te felicito por ello.

Thomas negó con la cabeza.

—Fue la decisión de un cobarde—, dijo dándose la vuelta, con angustia en su rostro. —Yo no lo podía matar, porque todavía lo amo.

Thomas salió de la casa un minuto después. Samson entendió su necesidad de llorar y aceptar su decisión a solas por su cuenta. Hacer que se quede para celebrar la felicidad propia de Samson, hubiera sido cruel.

—Él va a estar bien—, dijo Amaury una vez que la puerta se cerró detrás de Thomas—. Denle un poco de tiempo.

—Carl, ¿qué tal unas copas para celebrar la inminente unión de Samson y Delilah? —, sugirió Ricky.

—¿Champagne? —, preguntó Carl.

——Sabes que no bebemos champagne, Carl—. Ricky se echó a reír.

—Sí, pero yo no creo que sea educado con compañía mixta beber vasos de sangre—. Carl lanzó una mirada cautelosa en dirección de Delilah.

—Carl, ¿cuando dices compañía mixta, significa mujeres y hombres, o quieres decir seres humanos y vampiros? — preguntó Delilah y le sonrió.

—Quise decir seres humanos y vampiros.

—Trae la sangre, Carl, y una copa de champagne para mí. No soy una delicada flor, y no quiero que me traten como tal. No me voy a desmayar a la vista de la sangre. Ya no es así de todos modos.

Carl se enderezó.

—Has oído a la ama de la casa—. Le sonrió Samson.

Delilah podía encajar perfectamente en su vida.

—Sí, señor.

18

Cuando Delilah salió del cuarto de baño, sus mejillas sonrojadas y el brillo de muchas velas que Samson había encendido en el dormitorio, brillaban como oro sobre su piel. Nunca había visto un espectáculo más hermoso. Ella se había puesto una bata, y no llevaba nada debajo, justo como él se lo había pedido.

Finalmente se quedaron solos en su casa, sus amigos se habían marchado unos minutos antes. Se quedó esperando por ella frente a la chimenea, igualmente sólo vestido con una bata, también desnudo bajo ella. Su pene se agitó violentamente al verla, y al pensar lo que estaban a punto de hacer. Nunca había imaginado lo que se sentiría, pero ahora que lo hacía, estaba seguro que nunca había sentido nada siquiera cercano al amor que sentía por ella.

—Gracias por hacer posible que yo hablara con mi padre.

—Siempre voy a hacer todo lo posible para hacerte feliz. Cueste lo que cueste—. Abrió sus brazos.

Delilah se le acercó, lenta pero constantemente, y la envolvió en sus brazos.

—¿Estás lista para que comience el resto de tu vida?

—Contigo a mi lado, estoy lista para cualquier cosa.

Su voz era como música para sus oídos.

Acarició la pálida piel de su cuello y sintió latir la arteria por debajo de sus dedos. Sus párpados revoloteaban.

—¿Dolerá?

—No sentirás ningún dolor, sólo placer. Vamos a unirnos a la altura del éxtasis, cuando nuestros cuerpos estén unidos, beberás mi sangre, y yo la tuya. Vamos a ser verdaderamente uno, un solo cuerpo, una sola alma. Sentirás todo lo que yo sienta, y voy a sentir todo lo que sientes. No habrá secretos entre nosotros. ¿Quieres esto?

Samson tenía que darle una oportunidad más para cambiar de opinión, porque una vez que hicieran el vínculo de sangre, estarían unidos para siempre. Él sabía que era lo que él quería. La certeza que sentía era embriagadora y aterradora al mismo tiempo. Si ella lo rechazaba ahora, rompería su corazón.

Sus ojos verdes brillaban cuando ella lo miró.

—Samson, he estado sintiendo cosas extrañas en los últimos días. Sentí cosas sobre ti que no podía saber. Como el hecho de que pintaras ese cuadro—. Ella inclinó la cabeza hacia la pintura sobre la mesa. —Cuando lo miro, veo a un niño que muestra a su madre un dibujo.

—Esos son mis recuerdos, dulzura.

—Pero no hemos hecho el vínculo de sangre aún. ¿Cómo es posible?

—Los que son verdaderamente el uno para el otro, ya tienen ese vínculo entre ellos. Es por eso que ya puedes sentirme, y es por eso que sabía sobre el prado. Ya estamos conectados—. Él sonrió.

—¿Te importaría hacerlo oficial? — susurró Delilah, con sus labios carnosos y rojos.

En cámara lenta, sus labios descendieron sobre los de ella hasta que finalmente se entrelazaron en un beso de amor puro. Nunca había besado a otra mujer como la besaba a ella. Capturando sus labios contra los de él, derramó su corazón, mientras invadía las cavernas de su boca con la lengua. No estaba allí para saquear, sino para compartir. Su lengua se reunió con la de él, ofreciéndole lo que él sabía que nunca podría tomar: su confianza. Sólo ella se la podía dar.

Sus bocas fundidas en una entrega apasionada del uno al otro, ni uno de ellos era el conquistador, ni el conquistado. Socios, iguales en el amor. Ambos con igual fuerza e igual debilidad el uno por el otro, a la vez con poder y sin él, al mismo tiempo.

Samson sintió imágenes invadiendo su mente una vez más, las imágenes de lavanda, el prado, el sol. Ella se había abierto a él para llevarlo a un lugar de felicidad absoluta, un lugar sin ninguna preocupación en el mundo, un lugar donde únicamente era un hombre y no bestia.

Sin interrumpir el beso, él la levantó en sus brazos y la llevó a su cama, no, a la cama de ambos. La puso en las sábanas frescas y la cubrió con su cuerpo. Lo único que había entre ellos eran sus finas batas, proporcionando una débil barrera a su pasión.

~ ~ ~

Con sus ansiosas manos Delilah tiró de su bata, hasta que cedió y se abrió para que pudiera sentir su piel bajo sus dedos. Nunca en sus sueños más aventurados se le había ocurrido que podía amar a un hombre sin reservas de la manera que ella amaba a Samson. Un entusiasmo latía en sus venas mientras sentía sus manos desenvolverla de su bata.

Finalmente, la piel desnuda de Samson se conectó con la suya. Ella casi sentía la chispa que creaba la conexión, la emoción que enviaba a través de su cuerpo, la expectativa se creaba en su cerebro. Su erección presionada contra su muslo, sin pedir la entrada todavía, pero recordándole su propósito. Tomarla, poseerla, así mismo compartirse con ella.

Sus manos recorrían su cuerpo libremente, sin prisa, pero con determinación. Ella devolvió sus caricias con el mismo fervor que él mostraba. Ni un centímetro cuadrado de su cuerpo, escaparía de su toque. De sus dedos, de su boca o de la lengua.

Donde horas antes había sido perforado por heridas abiertas, la nueva piel se había formado tan impecable como el resto de su cuerpo. Ella se apretó contra él, y él entendió y rodó sobre su espalda llevándola arriba.

Delilah se detuvo a mirarlo. Era hermoso, si un hombre podía ser llamado hermoso. Sus hombros eran anchos y musculosos, con el pecho desprovisto de pelo y marcado con músculos. Sus dedos se perdían a lo largo de su torso. Por debajo de sus pestañas, se dio cuenta de que la miraba mientras ella lo exploraba. Ella descubrió un profundo deseo en él, sin embargo, no se movía, le permitió tomarse el tiempo que necesitara para su exploración.

Por primera vez iba a hacer el amor con el pleno conocimiento de lo que era. Un vampiro.

Delilah aún no podía entender por qué un hombre tan asombroso como Samson podría enamorarse de ella, pero ya no se lo preguntaba más. Lo que vio en sus ojos le dijo que su amor era real. Samson era de ella. Su hombre. Su vampiro. Su compañero.

Su mano recorrió el valle de su estómago para encontrar el nido de rizos oscuros que rodeaban su pene orgulloso. Sus labios siguieron el camino por el cual sus manos habían viajado, hasta llegar al pene que sabía que anhelaba su tacto.

Ella lo sintió inhalar con fuerza, cuando sus dedos llegaron a tocar la ronda cabeza de suave terciopelo de su pene. Plenamente conscientes del efecto que su tacto tenía en él, continuó y le pasó los dedos desde la punta hasta la base. Lentamente, muy lentamente. Ella respiró hondo e inhaló el aroma de su excitación.

Al instante lamió sus labios, humedeciéndolos.

—Te quiero, Samson—, susurró ella antes de que su lengua tocara la punta de su erección y comenzó el largo descenso hacia la base.

—Delilah, soy tuyo—. Su voz era casi irreconocible; profunda y ronca.

~ ~ ~

Samson clavó las uñas en las sábanas, para detenerse a sí mismo de empujar hacia ella. La sensación de su lengua sobre su pene casi destruyó su control. ¿Qué había hecho en su vida para merecer una mujer como ella? Delilah le había aceptado con todo su corazón, y con cada toque, le mostraba su amor.

En el momento en que lo llevó hacia su boca, él, Samson, un vampiro fuerte y poderoso, era impotente en sus brazos. Vulnerable y a su disposición. Seguro.

Él gimió y movió las caderas hacia arriba, pidiendo una penetración más profunda. Y oyó su petición, deslizando sus labios hacia abajo a lo largo de su duro pene hasta que lo enterró por completo en su interior. Su calor y la humedad lo envolvieron, lo acunaron. En el refugio de su boca, él creció más grande. Ella chupaba y lamía más intensamente, y él apretó la cabeza en la almohada, suprimiendo un grito de placer.

Samson sintió comezón en sus colmillos, ávidos de su sangre. ¿Cómo había sido capaz de contenerse durante las noches que habían pasado juntos? No lo sabía. Sentirla de la forma en que la sentía ahora, lo hacía darse cuenta de que nunca había tenido la oportunidad de alejarse de ella después de ese primer beso.

Sus colmillos se extendieron y un rugido salió de su pecho. Llamó a su compañera.

—Delilah.

Él sintió su vacilación en dejar ir su pene, pero él la atrajo con sus fuertes brazos y la miró a los ojos.

—Llévame hacia tu interior, ahora.

Su mano se acercó a tocar su cara, y luego se trasladó con el dedo y lo pasó por sus colmillos. Él no veía miedo en sus ojos, sólo excitación.

Sin romper el contacto visual, ella se colocó encima de él y se movió hacia abajo, lenta y constantemente. La punta de su erección tocaba su centro húmedo, y él gimió. Su cuerpo continuó su descenso, llevándolo a su caliente envoltura, apretando con fuerza alrededor de él, empujándolo más profundo dentro de ella, hasta la empuñadura.

Por un momento no pudo moverse, por miedo a derramarse de inmediato. Ella parecía entenderlo y se quedó completamente inmóvil.

Samson volvió la cabeza hacia su mesita de noche. La daga ceremonial brilló en la tenue luz de las velas, mientras la tomaba en su mano. Los ojos de Delilah seguían sus movimientos. Él llevó la hoja hacia su hombro y lo apretó donde su cuello y su hombro se unían. Moviendo la daga hacia adelante, él cortó a través de su piel.

Sintió el hilo de sangre instantáneamente y apartó la daga a un lado.

—Bebe de mí.

~ ~ ~

Delilah vio la sangre salir de su corte y se bajó hacia su torso.

—Te quiero, Delilah.

Sin dudarlo, ella puso su boca sobre la piel abierta y la bebió. El líquido tibio pasó por su lengua y su garganta, un sabor sorprendentemente dulce. Ella se enganchó más fuertemente sobre su hombro, con ganas de más. Delilah sintió sus brazos, apretándola más cerca de él, su pene moviéndose dentro de ella, empujando y bombeando.

Con un movimiento que ella apenas sintió, él les volcó, poniéndola debajo de él, ahora hundiendo su pene más profundo dentro de ella.

—Ahora nos uniremos.

Ella escuchó su voz, antes de sentir su boca en su cuello. Su lengua lamió la piel, haciéndola sentir un hormigueo, y sus colmillos se conectaron, rompiendo a través de su piel, enterrándose en ella.

No había dolor, sólo placer cuando sintió su movimiento de succión y sabía que la sangre de su cuerpo se trasladaba a él. Luego un profundo gemido de Samson resonó en su cuerpo.

Un mareo se esparció dentro de ella, como si estuviera flotando en una nube, y tomó más de él. La sangre recorrió su garganta y calentó su interior, cada célula se despertaba y le hacía hormiguear todo el cuerpo. Al igual que la electricidad, viajó a través de sus venas, encendiendo sensaciones desconocidas, encendiendo un fuego en su interior.

Su vientre se cerró con necesidad, queriendo y aceptando su cuerpo y alma, ofreciendo el suyo a cambio. Delilah sintió su poder y su fuerza bruta y mientras, su pene entraba más profundamente en ella, llenándola, completándola.

Se aferró a él, pidiendo más. El cuerpo de Samson se endureció aún más obedeciendo su demanda, y amplió su pene en su canal ya ajustado. Con cada movimiento, se retiraba y empujaba nuevamente. Tentaba cada terminación nerviosa de su cuerpo y hacía que el fuego dentro de su interior, se hiciera más caliente.

No había necesidad de hablar, porque ella sentía todo lo que él sentía. Cómo necesitaba su sangre en su interior, cómo su pene anhelaba liberación, derramarse a sí mismo y plantar su semilla. Su propio deseo de recibirlo, fue creciendo con cada segundo.

Delilah sentía que cada célula de su cuerpo quemaba, llevándola a toda velocidad hacia su orgasmo. Él estaba allí con ella cayendo en el abismo, mientras sus cuerpos encontraban su liberación dentro de cada uno. Flotando, conectados, llevándose el uno al otro.

Cuando ella soltó su hombro, lo sintió hacer lo mismo. Un momento después, su lengua suavizó el área.

—¡Oh, Samson!

La besó, atrapándola mientras caía encima de él.

—Estoy aquí, dulzura, yo estoy aquí.

Jadeaba mucho. ¿Había incluso respirado durante todo ese tiempo? No podía recordarlo.

—No me dijiste que sería tan increíble.

—Cuanto más profundo es el amor, más intensa será la unión—. Samson sonrió.

Delilah rozó sus labios a los suyos.

—Pude sentirte.

—Y yo pude sentirte. Tu corazón es puro. Me siento honrado de que me lo hayas dado—. Él le reveló y la besó con ternura.

—Me va a encantar vivir aquí contigo.

—Tenemos que hablar con Amaury mañana para que nos encuentre una casa nueva. Esta se volverá muy pequeña—, afirmó Samson.

¿Demasiado pequeña? La casa de Samson era una gran casa victoriana. Su propio apartamento pequeño en Nueva York podría caber en ella al menos cinco veces.

—Esta es lo suficientemente grande para nosotros. Solo somos tú y yo. No necesito mucho espacio.

Se dio cuenta de una sonrisa, más bien tímida formándose alrededor de su boca.

—Sí, pero no siempre seremos solo tú y yo. Para empezar, vamos a necesitar una guardería, y luego, cuando los niños estén un poco más grandes, probablemente todos quieran su propia habitación y…

—¿Los niños?

—Sí, nuestros hijos. Yo sé que tú los quieres.

—Pero me dijiste que no podías tenerlos. Los vampiros no pueden tener hijos.

—Eso es cierto, en general, pero hay una excepción. Cuando un vampiro macho se una con una hembra humana, el ritual cambia su ADN. Una vez que se complete el primer ciclo después del vínculo de sangre, yo puedo embarazarte.

—Imposible—. Sacudió la cabeza.

—¿Recuerdas al alcalde?

Delilah asintió.

—Yo te dije que él es un vampiro, pero eso no es toda la verdad. Es un híbrido de vampiro, un vampiro nacido de una madre humana y un padre vampiro. Hay pocos de ellos, pero existen. Tienen rasgos de vampiros y de humanos. Pueden subsistir con sangre, así como con alimentación humana. Ellos pueden estar en el sol sin quemarse y tener la fuerza y la velocidad de un vampiro. Tienen puntos fuertes de ambas especies, y las debilidades de ninguno. Nuestros hijos crecerán como niños humanos, y cuando alcancen la madurez, van a detener el envejecimiento como un vampiro.

Los ojos de Delilah se llenaron de lágrimas.

—¿Podremos tener hijos?

—Los que tú quieras. Yo amaré cada uno de ellos.

Delilah aspiró con fuerza.

—¿Por qué no me lo dijiste antes?

Samson le besó las lágrimas.

—Yo quería darte una última sorpresa. Va a ser muy difícil sorprenderte a partir de ahora.

Ella se rió. Estaba en lo cierto. Ahora ya podía sentir otras cosas acerca de él, como si estuviera en su cabeza.

—Entonces, ¿cuándo vamos a tener la boda humana que estás planeando?

Samson se rió en voz alta.

—¿Ves lo que quiero decir? No puedo ocultarte nada a ti nunca más. ¿Cómo lo supiste?

—Cuando mencionaste al alcalde otra vez, tu mente se fue a lo que él te dijo en la oficina del psiquiatra. Que él quería hacer los honores. Él se ofreció a realizar la ceremonia del matrimonio, ¿no?

—Si nuestros hijos son sólo la mitad de inteligentes como tú, vamos a tener un montón de Einstein en nuestras manos. Espero que estés lista para eso.

—Estoy lista para cualquier cosa contigo—. Sonrió y lo besó.

—¿Cualquier cosa? Se me ocurren un par de cosas...

— Su sonrisa maliciosa, junto con su erección presionando contra ella, dejó pocas dudas de sus intenciones.

—¿Sólo una o dos cosas? — Delilah se burlaba de él. —¿Crees que es suficiente?

—Contigo, nunca.

Sin embargo, para esta noche, una o dos cosas sería un buen comienzo.

Sobre el Autor

Tina Folsom es miembro de los Escritores de Romance de América y escribe principalmente romance paranormal y erótico. Ella vive con su esposo en el norte de California, donde disfruta de buena comida, el clima cambiante, y tolera los terremotos ocasionales.

Las ideas para sus libros vienen de sus muchas carreras diferentes: CPA / Contadora, Corredora de Bienes Raíces, Chef, Secretaria, Au-pair, entre otros, así como los muchos países diferentes en los que ha vivido y la gente que ha conocido con el pasar de los años. ¿Y los vampiros? Bueno, atribúyanle eso a su tan activa imaginación.

Para más información sobre Tina Folsom, por favor visite su sitio Web:
www.tinawritesromance.com
www.facebook.com/TinaFolsomFans
tina@tinawritesromance.com